Christina Kubisch

KLANGRAUMLICHTZEIT

Christina Kubisch

KLANGRAUMLICHTZEIT

Arbeiten von 1980 bis 2000

—

Works from 1980 to 2000

Ausstellung in den | exhibition in the
Opel-Villen Rüsselsheim

Beiträge von | contributions by
Carsten Ahrens, Hans Gercke,
Antje von Graevenitz, Christoph Metzger

Kehrer Verlag Heidelberg

INHALT

Stefan Gieltowski

6   Vorwort | *Foreword*

Antje von Graevenitz

8   Christina Kubisch – Vom Tausch der Klangidentitäten

22   *Christina Kubisch – The Exchange of Sound Identities*

Hans Gercke

34   Der Garten der Träume – Zur Arbeit von Christina Kubisch

42   *The Garden of Dreams – About the work of Christina Kubisch*

Carsten Ahrens

50   Klingender Lichtraum

56   *Sonorous Light Space*

62   **Christoph Metzger**   Interview mit Christina Kubisch

80   **Christoph Metzger**   *Interview with Christina Kubisch*

Christina Kubisch

102   Ausgewählte Klanginstallationen 1980–2000
     Selected sound installations 1980–2000

110   Biographie | *Chronology*

113   Konzerte und Performances | *Concerts and Performances*
     Einzelausstellungen | *Solo Exhibitions*

116   Gruppenausstellungen (Auswahl) | *Selected Group Exhibitions*

120   Werke in öffentlichen Sammlungen | *Works in Public Collections*
     Kunst im öffentlichen Raum | *Permanent Works in Public Spaces*
     Kataloge zu Einzelausstellungen und Monographien |
     Solo Exhibition Catalogues and Monographies

122   Bücher | *Books*

124   Eigene Publikationen | *Publications by the Artist*

125   Tonträger | *Recordings*

126   Radio | *Broadcasts*

127   Zur beiliegenden CD | *On the enclosed CD*

132   Biographien der Autoren | *Biographies of the authors*

Reflexionen über die Vielgestaltigkeit der Stille, die Bedingungen unserer sinnlichen Wahrnehmung und das Verhältnis von Natur, Kunst und Technik bilden die Schwerpunkte der diesjährigen Ausstellung zeitgenössischer Kunst in Rüsselsheim. Zum dritten Mal werden damit die Opel-Villen zum öffentlichen Raum, an dem Gegenwartskünstler mit ihrem je eigenen, unverwechselbaren Instrumentarium vor unseren Augen Wirklichkeit erkunden. Christina Kubischs Klangräume und Lichtinstallationen kann man in diesem Sinn sicher als offene Forschungsvorhaben bezeichnen, die auch die Besucher einladen mitzutun, die sie auffordern, sich das Ausstellungsgebäude vom Keller bis zum Dach zu erschließen. Die Künstlerin ist eine Spurensucherin, die sich auf die Fährte eines Hauses begeben hat und die Einflüsse seiner wechselnden Nutzungen – Industriellendomizil, Krankenhaus, Militärstützpunkt, Amtsgericht, Kulturzentrum – in ihre Arbeiten bewußt einbindet.

Was wir heute vorfinden, ist ein Ort mit Geschichte, aber auch ein Ort mit ganz offenkundigen Brüchen: Ein Stück Vergangenheit inmitten einer zukunftsorientierten, aufstrebenden Stadt; Zeugnis privater Wohnkultur aus den Anfängen des letzten Jahrhunderts, architektonisch mehrfach überformt, nun öffentlich zugänglicher Bestandteil des Rüsselsheimer Kulturbogens. Ein markanter Kontrast auch der zwischen idyllischer Lage inmitten der Mainwiesen und gegenüberliegendem Ufer, wo unübersehbar Industrielandschaft beginnt; hier Klangräume, die mit der Stille spielen, Stille zu fordern scheinen, und droben, unüberhörbar, die Einflugschneise des Frankfurter Flughafens – Christina Kubisch arbeitet mit solchen Brüchen, führt sie vor, sagt: »Diese Doppeldeutigkeit ist tpyisch für meine Arbeit. Nichts ist eigentlich so, wie es aussieht, und auch der erste Eindruck von Stille ist trügerisch.«

Die Arbeiten, die die Künstlerin in den Opel-Villen installiert hat, sind raumbezogen, meinen den konkreten Ort mit all seinen Bezügen und wollen ihn gemeinsam akustisch und visuell erlebbar machen. Das gilt für die schöne alte Buche draußen, in der von Solarzellen gespeiste Lautsprecher scheinbar natürliche Laute erzeugen und die Frage »echt oder falsch?« aufwerfen, wie für das Dachgeschoß, wo zwölf verschlossene Türen, Schwarzlicht und diskrete Klangkompositionen eine dichte Atmosphäre des Geheimnisses erzeugen.

In einem Interview bezeichnet Christina Kubisch die Opel-Villen als Glücksfall für ihre Werkschau, weil sie sich für ihre Art der Wirklichkeitserkundung gerade keine museale Glätte wünscht, sondern einen Ort, der etwas zurückgibt. Ich hoffe, die Besucherinnen und Besucher der Ausstellung »Klang Raum Licht Zeit« erleben die Opel-Villen Rüsselsheim als einen solchen Ort und genießen ihren Aufenthalt.

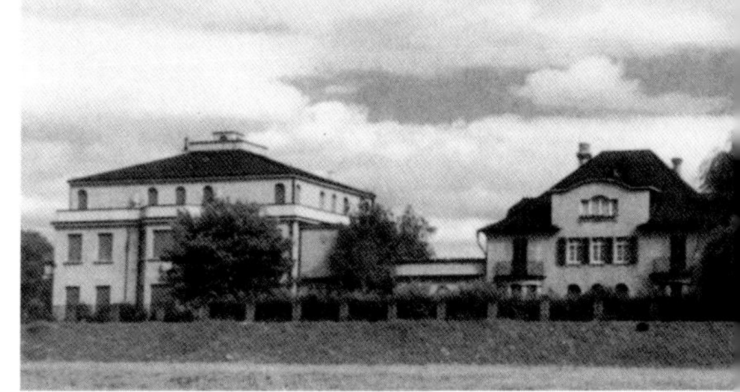

Reflections on the multiplicity of stillness, on the conditions of our sensory perception, and on the relationships between nature, art, and technology are the focus of this year's exhibition of contemporary art in Rüsselsheim. For the third time, that turns the Opel Villas into public space where contemporary artists, each with his or her own unmistakable set of instruments, will investigate reality before our eyes. In this sense, we can speak of Christina Kubisch's sound spaces and light installations as an open research project that invites the viewer to take part, calling on him to explore the whole exhibition building, from cellar to roof. The artist is a tracker on the trail of a building. She consciously integrates into her works the influences of the building's changing use – an industrialist's home, hospital, military base, municipal court, cultural center.

What we see today is a site with history, but also a site with obvious cracks: a piece of the past in the middle of a future-oriented, upward-striving city; testimony to an early 19th-century, private culture of the home, architecturally reshaped several times, and now a publicly accessible component of the Rüsselsheim Culture Arch. The contrast is also strong between the building's idyllic location in the middle of the Main meadow and the opposite shore, where industrial landscape unmistakably begins; here, sound spaces that play with stillness and seem to promote stillness, and over there, impossible not to hear: the approach lane to Frankfurt International Airport. Christina Kubisch works with and presents such fractures. As she says, »This ambiguity is typical for my work. Nothing is really the way it looks, and even the first impression of stillness is deceptive.«

The works that the artist has installed in the Opel Villas are site-specific and mean the concrete space with all its associations. They want to make that site experiencable acoustically and visually at the same time. That goes for the beautiful old beech tree in front of the building, in which loudspeakers powered by solar cells create seemingly natural sounds, raising the question »true or false?«, and it goes for the attic storey, where twelve locked doors, black light, and quiet sound compositions create a dense atmosphere of mystery.

In an interview, Christina Kubisch called the Opel Villas a stroke of luck for her retrospective, because she wants anything but museum-like smoothness for her kind of investigation of reality. She wants a site that gives something back. I hope the visitors to the exhibition »Sound Space Light Time« enjoyably experience the Opel Villas in Rüsselheim as that kind of site.

Stefan Gieltowski *Oberbürgermeister*

C H R I S T I N A   K U B I S C H

—

V O M   T A U S C H   D E R   K L A N G I D E N T I T Ä T E N

Antje von Graevenitz

Gedichte erzeugen eine lyrische Stimmung, die sich auch mit einem Arrangement aus Objekten, Farben, Düften und Klängen ergeben kann, sobald man ihrer besonders gewahr wird: »Still ruht der See, die Vöglein schlafen. Ein Flüstern, du hörst es kaum….« beginnt beispielsweise ein (sogar vertontes) Gedicht von Heinrich Pfeil aus dem Ende des 19. Jahrhunderts,[1] das mit drei Aussagen eine bestimmte Atmosphäre des Ortes und des Klanges weckt und sich direkt an einen Betrachter und Hörer wendet. Die Atmosphäre eint die Szene: ein später Abend vielleicht oder ein Morgen noch vor Sonnenaufgang. Wahrscheinlich ist der Hörer allein. Schon scheint sich ein Element der Atmosphäre vom gerade erzeugten Bilde abzulösen. Es emanzipiert sich vom logischen Szenenbild wie ein überraschendes Faszinosum und fängt auf einmal alle Neugierde: »Ein Flüstern, du hörst es kaum.« Auf einmal fällt die körperliche Bindung an die Szene vom angestrengt Lauschenden ab; er oder sie werden »ganz Ohr.«

So geht es einem mit den Klanginstallationen von Christina Kubisch. Es sind Gedichte, die inmitten eines Ortes site-spezifisch mit Geräuschen angereichert sind, die sich aber gleichzeitig davon wegen einer unbestimmbaren Nicht-Zugehörigkeit/Fremdartigkeit zu emanzipieren scheinen und deshalb alle Aufmerksamkeit einfangen. Elektrische Kabel an der Wand, denen man mit elektromagnetischen Würfeln in der Hand Klangspuren in fragmentarischen Zusammenhängen entlocken kann, gehören sowohl zur Wand als auch nicht zu ihr. Im Moment des Abspielens erreichen die Laute nur das Ohr eines Ausstellungsbesuchers, der sich aber wohl im eingewandeten Raum befindet wie der nächtliche Lauscher am stillen See.

Eindeutig lyrisch gestimmt ist eine klangliche Annäherung an Vögel. Christina Kubisch brachte kleine Lautsprecher in einem großen Baum an und ließ ab und zu über Solarzellen und Alarmsummer – abhängig vom Tageslicht – Tonfrequenzen hören, die dem Wispern, Zwitschern und Quinkelieren ähnelten, ohne Vogelstimmen direkt zu imitieren.[2] Wie die grazilen Lautsprecher in ihrer technischen Gestalt mit ihrer blütenartig symmetrischen Formgebung strukturell Naturformen gleichen, so passen sich auch die unbestimmt gehaltenen Tonfrequenzen, die aus Solarzellen gewonnen werden, der Natur an, wenn sie in einen vergleichbaren Zusammenhang eingebracht werden. Bei früheren Installationen dieser Art in einem Baum antworteten den Lauten sogar echte Vögel.

An die »Nachtigall«, ein romantisches Märchen von Hans Christian Andersen zu denken, liegt nahe.[3] Eigentlich hat sich der Titel »Die chinesische Nachtigall« eingebürgert, weil die Geschichte sowohl von der natürlichen Nachtigall erzählt, die den chinesischen Kaiser mit ihrem Gesang verzaubert, als auch von der künstlichen Nachtigall, die man ihm gibt, damit er sie seinem Besitz einverleiben und immer um sich haben kann. Auch diese vollbringt das Wunder eines schönen Gesanges, – das wohl – , aber ihre Töne wiederholen sich stets und sind, was man zunächst lobt, besonders »taktfest«. Schließlich wendet sich die Aufmerksamkeit dann doch wieder den Qualitäten des Gegenteils zu, und man hat ein Ohr für das nicht Taktfeste eines immer variablen Nachtigall-Gesanges. Endlich begreift der Kaiser, was die Freiheit der Schöpfung bedeutet. Er liebt und verzichtet nun zugleich.

Natürlich ist das eine moralische Schlußfolgerung, die Kubisch mit ihrem Werk nicht anspricht. Bei ihr wird zwischen Natur und Technik kein Wettstreit zu Gunsten der Natur als Schöpferin ausgefochten. Eher wünscht sie sich andächtig lauschende Ausstellungsbesucher, die Ähnliches und Fremdes zu unterscheiden versuchen und dieses Fremde – eine Lautmusik ohne Taktfestigkeit und Wiederholung mit einem Reichtum an Zwischentönen und Klangfarben, Auffächerungen oder Bündelungen – als neue Erfahrung empfinden können.

Nicht erst seit Andersens Zeit ist die Dichotomie von Natur und Technik immer wieder als eine Geschichte gegenseitiger Gefährdung beschrieben worden, bis erstmals Martin Heidegger am 27. Juni 1957 in einem Festvortrag über »Den Satz der Identität« in der Stadthalle von Freiburg im Breisgau erklärte, es gebe gar keine Polarität zwischen beiden. Der Philosoph betrachtete Natur und Technik als beides zum Sein gehörig. Das geschah im Hinblick auf eine heftig ausgetragene Diskussion in der deutschen Zeit des Wirtschaftswunders, in der kritische Stimmen einc Verschandelung der Natur mit den vielen neuen Telegraphenmasten beklagten und Schulkinder darüber Aufsätze schreiben mußten. Der Begriff der Ökologie war damals – außer vielleicht bei Fachleuten – noch in niemandes Munde. Heidegger erinnerte an eine Formel des vorsokratischen Philosophen Parmenides für Identität: A = A und erklärte das A nach dem Bindestrich für alles vom Menschen gemachte, die Wiederholung der Natur mit anderen Mitteln, die aber auch zum Sein gehöre: »Auch Technik ist Sein, gehört zum Sein, gehört nicht

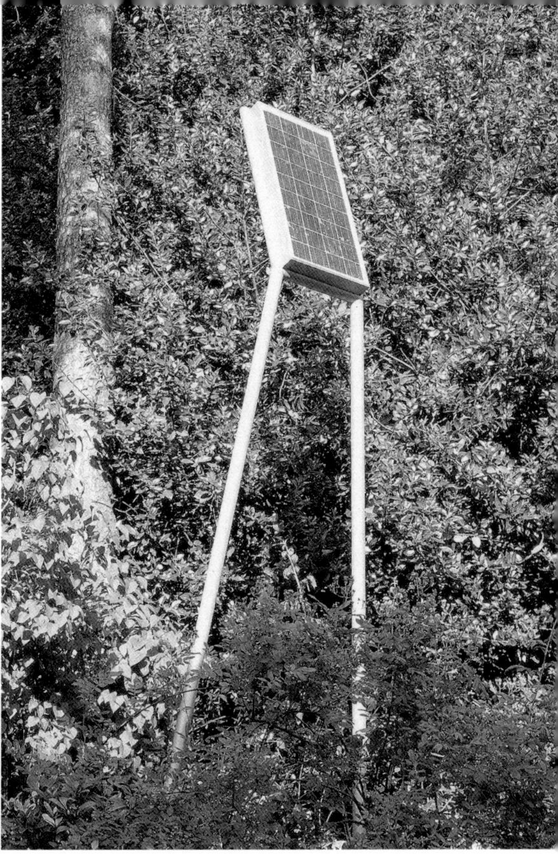

Blaue Nachtigall 1999
solargesteuerte Klangskulptur |
solar panel-controlled sound sculpture
Privatbesitz | private collection
(Photo: Rolf Giegold)

Folgende Doppelseite | Following double page:
Ein Hof und zehn Klänge 1996
Solarzellen, Hochtöner, elektronische Steuergeräte |
solar panels, speakers, electronic devices
Stadtgalerie Saarbrücken
(Photos: Tom Gundelwein)

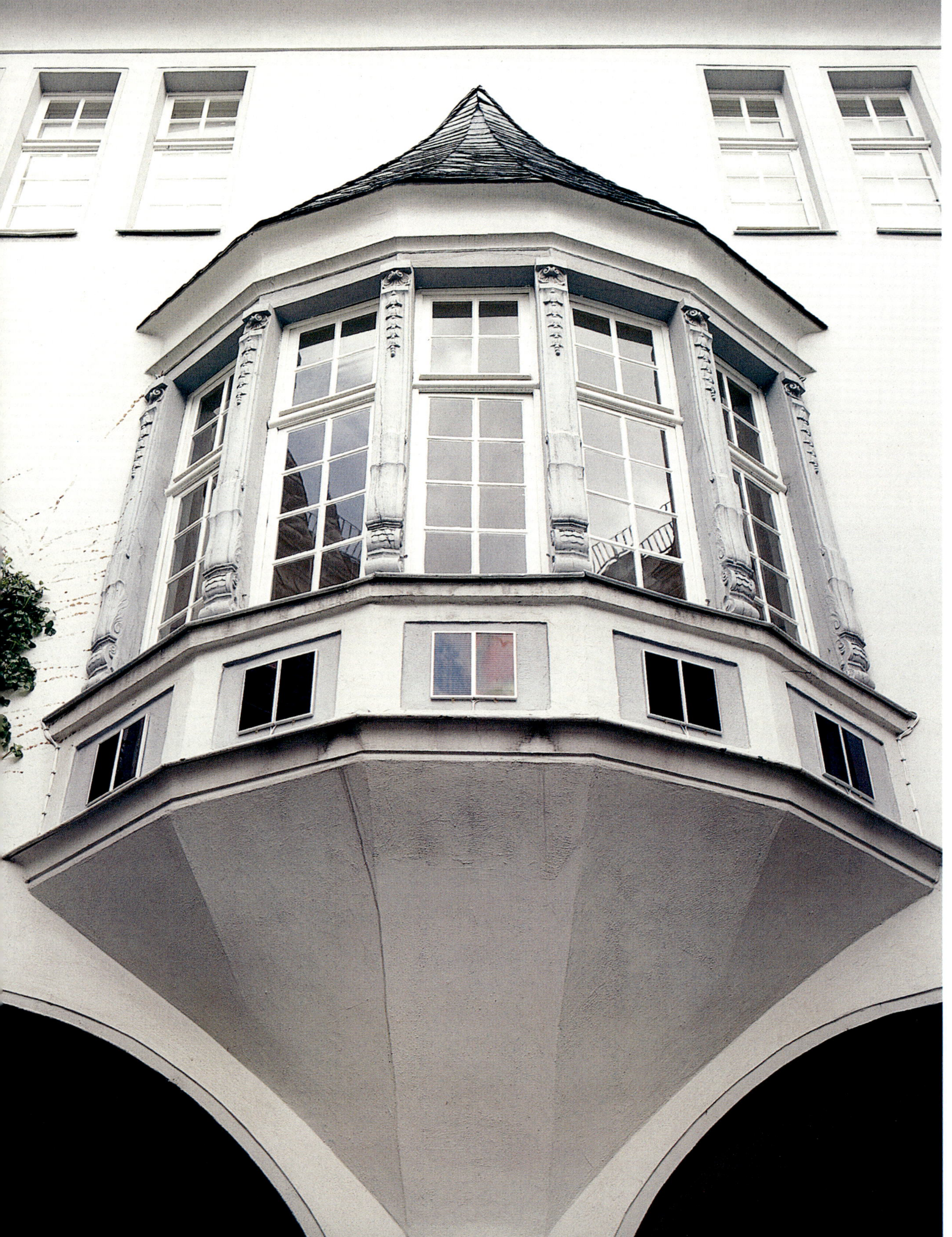

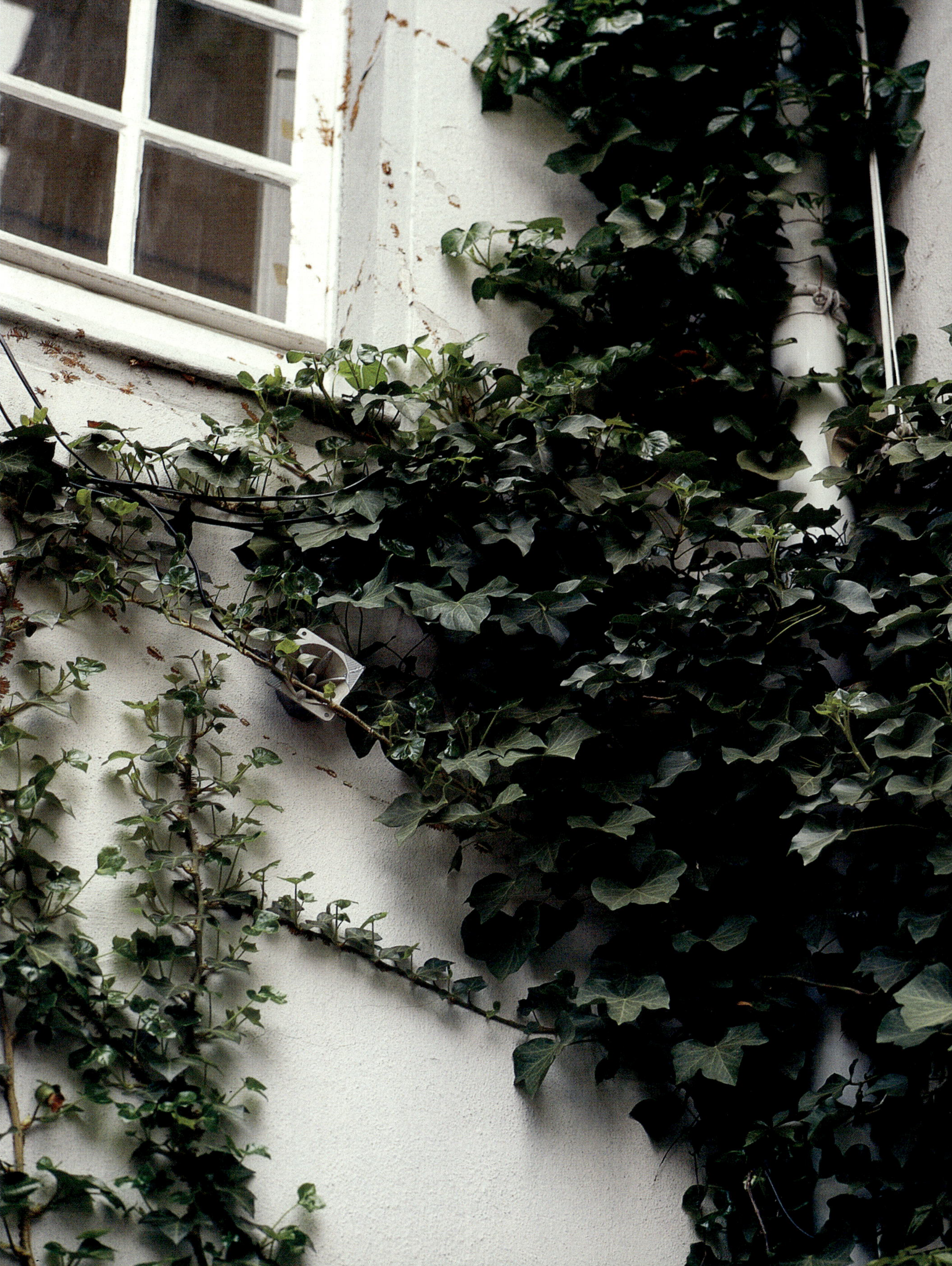

Ich verstand
die Stille des
Aethers,
der Menschen
Worte verstand
ich nie.

Stillegung 1995
Siebdruck mit fluoreszierendem Pigment auf Wand,
Geldscheinprüfer, zehnkanalige Komposition |
silkscreen-print with fluorescent pigment on wall,
banknote tester, ten-channel composition
Stadtgalerie Saarbrücken
(Photo: Carsten Clüsserath)

nur dem Menschen, gehört zum Sein.«[4] Christina Kubisch kennt diese Definition nicht, ist ihr aber auf eigenem Wege nahegekommen. Für ihre Ausstellung in den Rüsselsheimer Opel-Villen ist ihr zum Beispiel die Nähe von Landschaft und Industrieterrains gerade recht.

Wie der koreanische Künstler und Komponist Nam June Paik, (der Heideggers Vortrag wohl kannte,) fühlte sie sich einem anderen Einfluß nahe, der über John Cage aus Amerika nach Deutschland kam. Während Paik jedoch John Cage auf den Darmstädter Ferienkursen für Neue Musik begegnete (mit weitreichenden Folgen für seine weitere Arbeit), traf Christina Kubisch Cage erst in den siebziger Jahren. Damals konnte dieses Treffen keine Wende mehr für ihre Arbeit bedeuten. Sie hatte bereits einen eigenen Weg eingeschlagen. Cages Musiktheorie war ihr längst bekannt: beispielsweise seine Hinwendung zu Geräuschen der Natur als Teilnehmerin am musikalischen Prozeß und auch die Bindung seiner Arbeit an zuvor festgelegte Bedingungen aller Art, die diesen Prozeß des (Be-)Lauschens von natürlichen und künstlich erzeugten Klängen für das Gesamterlebnis »Musik« strukturieren können. Da Cage sich dem Zen-Buddhismus verbunden fühlte, war auch er – wenn auch mit ganz anderen Argumenten als Heidegger – vom gemeinsamen Sein von Natur und Technik überzeugt. Dazu ist eine sprechende Anekdote überliefert: Als Cage eines Tages mit dem amerikanischen Komponisten Morton Feldman am Strand saß und sich dieser über das plärrende Geräusch eines nahen Radios ärgerte, meinte Cage ganz ruhig, Feldman würde sich sicher viel wohler fühlen, wenn er einfach das Geräusch in seine eigene hörbare Umgebung einpassen würde. Auch Christina Kubisch lernte die Geräusche der Technik in ihre Welt einzubeziehen. Eine grausame Lehre bedeuteten die Tiefflieger über dem Barkenhoff in Worpswede, in dem sie 1988 als Stipendiatin arbeitete.

Selbst »Silence« war für Cage etwas Hörbares.[5] Stille, in der vielleicht der eigene Atem oder das Herzklopfen zu belauschen sind, so daß sie sich als erfüllte Stille äußert, gehört zu Cages Credo. Richtige Stille gibt es niemals. Christina Kubisch nahm diese Erkenntnis auf, als sie 1996 in Berlin mitten auf der Baustelle des Potsdamer Platzes Zitate aus Gedichten der deutschen Romantik ausstellte, die sie mit fluoreszierenden Buchstaben auf Plexiglas-Tafeln hatte drucken lassen und im Raum mit Geldscheinprüfern beleuchtete.[6] Beispielsweise liest man dort: »Und meine // Seele / spannte / Weit ihre Flügel / aus, / Flog durch die / stillen Lande, / als flöge sie / nach Haus.« (Eichendorff) oder: »Vor lauter / Lauschen und / Staunen sei still, / Du mein tieftiefes Leben; / Daß Du weißt, / was der Wind / Dir will, / Eh noch die Birken beben.« (Rilke). Besonders typisch für den Gedanken erfüllter Stille ist ein Haiku: »Windstiller Tag! / In der großen / Glocke / tummeln / sich / die Bienen.« Alle Gedichtzeilen behandeln eine Ambivalenz: Der Leser stellt sich auf eine Stille ein, die er nicht findet. Reduktion auf Ruhe ergibt auf einmal eine große Komplexität, die vorher von anderen Erlebnissen übertönt und überdeckt worden war. Romantische Dichter entdeckten den Mikrokosmos im angeblichen ›Kaum-Sein‹: in der Nacht, der angeblich vollständigen Ruhe oder Stille. Damit spannen sie einen Faden weiter, der ihnen Jahrzehnte zuvor von dem englischen Schriftsteller Lawrence Sterne gereicht worden war. Dieser hatte in seinem Bestseller-Roman »Tristram Shandy« (1759) eine ganz und gar schwarz bedruckte Seite eingefügt.[7] Vorstellungen, von denen die Figuren in seinem Roman gefangen sind und die ihre Gespräche und Handlungsweisen bestimmen, konnte der Leser nun selbst weiterspinnen: Die schwarze Seite diente ihm als Projektionsfläche. Er konnte nun alles, was er wollte, aus der Druckerschwärze herauslesen, die ja auch die Buchstaben mit der schwarzen Seite teilten: Die narrative Ruhe ließ sich (aus-)füllen.

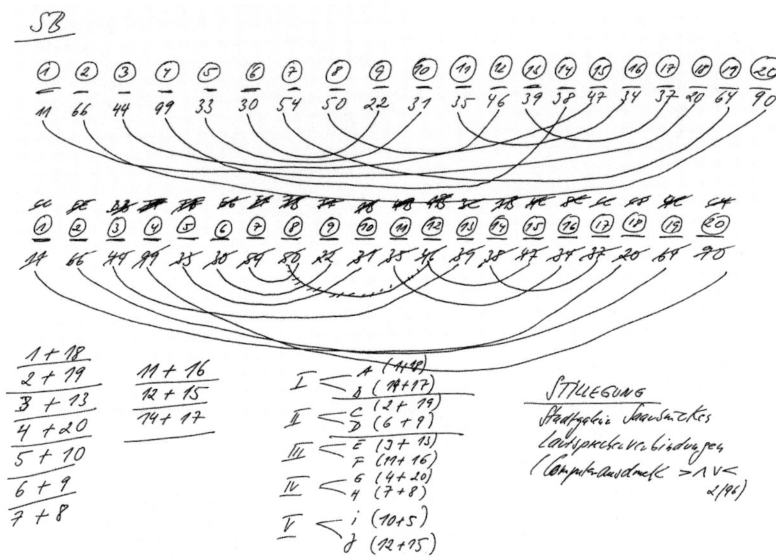

Skizze zu | drawing for **Stillegung** 1995

Das Instrument für diesen Prozeß hieß damals Empfindsamkeit, die man heute als Sensibilität bezeichnet. Der junge Goethe schrieb ein selten aufgeführtes Theaterstück mit dem Titel: »Triumpf der Empfindsamkeit.«[8] Bald warfen sich die Romantiker in einen Kult der Empfindsamkeit, der ihnen als Schlüssel zum auszukostenden Leben erschien: Glückseligkeit und Melancholie, Endlichkeit und Unendlichkeit bildeten darin die Schlüsselworte. Und was das Schöne war: Empfindsamkeit – war sie erst einmal über Kunst und Natur geweckt – konnte eines jeden Eigenschaft sein, die ihn ganz ohne Geld oder Macht zum Ausschöpfen des Lebens befähigte und damit zum ganzen Menschen, zum hoffentlich freien Menschen machen konnte. Bis weit in das 19. Jahrhundert hinein wurde »Empfindsamkeit« das Zauberwort für einerseits die Vorbedingung zum Kunst-Machen und andererseits für das angestrebte Ziel der Wirkung der Kunst auf den Betrachter.[9] Ein tief empfindender Betrachter würde womöglich der bessere Mensch werden. So jedenfalls erhoffte es sich Friedrich Schiller 1795 in seinen Briefen über »Naive und sentimentalische Dichtung«.[10] Empfindsamkeit würde eine Metamorphose des Betrachters einleiten. Indem er bei sich andere Saiten anschlüge,

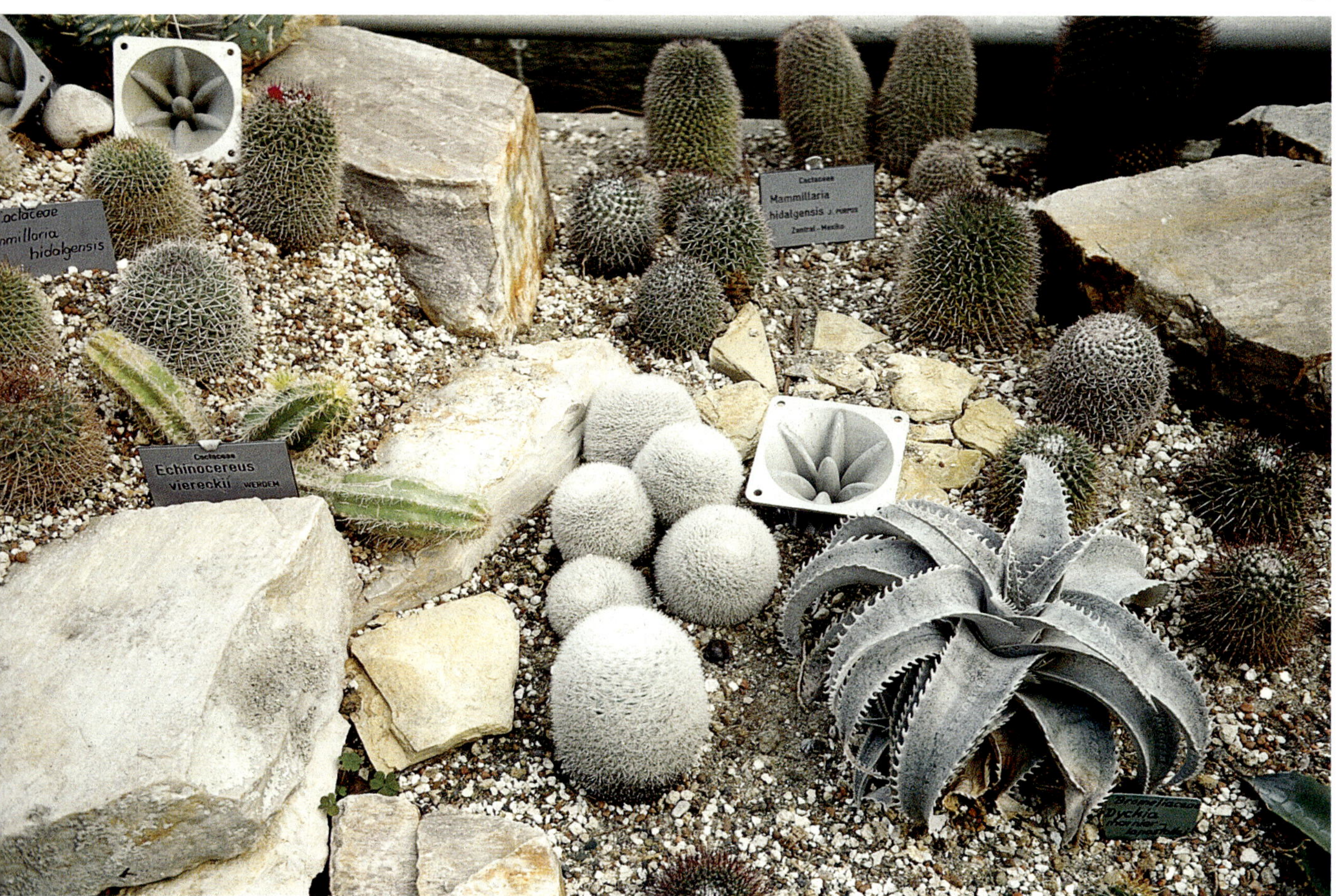

Random Neighbours 1994

Hochtöner, Solarzellen, el. Steuergerät, Tierscheuchen | speakers, solar panels, electr. devices, animal scares
»Poiesis«, Gewächshäuser Planten und Bloemen, Hamburg (Photo: Giacomo Oteri)

würde er bei sich neue Seiten kennenlernen. Nicht selten spielte Musik dabei eine große Rolle. Gerade Dichter und Maler suchten im Zusammenspiel von Worten, Farben und Tönen den Paragone einer Gleichgesinntheit der Künste zu verwirklichen: Novalis ebenso wie Philipp Otto Runge, Baudelaire wie Wassily Kandinsky. Letzterer setzte nun schon im 20. Jahrhundert diese Tradition fort und sprach von

dem entscheidenden Wert der Sensibilität als Aufnahmeorgan für malerische
Werte und als Endziel der Kunst: Es galt
den Betrachter zu sensibilisieren.[11] Christina Kubisch steht in dieser Tradition.
Töne sind für sie der Schlüssel zur Öffnung der Sinne, zum Entdecken einer
Welt in der Welt und zum Entwickeln der
eigenen Sensibilität – vielleicht im Hinblick auf eigene, neue Anwendungsmög-
lichkeiten in der zukünftigen Arbeit des
Zuhörers. Sie nimmt damit an einer leise
und behutsam geäußerten Utopie teil.

Starke Gemütserregungen sprechen
ihre Klanginstallationen nicht an. Saiten,
die sie erklingen läßt, sind elektronisch
erzeugt und lassen eine fast abstrakt zu
nennende Klangwirklichkeit entstehen.
Ein Zirpen, wenn es denn eines wäre,
ließe sich keinem tatsächlichen Tier zu-
ordnen, es flüstert aus der Fremde in die
natürliche Umgebung hinein. Immer jedoch scheint der Laut ohne Beginn und
Ende aufzutauchen wie die Natur selbst. Vergänglichkeit ist eine Eigenschaft, die
der Betrachter selbst bestimmt, wenn er sich innerlich von den gehörten Lauten
abwendet. Ton-Charakeristiken wie »schallen, dröhnen, gellen, schmettern, grö-
len, knödeln, zerkrachen, klötern, schrillen, ballern und klimpern« gehören nicht
zu Kubischs Repertoire, eher Geräusche nahe am Verstummen oder einer umfas-
senden Raumeinnahme wie beim Glockenton. Wohlklang auf der einen Seite und
Geräusch auf der Kippe zum Nicht-Klang auf der anderen bilden den Rahmen,
mit dem sie sich lieber beschäftigt als mit Kompositionen innerhalb dieses Rah-
mens. Die Folge davon ist, daß ihre Lautmusik – so befremdlich sie auch klingen
mag – quasi zum Raum gehört. Erik Satie fütterte 1888 die ständig wiederholte
Melodiefolge seiner »Vexations« 840 mal, also solange nach, bis sich die leise und
nachklingende Tonfolge sozusagen ins Leben eingeschrieben hatte. (Erst John Cage realisierte dieses Musikstück mit vielen Pianisten, die einander abwechselten.)
Folglich stellte Satie Überlegungen zur »Musique d´Ameublement« an: Töne würden Räume wie Möbel füllen können.[12] Christina Kubisch läßt jedoch eher ein
Raum-Klima oder Raum-Temperament entstehen. Immer bleibt das Moment des
Befremdens bestehen: Der Lauscher weiß stets, daß zusätzliche Klang-Eigenschaf-
ten zugeführt wurden, als würde der Raum neugewandet.

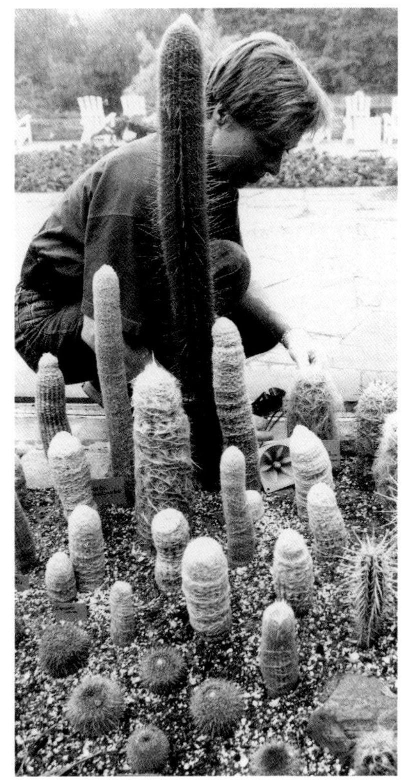

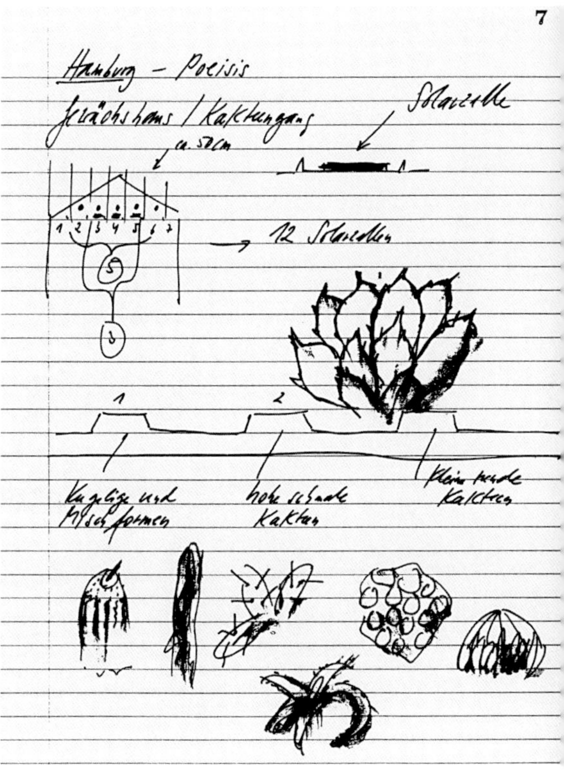

Random Neighbours 1994
Aufbauphoto und (»Botanische«) Skizze |
Installationphoto and »botanic« drawing
(Photo: Eva-Maria Schön)

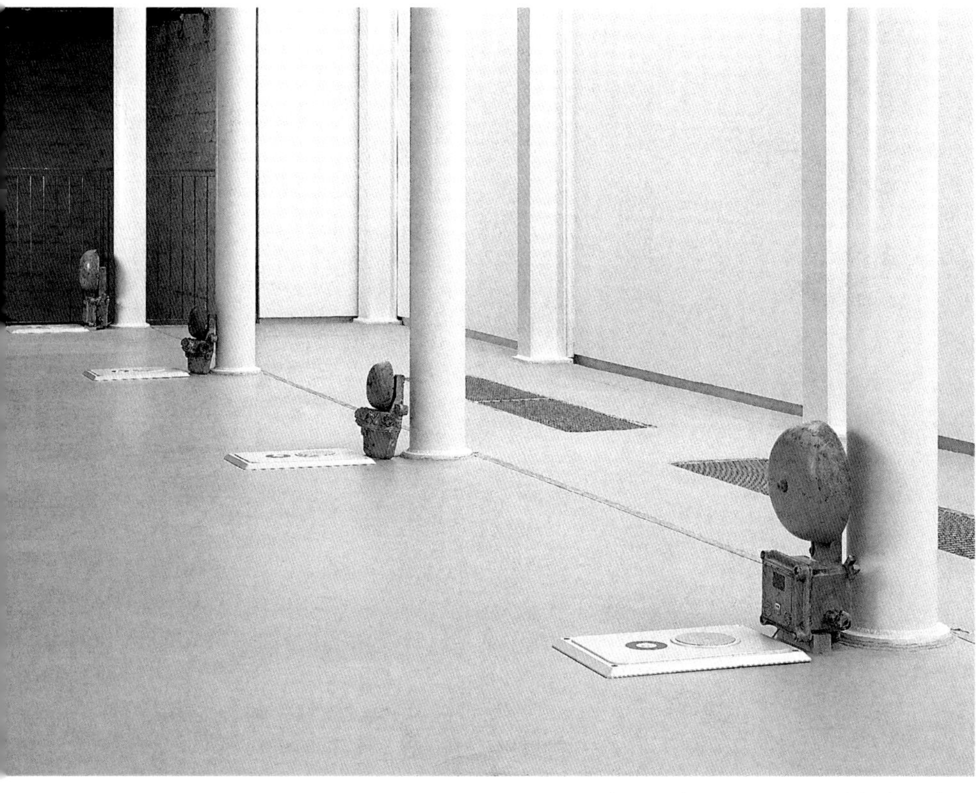

Manchmal handelt es sich um verloren gegangene, vielleicht vergessene Geräusche. Christina Kubisch begab sich zuvor auf akustische Spurensuche und forschte alten Lauten in Archiven nach, Schwirrlauten in einer ehemaligen Stasi-Zentrale oder Geräuschen alter Klostertüren, dem Wohlklang eines alten Glockenturmes oder singenden Türen eines ehemaligen Krankenhauses. Ihre »Suche nach dem verlorenen Laut« gilt dem akustischen Klima, nicht der sozial-politischen Historie. So wie Rebecca Horn in ihrem Film »La Ferdinanda« einen Archäologen mit einem kleinen Hämmerchen in der Villa Medici an die Wände klopfen läßt, um ihnen verlorene Gespräche und Geräusche zu entlocken (ob es ihm gelingt, weiß man nicht), macht sich auch Christina Kubisch auf die Suche nach vergangenem

Zwölf Signale 1999

Bergwerksglocken, Flachlautsprecher,

zwölfkanalige Komposition | mine bells, speakers

twelve-channel composition

Städtische Galerie Bremen

(Photo: Joachim Fliegner)

Klang-Leben. Was sie anschließend hören läßt, ist nur entfernt mit dem längst Geschehenen identisch. Ihre Spurensuche hat nichts von einer romantisch gestimmten Wehmut über verlorengegangene Werte oder Sehnsucht nach ferner, unerreichbarer Schönheit. Aber sie bietet eine Intimität mit einer Atmosphäre, die über das Ohr auflebt und das Ferngeglaubte oder Vergessene in anderer Form anwesend macht. »Spurensicherung« wie Günther Metken in den siebziger Jahren eine Kunstrichtung nannte,[13] wird in Kubischs Arbeit mit erneuerten sowie anderen Erfahrungen und Überlegungen über neuartige Klanginstallationen weitergeführt.

Hier kommt jeweils der Materialbegriff von Theodor W. Adorno ins Spiel. Der Philosoph meinte, Material sei all das, was ein Komponist vorfindet und was ihm aus der Vergangenheit zugereicht wird. Form dagegen entstünde erst aus der eigenen Arbeit.[14] Diese Definition trifft auf Kubischs Arbeitsweise zu. Form entsteht bei ihr erst aus der Verschmelzung von optischem und akustischem Material. Lautsprecher werden beispielsweise wie Fußmatten vor Türen einer ehemals als Krankenhaus genutzten Etage in Rüsselsheim gelegt, so daß die daraus dringende Lautmusik quasi den Boden für Raum und Klima einer Vergangenheitsbeschwörung bildet. Hinter den Türen wurden einst Kranke gepflegt. Interieur entwickelt sich so zum locus solus zweifacher Ereignisse: dem aktuellen Lauschen und dem Versetzen in die Vergangenheit.

An diesem Beispiel wird die poetische Arbeit von Christina Kubisch ersichtlich. Das Mischpult für ortseigene und ortsfremde Geräusche ist im Wahnehmungsapparat des Belauschers und in dessen Bewußtsein angesiedelt. Hier entstehen erst Raum und Klima in einem nicht-statischen Sein. Die gegenseitige Abhängigkeit von optischen und akustischen Reizen ist das Ergebnis von Verfremdung und Zusammenführung. In der Wirklichkeit erscheint bespielsweise das Geräusch eines Autos für einen Autofahrer logisch, für den klassische Musik spielenden Musiker dagegen willkürlich und deshalb wahrscheinlich unerfreulich. Der Ausstellungsbesucher von Kubischs Klanginstallationen entdeckt stattdessen, das dem Raum uneigene Klänge von außen nicht willkürlich, sondern absichtlich zugeführt / hineingeführt wurden, die dem Raum nun eignen sollen. Draußen und Drinnen kommen im optischen und akustischen »Interieur« zusammen. Hierin liegt die poetische Arbeit beschlossen. Auf diesem Wege werden, – wie schon Walter Benjamin in seinem »Passagenwerk« äußerte –,[15] auf einmal Ereignisse allegorisiert und ritualisiert und damit für das erkennende Bewußtsein in einen Stillstand verwandelt, in dem Vergangenheit und Gegenwart für die Dauer des Lauschens und Interpretierens zeitlos werden. In diesem Stillstand können optische und akustische Ereignisse transzendieren. Den Rahmen bildet die lyrische Gestimmtheit, das Instrument dafür ist Empfindung.

In ihrem Buch über »Die Revolution der poetischen Sprache« (Orig. Paris 1974) zeichnet Julia Kristeva die Poesie grundsätzlich für die Abweichung von der real geführten Sprache verantwortlich.[16] Sie bringe eine Ambivalenz ins Spiel, die man sich umgangssprachlich zumeist nicht leisten könne. Sie schaffe einen unendlichen Raum, da sie Sinn zerstöre, aber auch fordere und neu konstituiere. Vor allem aber verhindere sie jede Form von Linearität. Sprache werde nur als Rohstoff behandelt und danach der realen Sprache neu zugeführt. Nicht anders geht Christina Kubisch mit optischen, aber vor allem mit akustischen Rohstoffen um. An ihrer Schnittstelle entsteht ein anderes, für beide eigenes Klima, das beide vereint. Beweisen läßt sich damit nichts. Die Frage nach irgendeiner Beweiskräftigkeit – beispielsweise nach historischer Echtheit – stellt sich nicht bei poetischer Arbeit.

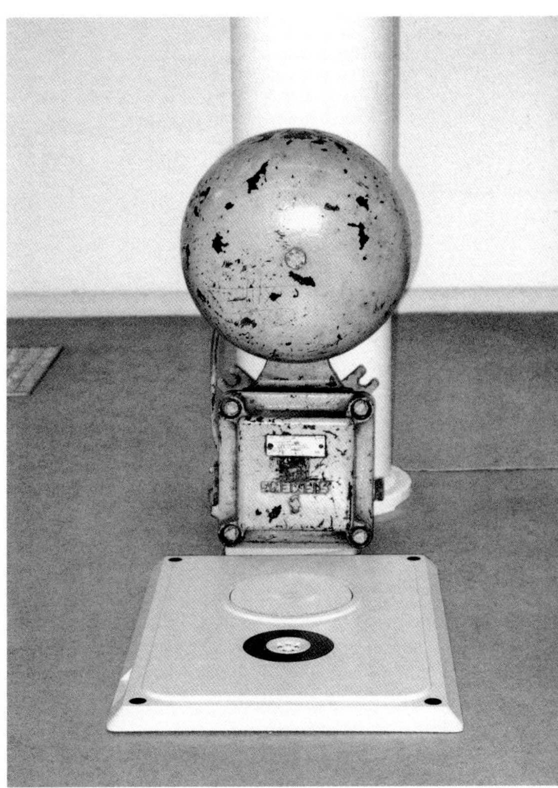

Zwölf Signale 1999

Detail (Photo: Dieter Scheyhing)

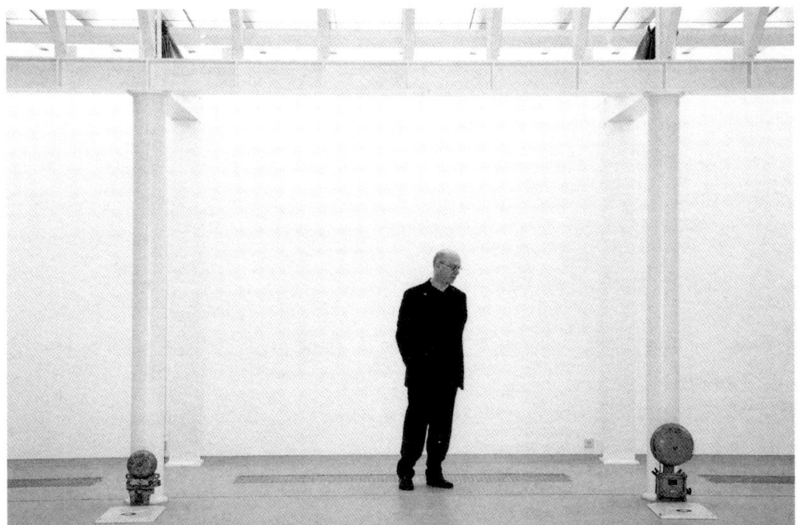

Zwölf Signale 1999

Installationsansicht | installation view

(Photo: Dieter Scheyhing)

Läßt man die Frage beseite, wird man von ihr befreit und kann über Poesie laut Aristoteles andere Dinge wahrnehmen: eine andere und eigene Welt, die neue Erkenntnisse vermittelt.[17]

Stärker noch als Sprache sind Töne ephemer. Christina Kubisch arbeitet gegen das Verschwinden von Klängen. Sie kann sich noch genau an bestimmte Geräusche aus ihrer Kindheit erinnern, wie andere an bestimmte Düfte oder an Wärme. Über dieses Thema schrieb sie 1998 einen Text »Ohne Scheidegruß«, der mit Erinnerungen beginnt: »Wenn ein Haus plötzlich nicht mehr da steht, bemerkt man es sofort, vor allem, wenn man jeden Tag daran vorbeigegangen ist. Wenn ein Klang plötzlich verschwunden ist, bemerkt man es manchmal erst sehr spät, manchmal auch gar nicht. Irgendetwas ist anders, aber genau könnte man das kaum definieren. Vielleicht erst dann, wenn man irgendwo, an einem anderen Ort auf ein ähnliches akustisches Ereignis stößt. – Viele Klänge verschwinden so: aus der Natur, aus unserem sozialen Umfeld, aus unserem Privatleben. Unauffällig, ohne sich großartig zu verabschieden. Es liegt in der Natur des Klanges, flüchtig zu sein, nicht statisch wie ein Gebäude. Vielleicht sind auch darum die Erinnerungen, die bestimmte Klangereignisse auslösen, oft mit Emotionen verbunden: Kindheitserinnerungen, Reiseerlebnisse, private Begegnungen, Naturerlebnisse.«[18] Woody Allen widmete solchen Kindheitserinnerungen seinen Film »Radio Days«, in dem flotte Musik aus dem Radio das Leben seiner Familie auf engstem Wohnungsraum bestimmte. Schon lange hat sich die klappernde Mühle am rauschenden Bach aus unserem Ton-Klima verabschiedet, ebenso wie die Schreibmaschine. Ein ferner Harfenton, wie Eduard Mörike ihn in seinem Frühlingsgedicht »Er ists« vernahm, gehört kaum noch zu den üblichen Möglichkeiten.[19] Wie sich jedoch fremde Klänge in eine Umgebung einklinken und sich mit ihr verbinden, hat etwas Magisches. Farben binden sich schneller an Gegenstände. Töne, die nicht zum Environment zu gehören scheinen, erhalten dagegen länger ihre Seltsamkeit. Deshalb meint Christina Kubisch: »Klanginstallationen sind Seismographen akustischer Geschichte.«[20]

Was kann daran noch authentisch sein? Christina Kubisch beschäftigt sich mit der Falschheit fremder Töne und mit dem Schein ihrer Lüge. Bleibt das zu Hörende fremdartig, scheint es authentischer, als wenn es genau zu deuten wäre. Die Deutung erst gibt den Tönen eine Funktion innerhalb einer realen Umgebung, gleich, ob es sich dabei um natürliche oder künstlich erzeugte Klangfolgen handelt. Erst die Kenntnis ihrer künstlichen Erzeugung läßt Wahrheit und Lüge als gleichwertig erscheinen: Die eigens erzeugte Musik ist in sich selbst wahr, aber gleichzeitig eine Lüge, sowie die eigens erzeugten Laute in die reale Umgebung hineingespielt wurden und sich dort mit ihr verbinden. Das geschieht vor allem dann, wenn es sich um eine Form der tönenden »dislocation« handelt, in der Klänge, die wie Glöckentöne zu einer bestimmten Architektur gehören, plötzlich in ei-

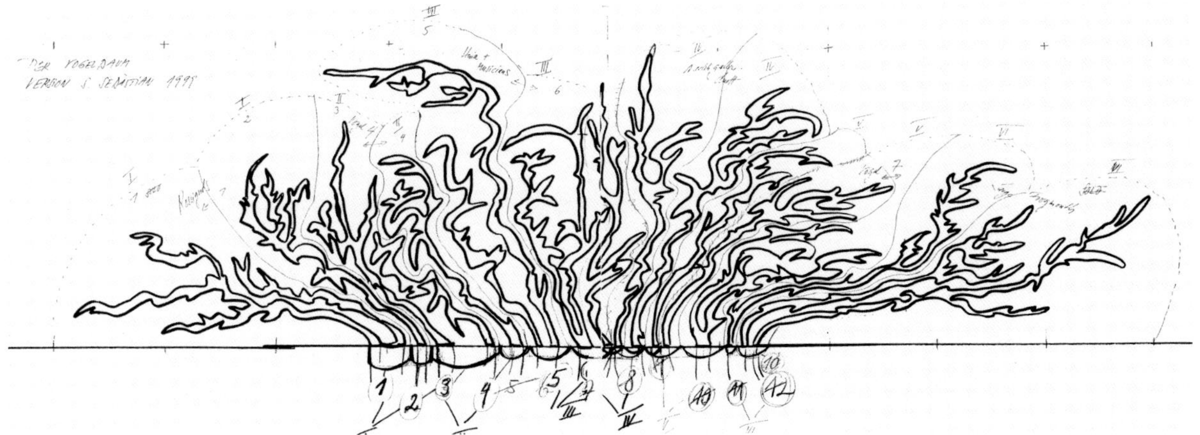

Der Vogelbaum 1987

Installationsskizze | scetch for installation

nen ganz anderen Raum hineinschallen, der dafür untypisch ist. Die Frage, ob
Wahrheit oder Lüge, liegt auch einer weiteren Installation zugrunde: Christina
Kubisch ordnete auf einem runden Tisch sternförmig Computermäuse an und
legte am Tischrand in regelmäßigen Abständen zehn eingegossene Mäuse aus, die
sie einem Naturkundemuseum entliehen hatte.[21] Der Ausstellungsbesucher hörte
nun leise Klickgeräusche und konnte kaum ausmachen, ob es sich um die der PC-
Mäuse oder echtes Mäusegeraschel handelte. Die Zuordnung wurde einem schwer
gemacht. Echtheit und Simulacrum sind in einem dritten Medium – dem Laut –
austauschbar. Im Laut kann auf einmal alles Alles sein. Werte wie Wahrheit und
Lüge verschwimmen in der sinnlich erfahrbaren Ganzheit. Fragen wie die nach
dem Nutzen, dem Beweis und der Ethik lassen sich durch poetische Arbeit am
Laut und Klang gewinnreich aufschieben.

1   Zitiert unter dem Stichwort »Stille« in: Küpper, Heinz: dtv-Wörterbuch der deutschen
    Alltagssprache. Bd. 2, 1971, S. 379

2   »Ein Baum und zehn Klänge«, Klanginstallation, (Alarmsummer, Solarzellen,
    Piezo-Hochtöner, elektronisches Steuergerät), Akademie der Künste Berlin 1994

3   Andersen, H. Chr.: Märchen. Mit Ill. v. Pedersen, Vilhelm und Frölich, Lorenz.
    Aus dem Dänischen von Blühm, Eva-Maria. Bd. 1, Leipzig/Frankfurt a.M. 1975, S. 287–298

4   Martin Heidegger spricht den Vortrag zur Fünfhundertjahrfeier der Universität Freiburg im Breisgau:
    Der Satz der Identität. LP, Verlag Günther Newke Pfullingen NV 2, o.J.

5   Cage, John: Silence. Lectures and Writings. Middletown, Conn. (1939) 10 th edition 1961

6   »Über die Stille«, Weinhaus Huth/Potsdamer Platz Berlin, Festival »sonambiente« 1996

7   In der deutschen Ausgabe fehlt diese schwarze Seite: Sterne, Lawrence: Leben und Meinungen
    des Herrn Tristram Shandy. Berlin 1968

8   Goethe, Johann Wolfgang von: Der Triumpf der Empfindsamkeit. Eine dramatische Grille
In: Goethes Schriften. Leipzig 1787, Bd. 4

9   Doktor, Wolfgang: Die Kritik der Empfindsamkeit. Diss. Universität des Saarlandes.
Frankfurt a.M. 1975

10   Schiller, Friedrich: Über naive und sentimentalische Dichtung (1795). Mit einem Nachwort
und Register von Beer, Johannes. Stuttgart 1952 (Reclams Universalbibliothek Nr. 7756 (2))

11   Kandinsky, Wassily: Über das Geistige in der Kunst. (1911) 7. Aufl. Mit einer Einf. von
Bill, Max. Bern-Bümpliz 1963, S.80/81

12   Satie, Erik: Musique d´Ameublement. In: Satie, Erik: Schriften. Hrsg. von Bärtschli, Werner , übers.
von Pillet, Evi. Zürich 1980, S. 54

13   Metken, Günther: Spurensicherung. Kunst als Anthropologie und Selbsterforschung.
Fiktive Wissenschaften in der heutigen Kunst. Köln 1977

14   Dahlhaus, Carl: Aufklärung in der Musik. (Im Gespräch mit Früchtl, Josef). in:
Früchtl, Josef und Colloni, Maria (Hrsg.): Geist gegen den Zeitgeist. Erinnern an Adorno.
Frankfurt a.M. 1991, S. 125 f. (edition suhrkamp 1630, Neue Folge 630)

15   Benjamin, Walter: Passagenwerk. Hrsg. v. Tiedemann, Rolf. 2 Bde., Frankfurt a.M. 1982
(edition suhrkamp 1200, Neue Folge 200)

16   Kristeva, Julia: Die Revolution der poetischen Sprache (1974). Aus dem Französischen übersetzt
und mit einer Einleitung versehen von Werner, Reinhold. Frankfurt a.M. 1978
(edition suhrkamp 949)

17   Aristotle Poetics. Transl. With an Introduction and Notes by Gerald F. Else. Ann Arbor 1970

18   Kubisch, Christina: Ohne Scheidegruß. In: Positionen. Beiträge zur Neuen Musik Nr. 5, 1998

19   Zitiert in: Der ewige Brunnen. Ein Volksbuch deutscher Dichtung.
Gesammelt und hrsg. v. Reiners, Ludwig. München 1955, S. 267

20   a.a.O. 1998

21   »Mausware«, Klangskulptur (Tisch, Computermäuse, Mäuse in Alkohol, Lautsprecher,
zehnkanalige Komposition mit Geräuschen von Computermäusen), 1988,
Hessisches Landesmuseum Darmstadt

Les fleurs du mal 1995

Blut auf Japanpapier | blood on japanese paper

CHRISTINA KUBISCH

—

THE EXCHANGE OF SOUND IDENTITIES

Antje von Graevenitz

Poems create a lyrical mood that can also result from an arrangement of objects, colors, scents, and sounds as soon as one becomes sharply aware of them: »The lake rests quietly, the birds sleep. A whisper, you hardly hear it...«, for example, is the beginning of a poem (incidentally, it has been put to music) by Heinrich Pfeil, written at the end of the 19th century,[1] which uses three statements to awaken a specific atmosphere of the site and sound, and which directly addresses the viewer and listener. The atmosphere unifies the scene: perhaps a late evening or a morning before sunrise. The listener is probably alone. One element of the atmosphere is already beginning to separate from the just-created image. It emancipates itself from the logical image of the scene like a surprising fascination, and suddenly it captures our curiosity entire: »A whisper, you hardly hear it.« All at once, the straining listener loses his bodily connection to the scene: he or she becomes »all ears«.

That's what happens to you in Christina Kubisch's sound installations. They are poems site-specifically enriched with sounds; at the same time, they appear to emancipate themselves from the site through an indeterminable non-belonging and a strangeness; they thus capture all attention. Electric wires on the wall from which one can elicit traces of sound in fragmentary contexts using the electromagnetic cubes held in one's hands belong to the wall at the same time as they do not. In the moment of their reproduction, the sounds reach the ear of only a single listener, who is within the walled room like the nocturnal listener is beside the quiet lake.

An acoustic approach to birds is unambiguously lyrical in mood. Christina Kubisch attached small loudspeakers to a large tree and used solar cells and alarm buzzers to produce tone frequencies – dependent of daylight – that resemble the whispering, chirping, and twittering of bird song, without directly imitating it.[2] Just as the gracile loudspeakers in their technical shapes with their flower-like symmetrical design structurally resemble natural forms, so, too, the undetermined tone frequencies won from the solar cells conform to nature when they are brought into a comparable context. In earlier, similar installations in a tree, real birds even answered the sounds.

Thoughts of the »Nightingale«, the romantic fairytale by Hans Christian Andersen, seem to suggest themselves.[3] In Germany, the story has become known as the »Chinese Nightingale«, because it recounts the natural nightingale whose song

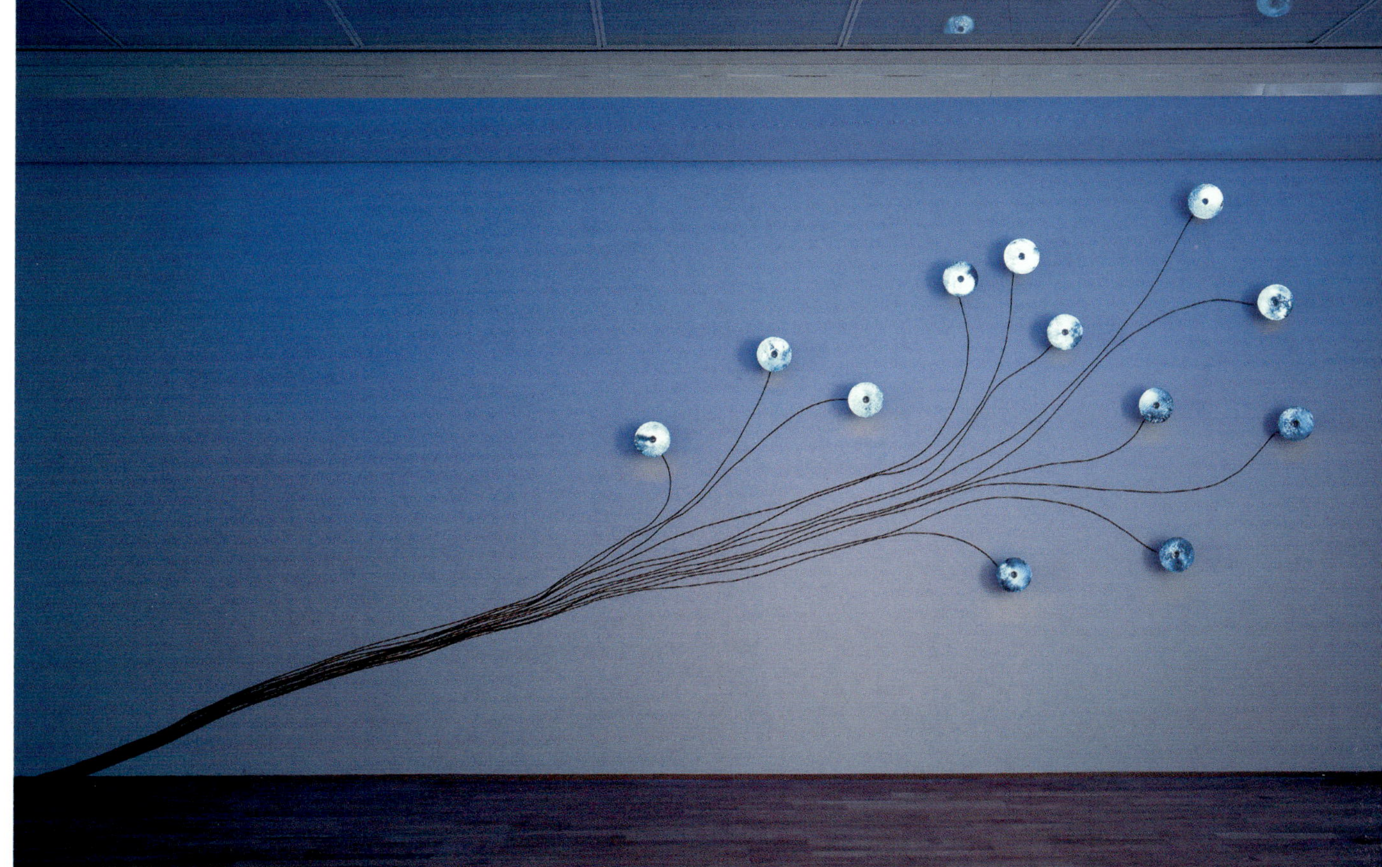

enchanted the Chinese Emperor as well as the artificial nightingale he is given so that he can possess it and always have it around him. It too performs the miracle of a beautiful song, but its tones repeat themselves constantly and are especially »regular in tact«, which is initially praised. But finally attention drifts to the opposite qualities and one has an ear for the irregular tact of an always variable nightingale song. Finally the Emperor grasps what freedom means to creation. Now he can love and let loose at the same time.

Of course, that is a moral conclusion that Kubisch does not address in her work. She is not interested in a competition between nature and technology in which nature, as creator, emerges as victor. She prefers attentively listening visitors who try to distinguish the familiar from the strange and who can experience this strangeness – a music of sounds without regular tact and repetition but with a variety of intermediate tones and timbres, spectra and concentrations as something new.

The repeated description of the dichotomy between nature and technology as a mutual endangering did not begin in Andersen's time. On June 27, 1957, in a lecture on »The Statement of Identity« in the Stadthalle in Freiburg im Breisgau, Martin Heidegger declared that the two terms have no polarity at all. He said this in the context of a vehement discussion in the period of Germany's »economic miracle«, in which critical voices lamented that the many telegraph masts were de-

The True and the False 1996

Schleifscheiben, Pigment, Kabel, Schwarzlicht,
sechskanalige Komposition | grinding discs,
pigment, wire, black light, six-channel composition

Hamburger Bahnhof – Museum für Gegenwart,
Berlin (Photo: Jens Ziehe)

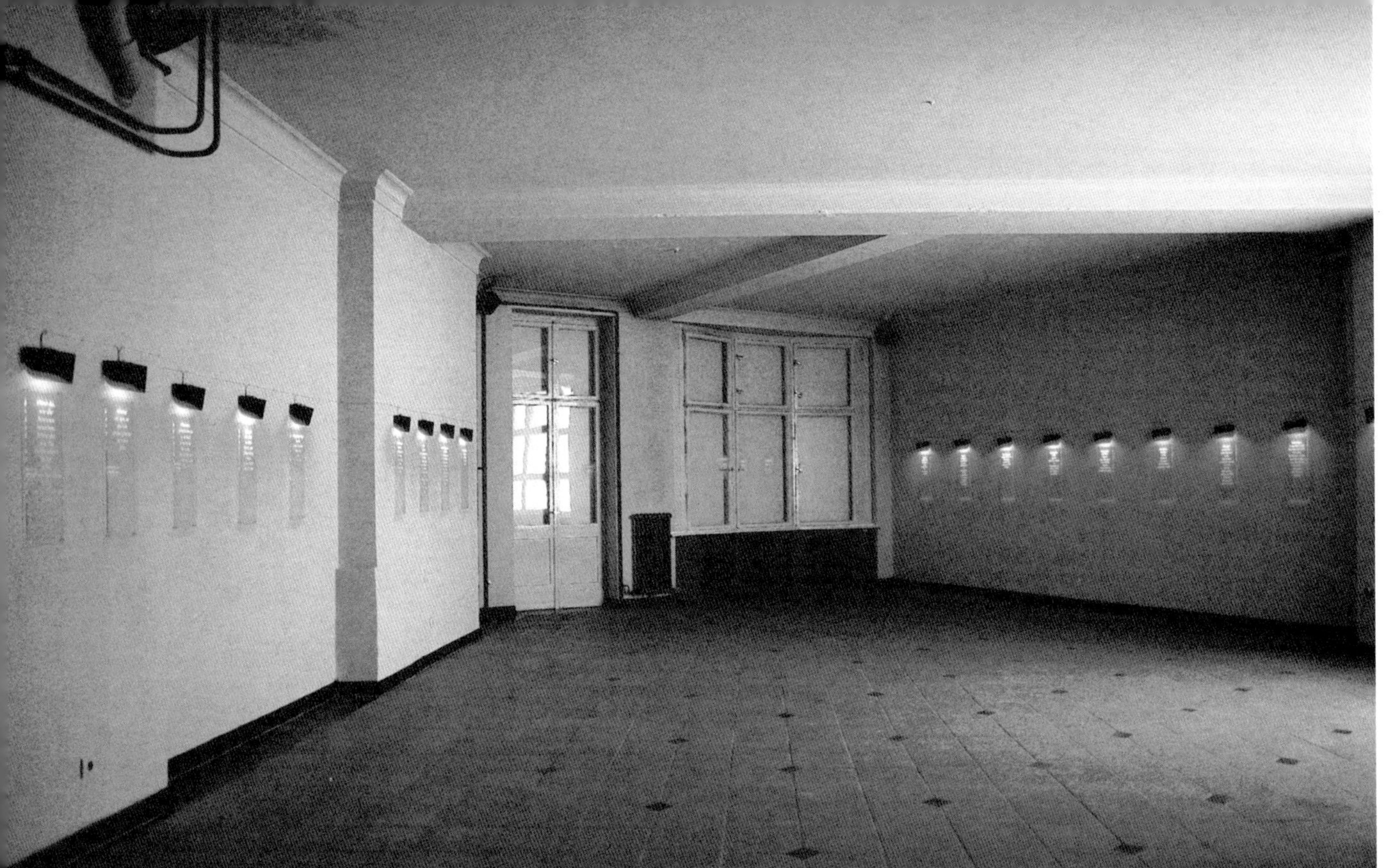

spoiling nature and in which schoolchildren were asked to write essays about this. At that time, no one, except perhaps specialists, spoke of the concept of ecology. Heidegger recalled the presocratic philosopher Parmenides' formula for identity, A=A, and he declared the A after the equals sign to be everything made by humans, the repetition of nature by other means, which also belonged to Being: »Technology, too, is Being, and belongs to Being; it does not belong solely to man, but to Being.«[4] Christina Kubisch is not familiar with this definition, but has approached it closely in her own way. For her exhibition in the Opel Villas in Rüsselsheim, the proximity of landscape and industrial terrain for example suits her just fine.

Like the Korean artist and composer Nam June Paik (who seems to have known Heidegger's lecture), she feels close to another influence, which came from America to Germany via John Cage. But while Paik encountered John Cage at the Darmstadt international courses for New Music and was profoundly affected in his work by Cage's music theory, Christina Kubisch did not meet Cage until the 1970s. At that time, the meeting could no longer be a turning point for her work, since she had already taken her own individual path. Cage's music theory had long since become famous, for example his turning to noises from nature as a participant in the musical process and his tying his work to previously determined constraints of all kinds, which structured this process of listening to naturally and artificially produced sounds for the overall experience of »music«. Since Cage felt affinity with Zen Buddhism, he too was convinced of the common being of nature and technology – though he had other arguments than Heidegger. There is a revealing anecdote in this connection: One day Cage was sitting on the beach with another American composer, Morton Feldman, when the latter got upset about the squawking of a nearby radio. Cage calmly said Feldman would surely feel better if he simply made room for the sound in his own audible surroundings. Christina Kubisch, too, learned to integrate the noises of technology in her world. Hedgehoppers over the Barkenhoff in Worpswede, where she worked as a Fellow in 1988, were a gruesome lesson.

For Cage, even »silence« was something audible.[5] Stillness, in which one might listen to one's own breath or heartbeat, so that they express themselves as fulfilled stillness, is part of Cage's credo. There is never real silence. Christina Kubisch absorbed this knowledge in 1996 when she exhibited quotations from German Romantic period poems in the construction site at Potsdamer Platz. She had had them printed in fluorescent letters on plexiglass plaques and illuminated them in the room with banknote testers.[6] For example, you could read a passage of Eichendorff that translates as »And my soul spread wide its wings, Flew through the quiet land as if she were flying home« or a passage of Rilke that translates as »Be still for all your listening and wonder, you my deep-deep life; So that you know what the wind wants from you, Even before the birches tremble.« Archetypal for the thoughts of fulfilled stillness is a haiku: »Windless day! In the great bell the bees throng.« All the lines of poetry were charged with ambiguity: the reader expects a stillness that he does not find. Reduction to quiet suddenly results in a great complexity that was previously drowned out and veiled by other experiences. The Romantic poets discovered the microcosm in what is seemingly »hardly Being«: in the night, in allegedly absolute calm or silence. They thus continued spinning a thread passed on to them from decades earlier by the English writer Lawrence Sterne. In his best-selling novel »Tristram Shandy« (1759), he included a page printed in solid black.[7] Here, the reader could elaborate in his own mind the ideas in which the characters were entangled and which determined their speech and acts. The black page functioned as a projection screen. The reader could read whatever he wanted out of the printer's ink, which is the common denominator of the black page and normal letters. The narrative quiet could be filled (in).

At that time, the instrument for this process was called »sensibility«; today we call it »sensitivity«. The young Goethe wrote a seldom-performed play titled: »The Triumph of Sensibility«.[8] Soon the Romantics plunged into a cult of sensibility, which seemed to them the key to a life experienced to the full: bliss and melancholy, finiteness and infinity were the key words. And the best was that sensibility, once awakened by art and nature, could be one of those qualities enabling a person to live the fullness of life completely without money or power, thus making him whole and hopefully free. Well into the 19th century, »sensibility« was the magic word for the precondition for creating art, on the one hand, and for art's intended effect on the viewer, on the other hand.[9] A deeply feeling observer might become a better person. At least this is what Friedrich Schiller hoped in his 1795 letters on »naive and sentimental poetry«.[10] Sensibility would initiate a metamorphosis of the viewer. By striking new chords in himself, he would get to know new sides of himself. Music often played a large role in this. In the interplay of words, colors, and tones, poets and painters in particular – Novalis and Philipp Otto Runge, Baudelaire and Vassily Kandinsky – sought to realize the paragon of a consensus of the arts. Kandinsky continued this tradition into the 20th century and spoke of the decisive importance of sensibility as the organ of reception of painterly values and as the final goal of art: the point was to sensitize the viewer.[11] Christina Kubisch stands in this tradition. For her, tones are the keys to opening the senses, to discover a world within the world, and to develop one's own sensibility – perhaps in regard to the listener's own, new possibilities of application in his own work. She thus participates in a quiet and cautiously expressed utopia.

Her sound installations do not stir up intense emotions. The chords she strikes are electronically produced and create what must almost be called an abstract sound reality. A chirping, if it actually is one, that cannot be attributed to any actual animal, whispers from the unknown into the natural surroundings. Transience is a quality that the viewer himself determines when he turns away from the sound heard inside. Tone qualities like »ringing, roaring, shrieking, blaring, bawling, squeaking, crashing, banging, shrilling, and jingling« are not part of Kubisch's repertoire; in her work, one is more likely to encounter noises close to falling silent or that take in the entire room, like the peel of a bell.

Sonority on the one hand and sounds on the verge of no-sound on the other: these are the framework with which she is more concerned than with compositions within it. The result is that, as odd as this may seem, her sound music somehow belongs to its space. In 1888, Erik Satie constantly repeated the melodic sequence of his »Vexations« 840 times, long enough for the quiet and lingering sequence of tones to inscribe themselves in life, so to speak. (John Cage was the first to stage this piece of music with many pianists who relieved each other one after the other.) As a consequence, Satie considered »Musique d'Ameublement«: tones would be able to fill rooms like furniture.[12] Christina Kubisch prefers to evoke a room climate or room temperature. The aspect of bewilderment is always present: the listener always knows that additional sound qualities have been introduced, as if the room were newly attired.

Sometimes Christina Kubisch uses lost and perhaps forgotten sounds. She earlier went on a journey of acoustic tracking, investigating old sounds in tape archives:

whirring sounds in a former East German secret police headquarters, the sounds of old cloister doors, the melody of an old bell tower, or the singing doors of a former hospital. Her »search for lost sound« focuses on acoustic climate, not on socio-political history. Just as Rebecca Horn, in her film »La Ferdinanda«, had an archaeologist tap a small hammer on the walls of the Villa Medici to elicit lost talks and sounds from them (we don't know whether he succeeded), so too, Christina Kubisch searches for past acoustic life. What she finally has us hear is only distantly related to what happened long ago. Her search for traces has nothing to do with romantic nostalgia for lost values or any longing for a distant, unreachable beauty. But it offers an intimacy with an atmosphere that is resurrected through the ear and that renders present in another form what was believed distant or forgotten. »Preserving clues«, as Günther Metken named a direction of art in the 1970s,[13] is carried forward in Kubisch's work with renewed and other experiences and considerations in a new kind of sound installation.

Here, Theodor W. Adorno's concept of material comes into play. The philosopher said that material is everything present and delivered by the past to a composer. Form, by contrast, arises only through the composer's work.[14] This definition applies to Kubisch's method of work, where form results from the fusion of visual and acoustic material. For example, loudspeakers are placed like doormats in front of the doors of a storey in Rüsselheim formerly used as a hospital, so that the sounds emerging from them form the foundation for the space and climate of an invocation of the past. Behind these doors, patients were once cared for. The interior thus develops to a locus solus of a twofold event: the current listening and the transfer into the past.

This example makes visible Christina Kubisch's poetic work. The sound mixer for site-intrinsic and site-extrinsic noises is located in the perceptual apparatus and consciousness of the listener. This is where space and climate really arise in a non-static Being. The mutual dependence of visual and acoustic stimuli is the result of alienation and combination. For example, in reality, the noise of a car seems logical to a car driver, but arbitrary and thus probably unpleasant to the classical musician. The exhibition visitor at Kubisch's sound installations discovers that the sounds not intrinsic to the space are not arbitrary, but intentionally introduced, and are intended to incorporate the space. Outside and inside come together in the visual and acoustic »interior«. The poetic work is bound up with this. In this way, as Walter Benjamin already said in his »Passagenwerk«,[15] events are suddenly allegorized and ritualized and, for the perceiving consciousness, thus brought to a standstill in which, for the duration of listening and interpreting, the past and the present become timeless. In this standstill, visual and acoustic events become transcendental. The framework is shaped by the lyrical mood; the instrument is feeling.

Folgende Doppelseite | Following double page:

Mausware 1998

Tisch, Computermäuse, Mäuse in Alkohol,
zehnkanalige Komposition | table, computer mice,
mice in alcohol, ten-channel composition
»post naturam«, Hawerkamphalle Münster
(Photo: Thomas Wrede)

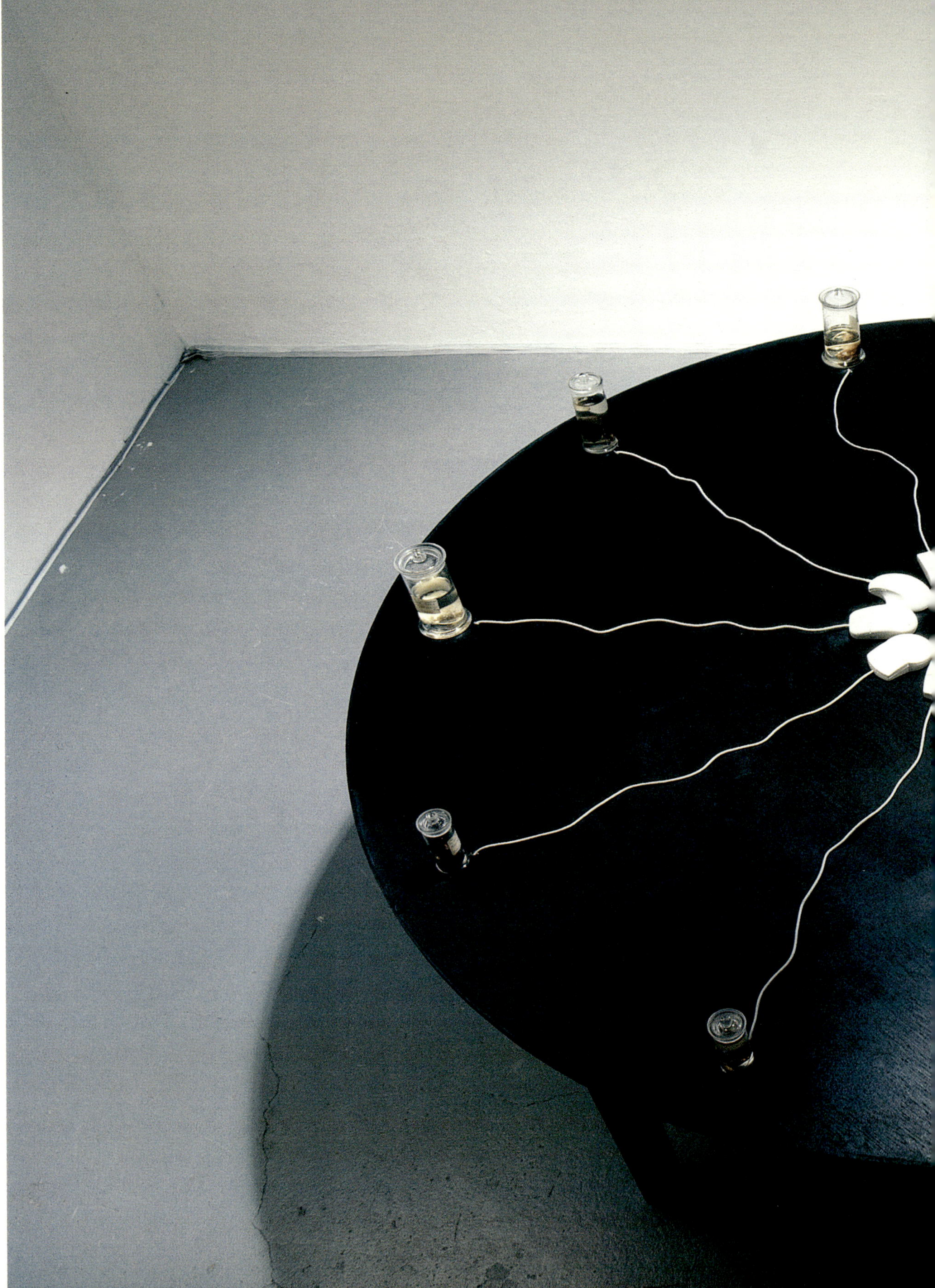

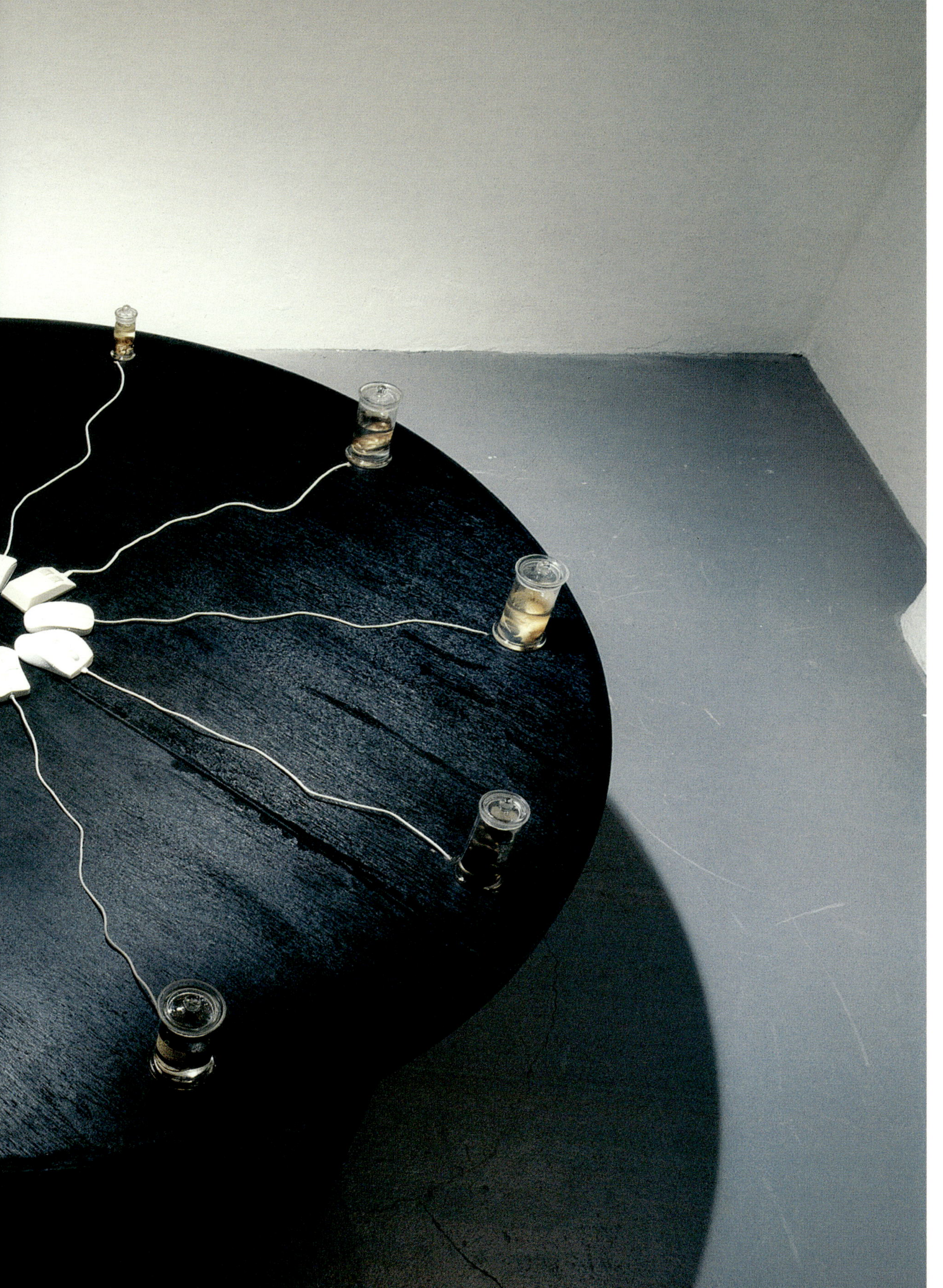

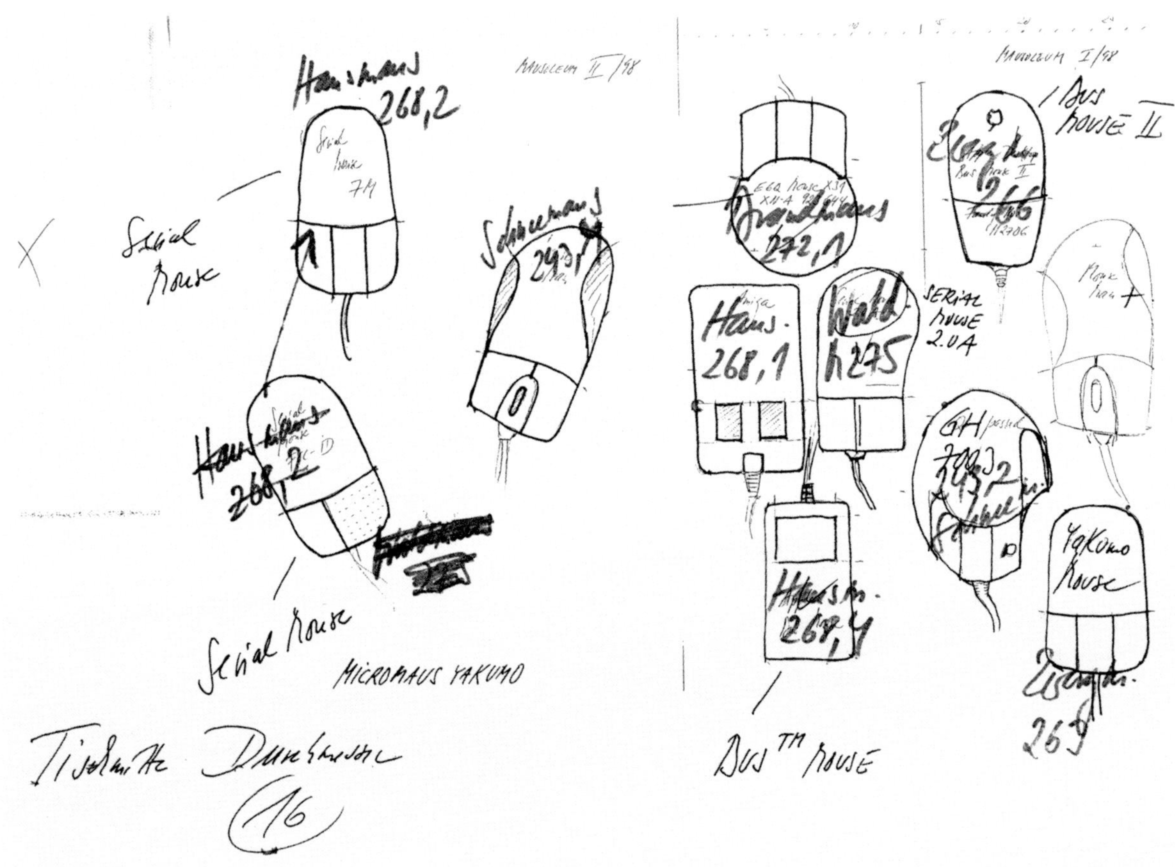

Skizze zu | Drawing to **Mausware** 1998

In her book on »The Revolution of Poetic Language« (originally published in Paris in 1974), Julia Kristeva makes poetry fundamentally responsible for deviation from actually used speech.[16] It brings an ambivalence into play that one usually cannot afford in everyday speech. It creates an endless space because it destroys meaning, while sustaining it and constituting it anew at the same time. But above all, it prevents every form of linearity. Speech is treated as a mere raw material and then brought back to real speech. Christina Kubisch deals with visual and above all acoustic material in precisely this way. At their interface, another climate arises, intrinsic to both and uniting them. This proves nothing. The question of some kind of evidential power, for example for historical authenticity, does not arise in poetic work. If the question is ignored, one is liberated from it and, according to Aristotle, one can perceive other things through poetry: a world of its own, a different one that conveys new knowledge.[17]

Tones are even more ephemeral than speech. Christina Kubisch works against the disappearance of sounds. She still precisely recalls certain sounds from her childhood, the way others recall specific scents or warmth. In 1998, she wrote a text on this topic, »Without Farewell«, which begins with the memory: »When a house suddenly no longer stands there, you notice it immediately, especially if you have passed by it every day. When a sound suddenly vanishes, you sometimes notice it only much later and sometimes not at all. Something is different, but you can hardly define it precisely. Perhaps only then, when you stumble upon a similar acoustic event somewhere else. – Many sounds disappear in this way from nature, from our social environment, from our private life. Inconspicuously, without any grand farewell. It lies in the nature of sound to be fleeting, not static like a building. Perhaps this is also the reason why the memories triggered by certain sound events are often tied to emotions: childhood memories, travel experiences, private encounters.«[18] Woody Allen devoted his film »Radio Days« to such childhood memories, in which lively music from the radio colored the life of his family in its cramped living quarters. It has been a long time since the clacking mill at the babbling brook left our sound climate; the same is true of the typewriter. A distant harp tone, such as Eduard Mörike heard in his spring poem »It's He« is hardly among the usual possibilities today.[19] But the way strange sounds find their place in and unite with an environment has something magical about it. Colors attach themselves to objects rapidly. But tones that do not seem to belong to the environment maintain their strangeness longer. This is why Christina Kubisch says, »Sound installations are seismographs of acoustic history.«[20]

What could still be authentic about this? Christina Kubisch concerns herself with the falseness of strange tones and with the appearance of their lie. If what is to be heard remains strange, it appears more authentic if it can be precisely interpreted. Interpretation is what gives tones a function within a real environment, whether they are a natural or an artificial sequence of sounds. Only the knowledge of their artificial production makes truth and lies appear of equal value: The music created is true within itself, but at the same time it is a lie, just as the created sounds

Skizze zu |Drawing to **Mausware** 1998

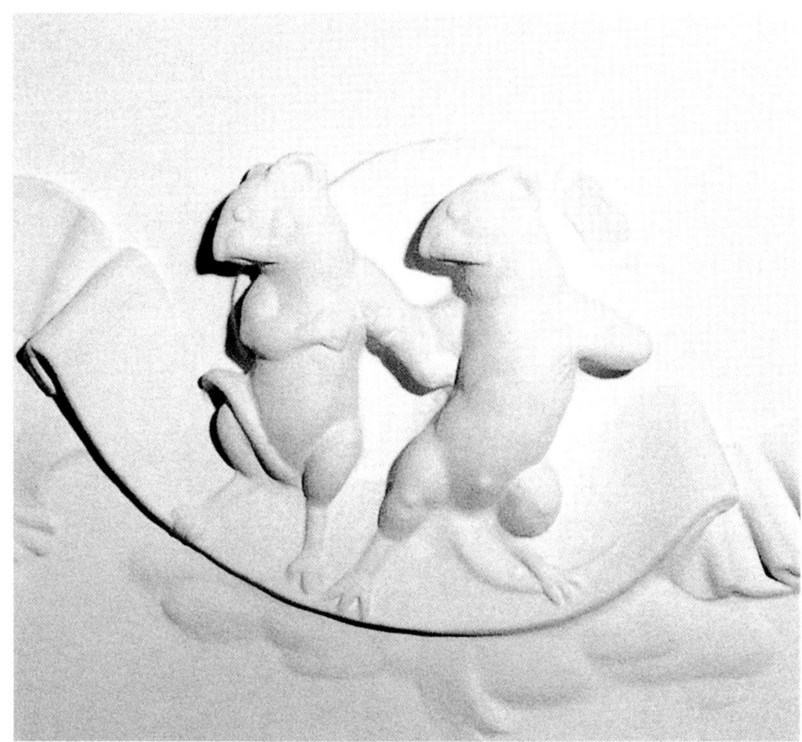

Deckenfries, Wintergarten der
Opel-Villen Rüsselsheim |
Frieze on the ceiling,
of the wintergarden,
Opel Villas Rüsselsheim,
CA. 1930 Detail
(Photo: Rolf Giegold)

are played into the real environment and combine with it. This happens especially when the context is a form of acoustic »dislocation« in which sounds that belong to a specific architecture, like bells, suddenly resound in an entirely different
space untypical for them. The question of truth or lies is the basis of another installation: Christina Kubisch arranged computer mice in a star on a round table
and, at regular intervals around the edge of the table, placed ten real mice cast in
resin that she had borrowed from a museum of natural history.[21] The exhibition
visitor now heard soft clicking noises and could hardly tell whether they were the
sounds of PC mice or the rustling of live mice. Attribution was made difficult. In a
third medium, sound, the authentic and the simulacrum become interchangeable.
In sound, suddenly anything can be Everything. Values like truth and lies blur in
the sensually experienced entirety. Questions of use, proof, and ethics can be pro-
fitably deferred through poetic work in sound and noise.

1   Translated from the quotation under the term »Stille« in:
    Küpper, Heinz: dtv-Wörterbuch der deutschen Alltagssprache, Vol. 2, 1971 p. 379

2   A tree and ten sounds, sound installation (alarm buzzers, solar panels, speakers, electronic
    sound devices), Academy of the Arts, Berlin 1994

3   Andersen, H. Chr.: Märchen. With Ill. by Pedersen, Vilhelm und Frölich, Lorenz.
    Translated into German from the Danish by Blühm, Eva-Maria, Vol. 1,
    Leipzig/Frankfurt a. M. 1975 pp. 287–298

4   Martin Heidegger held the lecture for the five-hundredth anniversary of the University of Freiburg im
    Breisgau: Der Satz der Identität (The Sentence of Identity). Record released by Verlag Günther Neske,
    NV 2, Pfullingen, n.d.

5   Cage, John: Silence. Lectures and Writings. Middletown, Conn. (1939) 10th edition 1961

6   On Silence, Weinhaus Huth, Potsdamer Platz, festival Sonambiente, Berlin 1996

7   Sterne, Lawrence: The Life and Opinions of Tristram Shandy, Gentleman. London 1759

8   Goethe, Johann Wolfgang von: Der Triumpf der Empfindsamkeit: Eine dramatische Grille.
    In: Goethes Schriften. Leipzig 1787, Vol. 4.

9   Doktor, Wolfgang: Die Kritik der Empfindsamkeit. Diss. Universität des Saarlandes.
    Frankfurt a.M. 1975

10 Schiller, Friedrich: Über naive und sentimentalische Dichtung (1795) with an afterword and
    register by Beer, Johannes. Stuttgart 1952. (Reclams Universalbibliothek Nr. 7756 (2))

11 Kandinsky, Wassily: Über das Geistige in der Kunst (1911), 7th edition with an introduction
    by Bill, Max. Bern-Bümpliz 1963, pp.80–81

12 Satie, Erik: Musique d'Ameublement. In: Erik Satie: Schriften. Ed. by Werner Bärtschli,
    German trans. by Evi Pillet. Zurich 1980 p. 54.

13 Metken, Günther: Spurensicherung. Kunst als Anthropologie und Selbsterforschung.
    Fiktive Wissenschaften in der heutigen Kunst. Cologne 1977

14 Dahlhaus, Carl: Aufklärung in der Musik. (Conversation with Josef Früchtl). In:
    Früchtl, Josef and Colloni, Maria (ed.): Geist gegen den Zeitgeist. Erinnern an Adorno.
    Frankfurt a. M. 1991, pp. 125–126, (edition suhrkamp 1630, new series 630)

15 Benjamin, Walter: Passagenwerk. Ed. by Tiedemann, Rolf . 2 Vols. Frankfurt a.M. 1982,
    (edition suhrkamp 1200, new series 200)

16 Kristeva, Julia: Die Revolution der poetischen Sprache (1974). German trans.
    and introduction by Werner, Reinhold, Frankfurt a.M. 1978,
    (edition suhrkamp 949)

17 Aristotle: Poetics. Transl. with an Introduction and Notes by Gerald F. Else, Ann Arbor 1970

18 Kubisch, Christina: Ohne Scheidegruß. In: Positionen. Beiträge zur neuen Musik, Nr. 5, 1998

19 Quoted in: Der ewige Brunnen. Ein Volksbuch deutscher Dichtung. Collected and ed.
    by Reiners, Ludwig, Munich 1955, p. 267

20 Ibid.

21 MausWare, sound sculpture (table, computer mice, mice preserved in alcohol, speakers,
    ten-channel composition with sounds of computer mice), Museum of Darmstadt 1998

DER GARTEN DER TRÄUME

—

ZUR ARBEIT VON CHRISTINA KUBISCH

Hans Gercke

1981 hat Christina Kubisch, damals eine noch wenig bekannte, freilich von Insidern bereits als höchst vielversprechend angesehene junge Künstlerin, an den Außenwänden der seiner Zeit noch bestehenden Gartenhalle des Heidelberger Kunstvereins eine überaus poetische Arbeit realisiert. Ausgehend von einer Art Wandzeichnung aus Elektrodrähten, die den Bögen des von Pflanzen überwachsenen Holzspaliers folgten und auch einen Baum und einen alten Steinbrunnen einbezogen, entstand eine Arbeit, die sich mit merkwürdiger Selbstverständlichkeit und Diskretion dem verwunschenen Museumsgarten einfügte und dabei mit ebensolcher Selbstverständlichkeit einen überraschend stimmigen Bogen spannte zwischen Natur und Technik.

Die Arbeit »Écouter les murs« entstand im Rahmen eines vom Heidelberger Kunstverein organisierten Performance-Festivals, an dem noch andere, später ebenfalls recht bekannt gewordene Künstler wie etwa Fabrizio Plessi, Ulrike Rosenbach, Nan Hoover und Jochen Gerz teilnahmen, und sie hatte nicht allein eine visuelle, sondern auch eine akustische Komponente: Feine, geheimnisvolle, fremdartig und doch vertraut anmutende, vielfältige Assoziationen auslösende Klänge gingen von diesen Zeichnungen aus, veränderten sich je nach dem Standort des Betrachters, waren hörbar freilich nur für den, der ein kleines, eigens dafür konstruiertes Kästchen an sein Ohr hielt. Es war dies Christina Kubischs erste Klanginstallation, eine Arbeit also, der für die Entwicklung und Werkbiographie der Künstlerin ein entscheidend wichtiger Stellenwert zukommt.

Christina Kubisch, 1948 in Bremen geboren, hat an der Kunstakademie Stuttgart Malerei studiert – übrigens bei K.H. Sonderborg, und dieser Hinweis mag insofern von Interesse sein, als sie nicht die einzige Schülerin eines Exponenten der informellen Malerei ist, deren Werk zwar keineswegs den Stil ihres Lehrers imitierte, wohl aber aus der im Konzept des Informel angelegten spezifischen Offenheit ihre individuellen Konsequenzen gezogen hat. In Hamburg, Graz, Zürich und Mailand studierte sie dann Flöte, Klavier, Jazz, Komposition und Elektronische Musik, Konzertreisen führten sie in zahlreiche Städte des In- und Auslandes. Eine Zeit lang arbeitete sie mit Fabrizio Plessi zusammen an Video-Konzerten und Video-Performances.

Mit der Heidelberger Arbeit begann ein neues Kapitel von Christina Kubischs künstlerischer Biographie, zu der hier nur einige Stichworte angegeben seien: Beteiligung an den Biennalen von Venedig 1980 und 1982, an der 8. Dokumenta in Kassel und der Ars Electronica Linz 1987, an der Biennale Sydney und der Heidelberger Ausstellung »Blau – Farbe der Ferne« 1990, wozu anzumerken ist, daß Christina Kubisch auch mit UV-Licht arbeitet: Seit 1986 entstanden nicht nur Klang-, sondern auch Lichträume.

In Berlin, erhielt sie 1991 ein Arbeitsstipendium des Senats und eine Gastprofessur an der Hochschule der Künste, es folgte 1994 eine Gastprofessur an der Ecole Nationale Supérieure des Beaux Arts in Paris, seit 1994 ist Christina Kubisch Inhaberin des Lehrstuhls für Plastik und Audiovisuelle Kunst an der Hochschule der Bildenden Künste Saar in Saarbrücken. Stipendien hatte sie bis dahin jede Menge bekommen, aber noch nie einen Preis – insofern war die Entscheidung des Heidelberger Kulturinstituts Komponistinnen, Christina Kubisch 1999 den Preis dieses Instituts zu verleihen, eine erfreuliche Bereicherung dieser ansonsten ja keineswegs unerfreulichen Künstlerinnenbiographie.

Aus Anlaß der Preisverleihung entstand an gleicher Stelle, freilich in einem mittlerweile veränderten Kontext, eine Klanginstallation, die bewußt das eingangs erwähnte Konzept jener ersten wieder aufgriff und auf charakteristische Weise modifizierte. Das technische Prinzip beschreibt die Künstlerin wie folgt: »Verschiedene Kabelfelder, gebildet aus elektrischen Kabeln, werden im Raum verteilt. Sie bilden jeweils eine Spule, in die verschiedene Klänge eingespeist werden. Dabei entstehen elektro-magnetische Felder, die mittels Induktion übertragen und empfangen werden. Anfangs geschah das noch mit kleinen viereckigen Würfeln mit eingebautem Lautsprecher, die man sich an die Ohren hielt. Später wurde die Bewegungsfreiheit und die Tonqualität wesentlich verbessert durch selbstentworfene magnetische, also kabellose Kopfhörer, mit denen man sich frei im Raum bewegen konnte. Jede Bewegung, oft sogar nur eine leichte Kopfbewegung, ergab so andere Klangzusammenstellungen; der Besucher wurde zu einem ›Mixer‹, der sich sein Stück individuell zusammensetzen konnte.

Diese Art von heute fast archaisch anmutender Interaktivität, die keine Rechnerprogramme erfordert, war im Freien auch über sehr große räumliche Distanzen machbar, und so entstanden, vorwiegend in den 80er Jahren, zahllose Induktionsarbeiten in Gärten, Kellern, Parkanlagen, Kirchen, alten Fabriken, verlassenen Gebäuden etc. Jede Arbeit war eine visuelle und akustische Erkundung des jeweiligen Ortes«.

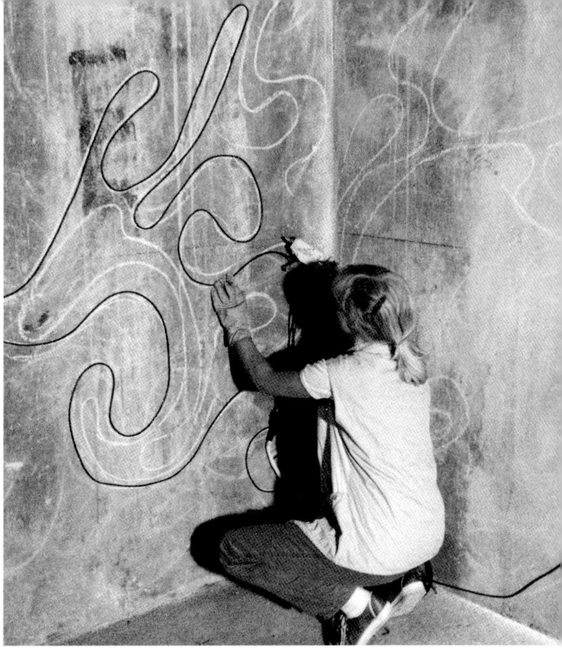

Murmures en sous-sol 1982

elektrisches Kabel, Induktionswürfel,
zwölfkanalige Komposition | electric wire,
induction cube, twelve-channel-composition
Keller der maison de la culture, La Rochelle |
Cellar of the maison de la culture, La Rochelle
(Photo: unbekannt | unknown)

Aufbau und Detail | installation and detail
Écouter les murs   1981
elektrisches Kabel, Induktionswürfel,
sechskanalige Komposition | electric wires,
induction cube, six-channel composition
Gartenhalle des Heidelberger Kunstvereins |
Garden Hall of the Kunstverein Heidelberg
(Photo: unbekannt|unknown,
Archiv|archive: Ch. Kubisch)

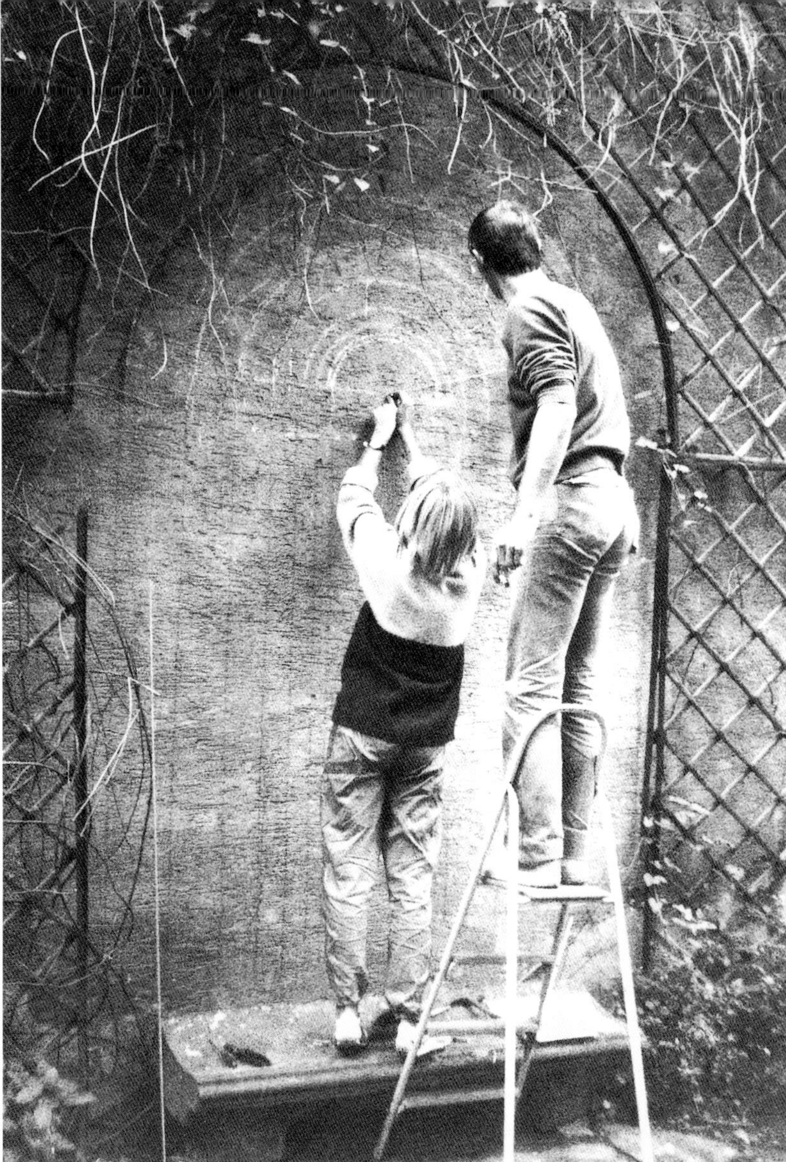

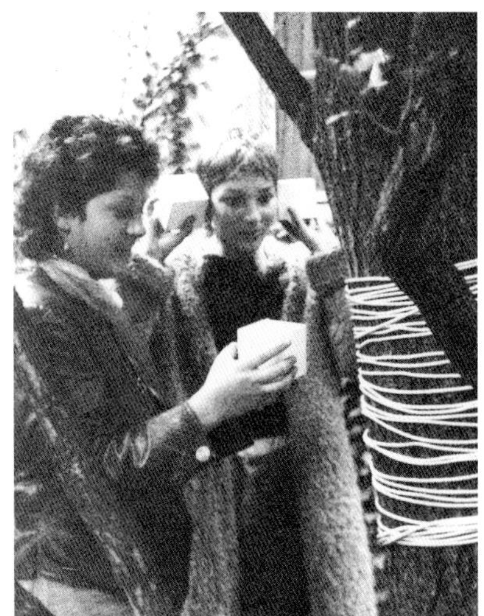

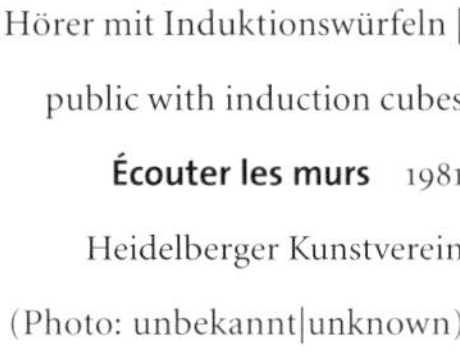

Hörer mit Induktionswürfeln |
public with induction cubes
Écouter les murs   1981
Heidelberger Kunstverein
(Photo: unbekannt|unknown)

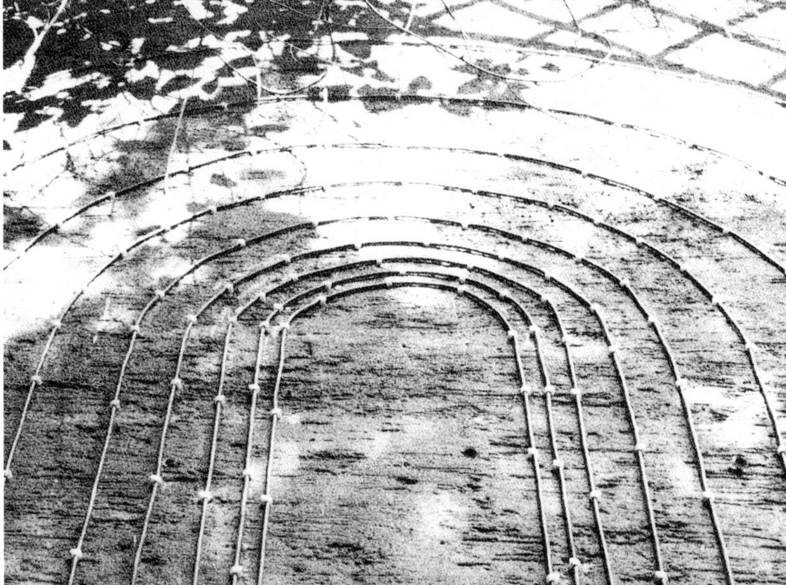

Der letztgenannte Aspekt ist von besonderer Wichtigkeit: Christina Kubischs audiovisuelle Arbeiten sind immer auf sehr konkrete Weise raumbezogen. Als gemeinsamer Nenner und Voraussetzung dessen, was an ihnen sichtbar und hörbar ist, fungiert der Raum, ein konkreter, spezifischer Raum mit seinen je individuellen formalen und inhaltlichen Vorgaben. Denn es geht bei Christina Kubisch nicht um Entsprechungen oder Übersetzungen klanglicher Phänomene in visuelle oder umgekehrt, auch nicht um ein additives Nebeneinander zweier Kunstgattungen wie etwa bei Schönberg, der »auch« ein guter Maler war, es geht vielmehr um die Erkundung jenes Raumes, in dem optische und akustische Phänomene einander begegnen, womöglich aus gleicher Wurzel erwachsen.

Synästhetische Bezüge zwischen bildender Kunst und Musik haben seit der Romantik Künstler beider Bereiche immer wieder beschäftigt, nicht zuletzt unter dem Aspekt des – heute würden wir sagen »multimedialen« – Gesamtkunstwerks. Es genügt, in diesem Zusammenhang an Wagner, an Skrjabin, aber auch an Kandinsky zu erinnern. Die entscheidende Voraussetzung für die unmittelbare Begegnung beider Bereiche schuf die Ästhetik der Collage, jene wahrhaft revolutionäre Methode, verschiedenartige Materialien – Materialien auch unterschiedlichster Provenienz und Geschichte, Fundstücke, Ready mades – miteinander zu kombinieren. Exponenten dieser Entwicklung finden sich insbesondere im Kreis und in der Nachfolge der Futuristen. Als deren wichtigster Erbe muß unter diesem Aspekt John Cage genannt werden, von dem ganz unmittelbar und persönlich wichtige Impulse auf die Arbeit von Christina Kubisch ausgegangen sind.

Wenn hier vom »Raum« die Rede ist, in dem visuelle und akustische Phänomene einander begegnen, so ist dies im Hinblick auf Christina Kubisch wörtlich zu verstehen. Es geht ganz konkret um den Raum, in dem wir leben und uns bewegen, in dem wir sehen und hören, der die Bühne ist, auf der die ganz alltäglichen, häufig aber auch überraschenden Auftritte der vielen sichtbaren und hörbaren Ereignisse erlebt, teils auch von uns selbst in Szene gesetzt werden. Die selbe Erkenntnis und Entwicklung, die in der bildenden Kunst die angeblich so bekannten, banalen und alltäglichen Dinge – Weggeworfenes, Verbrauchtes, Abfall, Schrott – aufgewertet und in den Kunst-Kontext eingeführt sowie die Hierarchie der Zentralperspektive zugunsten eines demokratischen Neben- und Miteinander gestalterischer Faktoren verworfen haben, brachten der Musik die Gleichberechtigung der Geräusche gegenüber den Tönen und Klängen – ganz so, wie es John Cage einmal formuliert hat: »Wir haben vom östlichen Denken gelernt, daß jene göttlichen Einflüße tatsächlich nichts anderes sind als die Umwelt, in der wir uns befinden«. Ein Gedanke und eine Erkenntnis, die viel mit dem romantischen Bild zu tun haben, das einst Novalis zeichnete: Die auf schier endlosen Irrwegen lange Zeit vergeblich gesuchte »Blaue Blume« wird schließlich an dem Ort gefunden, von dem der Suchende ausgezogen war.

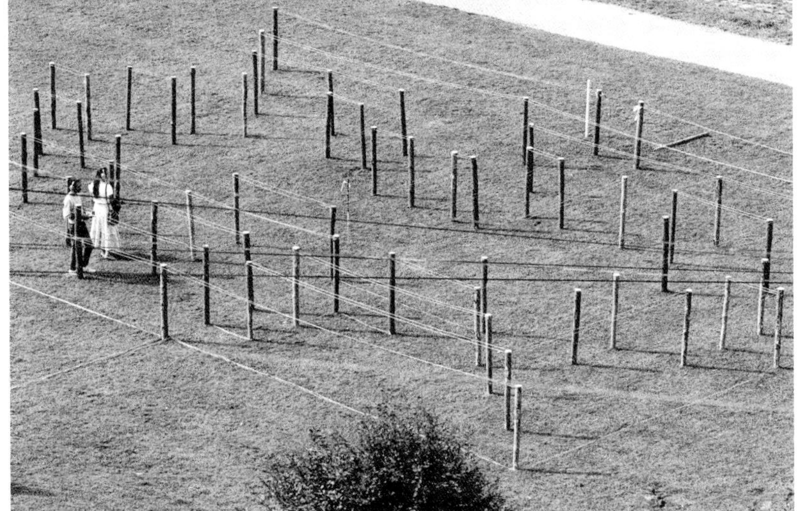

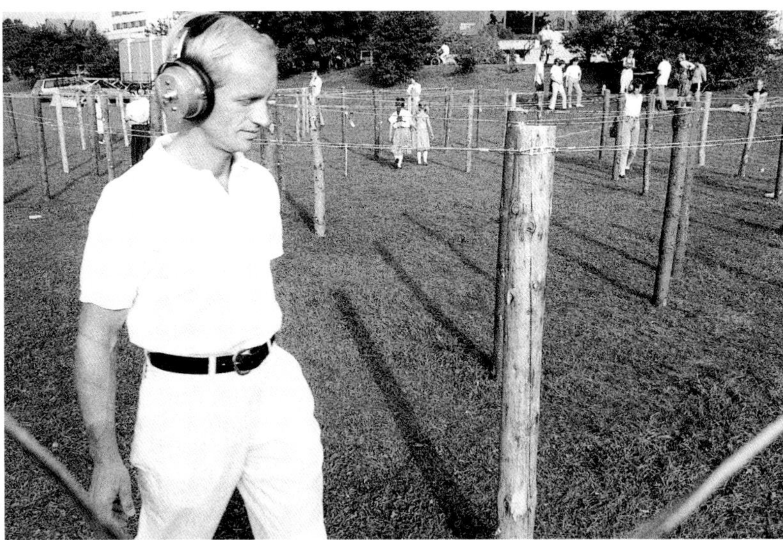

Klanglabyrinth 1987

Elektromagnetische Kopfhörer, Holzpfähle,

elektrisches Kabel, zwölfkanalige Komposition |

electromagnetic headphones, wooden stakes,

electric wire, twelve-channel composition

Ars Electronica, Linz (Photos: Giacomo Oteri)

Der Raum, um den es hier geht, ist gleichermaßen konkret wie komplex. Er umfaßt Greifbares ebenso wie Geträumtes, Ersehntes, Erinnertes. In ihm entfalten und behaupten sich Klänge, indem sie wie Skulpturen dreidimensionale Gestalt gewinnen, indem sie sich jedoch zugleich wandeln je nach der Bewegung und dem Standort des Betrachters und Hörers, der so keineswegs lediglich passiver Rezipient, sondern Mitagierender ist in einem Bezugssystem, das die Künstlerin inszeniert und in das er ebenso seine spezifischen Vorgaben einbringt – seine spezifische Art und Weise der Bewegung, der Wahrnehmung, seine Erfahrungen und die daraus resultierenden Assoziationen – wie dies auch seitens des Raumes geschieht. Denn dieser Raum ist nicht ein abstrakter, allgemeiner, beliebiger und austauschbarer, sondern ein jeweils spezifischer. Seine Eigenart, Geschichte und Unverwechselbarkeit ist nicht allein Medium, sondern zugleich Message.

»Christina Kubisch«, schreibt Eva Schmidt, »hat seit den siebziger Jahren die Möglichkeiten des Klangs als Grenzgängerin zwischen Musik und bildender Kunst erforscht und entwickelt. Und sie sieht das Potential des Klangs gerade in Verbindung mit einer räumlichen Situation, mit seiner plastischen, körperlichen Wirkung in ihr. Seine Bindung an die Geschichte oder Atmosphäre eines Raumes und seine selbstreferentielle Autonomie werden gleichermaßen herausgearbeitet«. »Der Raum selbst ist die Arbeit«, hat Christina Kubisch einmal lapidar geäußert. »Die Aufgabe der künstlerischen Installation liegt im Aufdecken der verschiedenen Erinnerungsschichten.«

So auch in der 1999 entstandenen Heidelberger Arbeit. »Der Garten des Kunstvereins«, schreibt Christina Kubisch, »öfter bezeichnet als Idylle oder Oase inmitten städtischer Hektik, ist nach dem Umbau ebenfalls neu gestaltet worden. Eine elegante kleine Parkanlage, der zur ultimativen Idylle allerdings noch die echten Klänge der letzten irdischen Paradiese fehlen: brasilianische Regenwälder, exotische Vögel aus aller Welt, Bergbäche im Frühling und nächtliches Waldesrauschen.

Mittels eines magnetischen Kopfhörers kann jeder Besucher dieses im Innenhof implantierte akustische Paradies nun selbst begutachten. Die Klänge sind alle natürlichen Ursprungs und akustisch nicht bearbeitet. Trotzdem wirken sie zum größten Teil unechter als viele synthetische Klänge, die uns im täglichen akustischen Einerlei Natur suggerieren sollen. Was ist echt und was ist falsch? Diese Frage wird gestellt, aber nicht definitiv beantwortet«.

Man ahnt, diese Arbeit – Christina Kubisch hat sie »Oase 2000« genannt – ist weniger harmlos, als sie vielleicht zunächst zu sein scheint. Die Frage nach »echt« und »falsch« hat ja heute, angesichts von Cyberspace, virtuellen Räumen und Internet, insbesondere aber auch der in diesen Tagen mit Macht in die Öffentlichkeit hineingetragenen Diskussion um gentechnologische Weltverbesserungsmodelle, eine ganz neue Aktualität bekommen. Unlängst war in der »Süddeutschen Zeitung« zu lesen, daß man in Dänemark an der gentechnologischen Optimierung des Weihnachtsbaumes arbeitet. In etwa acht Jahren soll, so stand da geschrieben, der ideale Christbaum als Markenartikel weltweit angeboten werden – brave new world.

Die erwähnte Zeitungsnotiz erinnert mich an die betörenden Gesänge einer Nachtigall, die mich auf einer Japanreise jedesmal erfreute, wenn ich das Hotel verließ oder wieder betrat. Erst als mir angesichts des nicht minder poetischen Hauchs von Schnee auf den eben erblühten Pflaumenbäumen gewisse Zweifel kamen – es war Februar –, entdeckte ich den kleinen Lautsprecher im Gezweig. Schnee und Pflaumenblüten immerhin waren echt. Ich erzählte Christina Kubisch von diesem Erlebnis, und sie konterte mit dem Hinweis auf ein Froschkonzert, das sie in einer staubtrockenen Landschaft zu hören bekam. Es stellte sich heraus, daß es Jäger waren, die mit Froschgequake vom Band Wasservögel anzulocken versuchten. Hans Christian Andersens »Chinesische Nachtigall« läßt grüßen.

»Oase 2000« stellte jene erste, 1981 entstandene Inszenierung auf den Kopf: Damals waren es künstliche Klänge ge-

Zeichnung zu | drawing for

Klanglabyrinth 1987

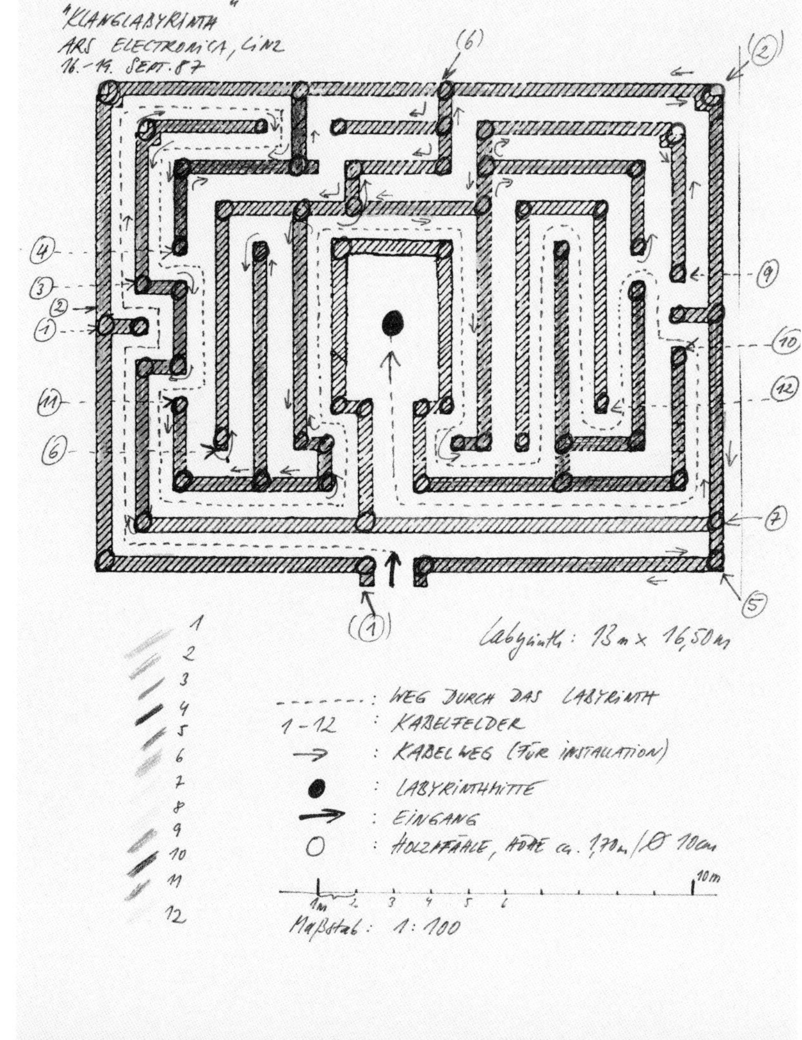

wesen, die »natürlich« wirkten. Rund zwanzig Jahre später waren es »natürliche«, die nun jedoch als fremd, befremdlich, zumindest irritierend empfunden wurden. Tatsächlich waren sie, im wörtlichen Sinn »de-plaziert«. Christina Kubisch benutzte einmal mehr das Collage-Prinzip, um nicht nur nach der Beschaffenheit eines bestimmten Ortes, sondern auch nach Orten zu fragen, die wir in unserem Gedächtnis tragen, in unseren Träumen erschaffen, durch die Medien unterstützt auf die Realität projizieren, festzuhalten, für unsere Zwecke zu instrumentalisieren versuchen. Was aber läßt sich überhaupt festhalten, was reproduzieren von Erfahrungen, deren Kontext sich nicht festhalten, translozieren, reproduzieren läßt? Hier wird nicht Natürlichkeit vorgetäuscht, sondern auf Künstlichkeit verwiesen – eine Arbeit somit, die sich ganz generell mit dem über die Jahrhunderte aktuellen Thema des Gartens befaßt, des »Hortus conclusus« einer anderen, besseren und schöneren Welt, mit den Versuchen, das »paradise lost« zu rekonstruieren, den »Garten der Träume«, und die sich nicht zuletzt auch liebevoll kritisch mit dem spezifischen »Heidelberg-Mythos« befaßt, der seinerseits eine viel weiterreichende, umfassende Wünsche und Träume verkörpernde Metapher darstellt.

Bei der Verleihung des Preises war, zusätzlich zur Installation, als Uraufführung und Auftragswerk eine Komposition für Tonband und Akkordeon zu hören. »Nostalgico« – so ihr Titel – beschäftigte sich ebenfalls mit dem Thema der Überlagerung und Interferenz unterschiedlicher Realitätsebenen. Christina Kubisch, die ja gleichermaßen professionell auf dem Gebiet der Musik wie auf dem der Bildenden Kunst ausgebildet wurde, arbeitet nicht nur an der Verbindung beider Bereiche. Es gibt daneben sowohl ein autonomes zeichnerisches Oeuvre als auch – am anderen Pol dieses Spannungsfeldes – eigenständige Kompositionen, die ohne visuellen Part auskommen.

Oase 2000 1999
Erdungskabel, elektromagnetische Kopfhörer,
sechzehnkanalige Komposition | grounding wire,
electromagnetic headphones,
sixteen-channel composition
Garten des Heidelberger Kunstvereins |
Garden of the Kunstverein Heidelberg
(Photo: Christian Buck)

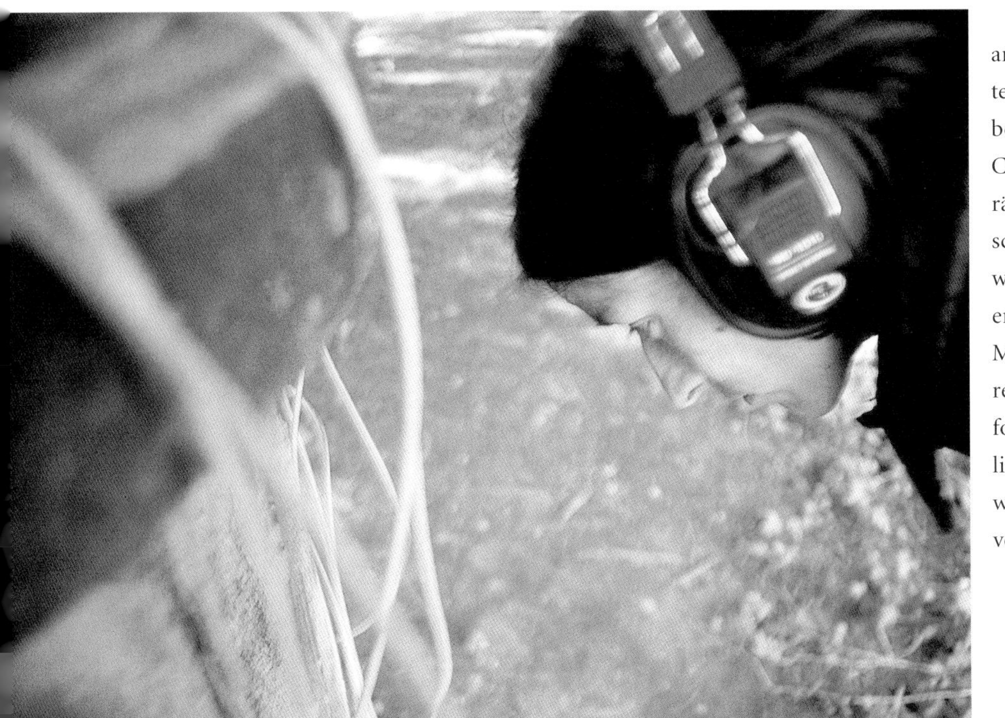

»Nostalgico« ist streng und präzise angelegt und zugleich doch auf charakteristische Weise offen. Wie die beschriebene Installation ist es dem Prinzip der Collage verpflichtet: Zwischen den Geräuschen von knarrenden und quietschenden Türen – schon von daher wird man an eine räumliche Situation erinnert – sucht sich eine nostalgische Melodie zu behaupten, die einer anderen Welt entnommen zu sein scheint, folkloristische Musik, nach alter Überlieferung bewahrt und improvisierend wiedergegeben, wie es die Künstlerin von Straßenmusikanten in Berlin gehört hat. Auch hier also eine räumliche Inszenierung, ein Zwischenraum der Begegnung von Orten und Zeiten, der Reibung, der Polarität. Die Parallele zur Klanginstallation im Museumsgarten war offenkundig.

Zusammenfassend läßt sich mit Eva Schmidt feststellen: »Christina Kubisch führt aus disparaten zeitgenössischen und historischen Bereichen visuelle und akustische Aspekte zusammen. Sie setzt sie ästhetisch frei und bearbeitet die Struktur nur minimal. Durch die Öffnung der Bedeutung von Klang und der mit ihm verbundenen plastischen Form, durch Addition und Analogisierung entsteht eine auratische Qualität, die Identität auflöst, eine neue fremdartige, auch artifizielle Eigenwertigkeit«.[1]

Dem seien zwei weitere Zitate angefügt, das erste von John Cage – es wurde bereits früher auf Christina Kubisch angewandt –, das zweite von ihr selbst: »Wenn ich über eine gute Art von Zukunft nachdenke, dann wird es dort sicherlich Musik geben, aber nicht nur eine Art von Musik, sondern alle möglichen Arten. Und das geht über alles hinaus, was ich mir vorstellen oder beschreiben kann.«[2] – »Kunst als nichts Festgelegtes, sondern in der Veränderung selbst Stetiges«.

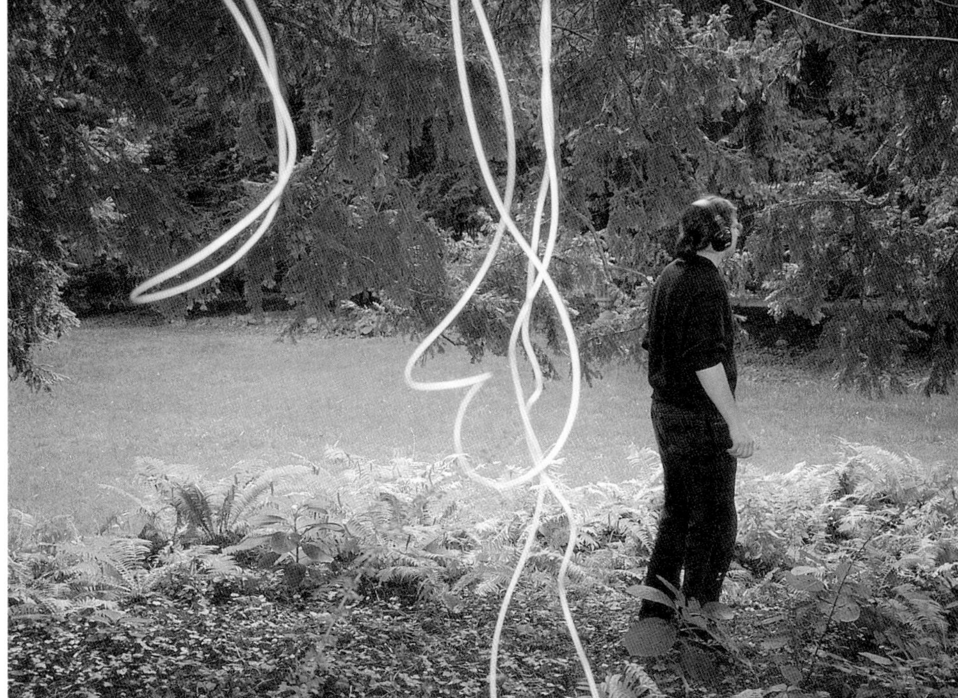

Oase 2000   1999

Garten des Heidelberger Kunstvereins |

Garden of the Kunstverein Heidelberg

(Photo: Christian Buck)

1   Eva Schmidt, Wahlverwandtschaften. In: Aufzeichnungen. Katalog Städtische Galerie im Buntentor, Bremen 1999.

2   John Cage, zit. nach Musik-Konzepte Sonderband John Cage, Hg. Heinz-Klaus Metzger und Rainer Riehn, München 1978, S. 39.

Der hier abgedruckte Text ist die etwas veränderte Fassung der Laudatio, die am 9. Oktober 1999 aus Anlaß der Verleihung des Heidelberger Künstlerinnenpreises im Heidelberger Kunstverein gehalten wurde.

THE GARDEN OF DREAMS

—

ABOUT THE WORK OF CHRISTINA KUBISCH

Hans Gercke

In 1981, Christina Kubisch was relatively unknown, though insiders already saw her as an extremely promising young artist. She realized a highly poetic work on the external walls of the then still-existing Garden Hall of the Heidelberger Kunstverein. Starting from a kind of wall drawing consisting of electric wires that followed the arches of the wooden trellis that was overgrown with plants and also including a tree and an old stone well, she created a work that fit into the enchanted museum garden with remarkable matter-of-factness and discretion, at the same time and with equal matter-of-factness spanning a surprisingly fitting arc between nature and technology.

This work was created in the framework of a Performance Festival organized by the Heidelberger Kunstverein; some of the other participating artists also later became very well known, like Fabrizio Plessi, Ulrike Rosenbach, Nan Hoover, and Jochen Gerz. Along with its visual component, Christina Kubisch's work also had an acoustic element: delicate, mysterious, strange and yet seemingly familiar sounds triggering a variety of associations emanated from the drawings. They changed in accordance with the viewer's position, but were audible only for those who held against their ears a small box especially built for the purpose. This was Christina Kubisch's first sound installation in Germany, a work that would play a decisive role in the artist's development and oeuvre.

Christina Kubisch, born in 1948 in Bremen, studied painting at the Kunstakademie Stuttgart – under K.H. Sonderborg, incidentally, which may be of interest in so far as she is not the only pupil of a representative of Informal Painting whose work in no way imitates her teacher's, though she clearly drew her own individual consequences from the specific openness integral to the concept of the Informal. Later, in Hamburg, Graz, Zurich, and Milan, she studied flute, piano, jazz, composition, and electronic music. Concert tours took her to numerous cities in Germany and abroad. For awhile, she worked with Fabrizio Plessi on video concerts and video performances.

Her Heidelberg project began a new chapter in Christina Kubisch's artistic biography, briefly sketched here: She took part in the Venice Biennials of 1980 and 1982, the 8th documenta in Kassel, the Ars Electronica Linz in 1987, the Sydney Biennial, and the Heidelberg exhibition »Blue – Color of Distance« in 1990. Since 1986, she has created not only sound spaces, but also light spaces.

In Berlin in 1991, she was awarded the Senate's work stipend and began a guest professorship at the Hochschule der Künste. In 1994, a guest professorship followed at the Ecole Nationale Supérieure des Beaux Arts in Paris. Since 1994, Christina Kubisch has had a position as instructor of sculpture and audiovisual art at the Hochschule der Bildenden Künste Saar in the city of Saarbrücken. Up to that point, she had had plenty of stipends, but never a prize – so the decision by Heidelberg's Kulturinstitut Komponistinnen (Cultural Institute of Women Composers) to award Christina Kubisch its prize in 1999 was an encouraging enrichment of this already successful biography of an artist.

On the occasion of the awarding of the prize, Christina Kubisch created a sound installation on the same site, though of course in a meanwhile changed context, that consciously took up the concept mentioned at the beginning, modifying it in a characteristic way. The artist describes the technical principle as follows: »Various fields of electric wires are distributed in space. They form different loops in which various sounds are stored. This produces electromagnetic fields transmitted and received by induction. Initially, this was carried out with small cubes with built-in loudspeakers one could hold against one's ears. Later the freedom of movement and the tone quality were substantially improved by means of magnetic, i.e. cordless headphones that I designed myself. These permitted the viewer to move about freely in the room. Each movement, sometimes even a slight movement of one's head, thus created a different sound combination; the visitor became his own ›mixer‹ who could individually compose his own piece.

This kind of interactivity, which today seems almost archaic and requires no computer program, was also feasible outdoors across very great spatial distances. And so, especially in the 1980s, I created countless induction works in gardens, cellars, parks, churches, old factories, abandoned buildings, etc. Each work was simultaneously a visual and an acoustic exploration of the respective site.«

This last aspect is especially important: Christina Kubisch's audiovisual works are always very concretely related to the spatial environs. Space functions as a

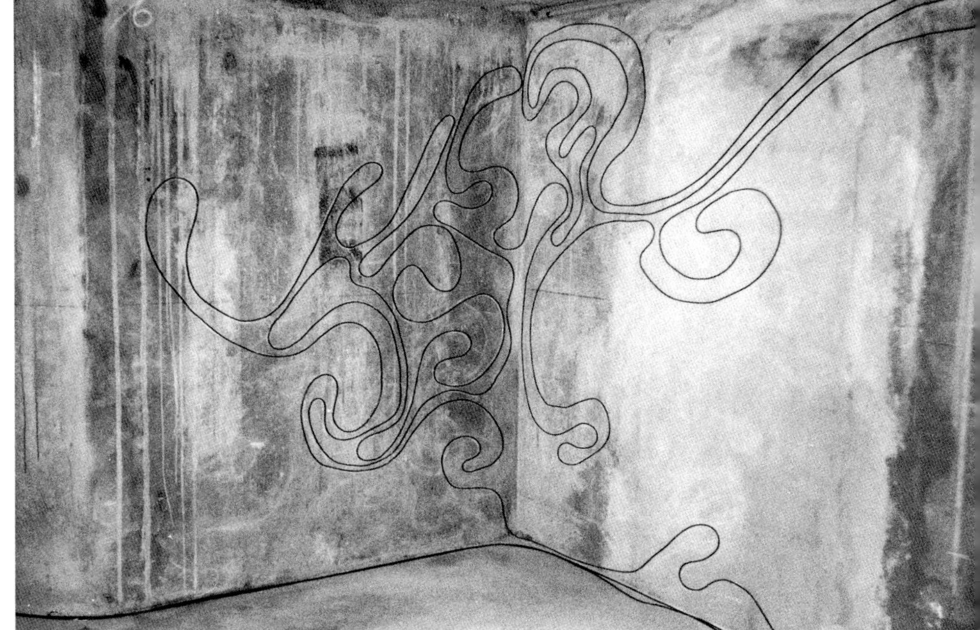

Murmures en sous-sol 1982

elektrisches Kabel, Induktionswürfel,

zwölfkanalige Komposition | electric wire,

induction cube, twelve-channel-composition

Keller der maison de la culture, La Rochelle |

Cellar of the maison de la culture, La Rochelle

(Photo: unbekannt | unknown)

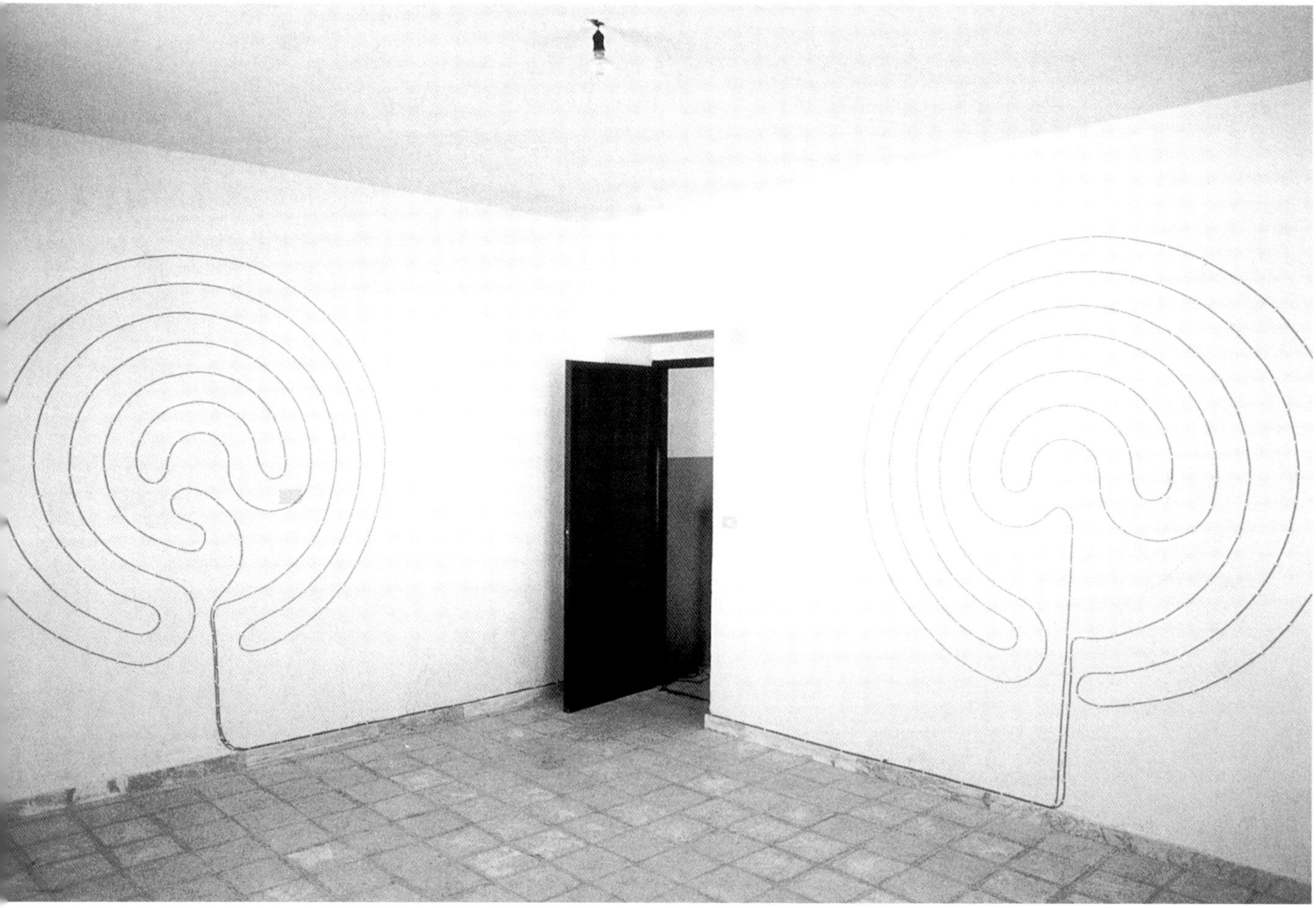

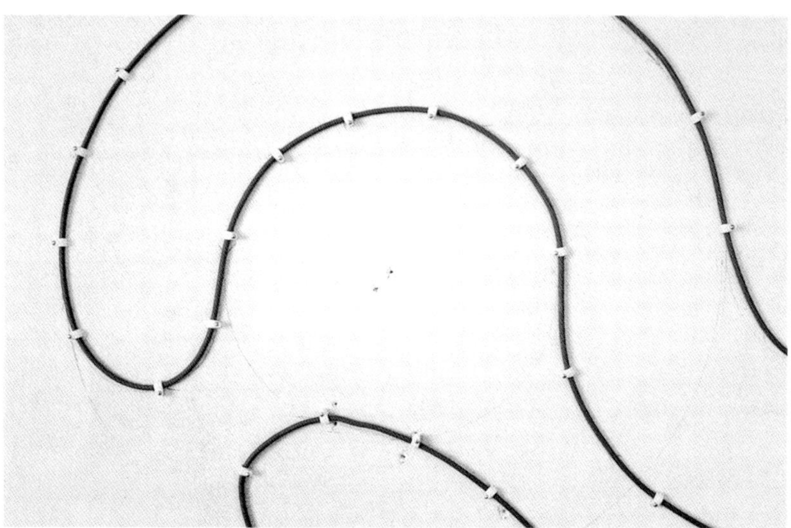

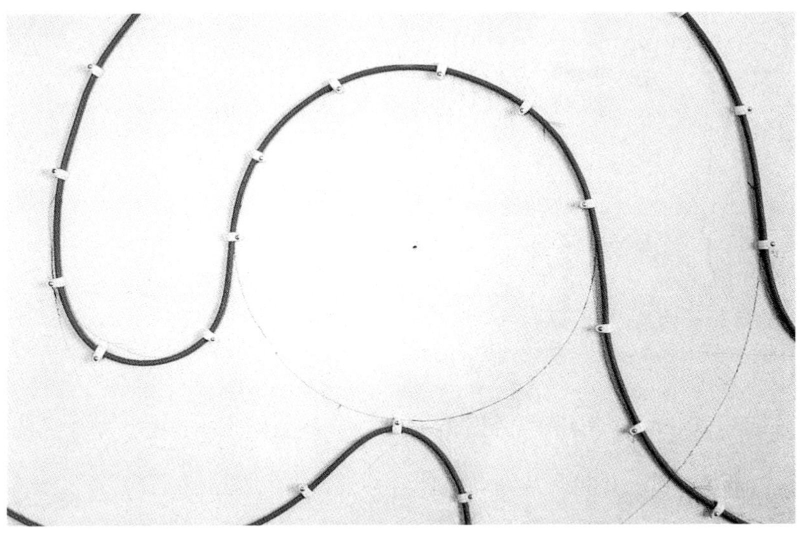

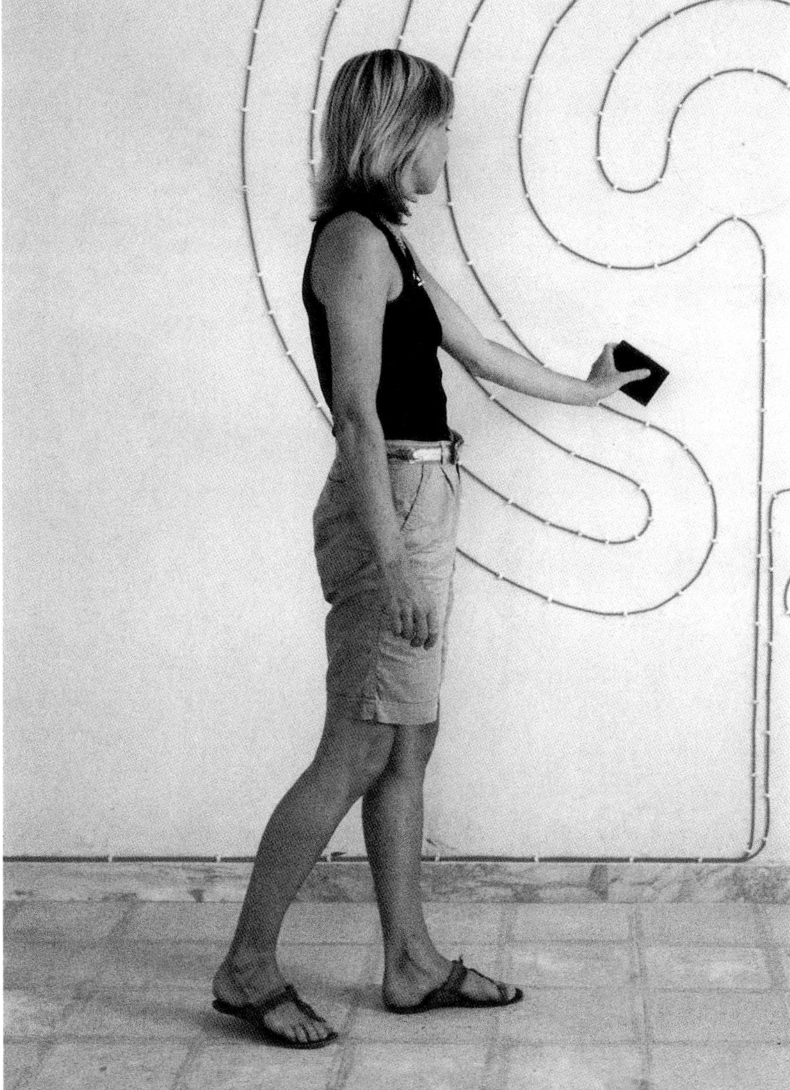

Il respiro del mare   1981

Rotes und blaues elektrisches Kabel,
Induktionswürfel, zweikanalige Komposition |
red and blue electric wire, induction cubes,
two-channel composition
Capo d´Orlando, Sizilien
(Photos: unbekannt | unknown,
Archiv | archive Ch. Kubisch)

common denominator and precondition of what is visible and audible in them – a concrete, specific space with its own individual demands on form and content. For Christina Kubisch is not interested in equivalences or translations of acoustic into visual phenomena or vice versa, nor in an additive coexistence of two genres of art, like Schönberg, who was »also« a good painter; rather, the point is the exploration of the space, in which visual and acoustic phenomena encounter each other and possibly grow out of the same root.

Synaesthetic relationships between the visual arts and music have interested artists in both areas since the Romantic period, sometimes in the sense of the Gesamtkunstwerk – which we might call »multimedia« today. In this context, it suffices to recall Wagner, Skrjabin, or Kandinsky. The decisive precondition for the direct encounter of both areas was created by the aesthetics of the collage, that truly revolutionary method of combining materials of different kinds, and also of differing origin and history, found objects, and ready-mades. Protagonists of this development are found especially in the circle of the Futurists and their successors. Their most important heir in the sense of our theme is John Cage, who provided very direct and personally important impulses for Christina Kubisch's work.

Oasis 2000 – Music for a concrete jungle 2000
Erdungskabel, elektromagnetische Kopfhörer, vierzehnkanalige Komposition | grounding wire, electromagnetic headphones, fourteen-channel composition Hayward Gallery, London
(Photos: Dieter Scheyhing)

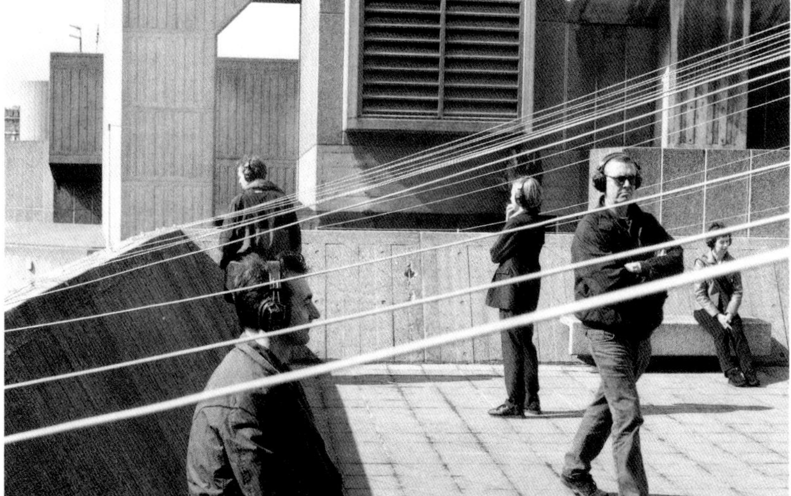

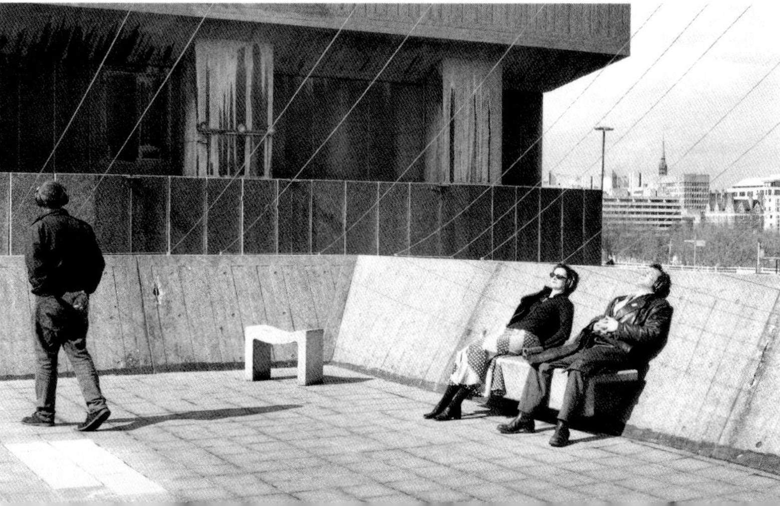

When we speak here of a »space«, in which visual and acoustic phenomena encounter each other, then in reference to Christina Kubisch this is to be understood literally. Her interest is quite concretely the space in which we live and move, in which we see and hear, the space that is the stage on which the thoroughly everyday but often surprising appearances of the many visible and audible events are experienced and which, in part, we produce ourselves. The same recognition and development in the visual arts that enhanced the value of supposedly so familiar, banal, and everyday objects – things thrown away, worn out, or scrapped and even rubbish – and introduced them into the context of art, the same recognition and development that have jettisoned the hierarchy of central perspective in favor of a democratic coexistence and togetherness of forming factors has, in music, made noises equal to tones and sounds – or as John Cage once formulated it: »We have learned from Eastern thought that the divine influences are in fact nothing else than our own environment.« An idea and a recognition that have much to do with the romantic image that Novalis once created: The »Blue Flower« vainly sought for so long in sheer endless labyrinths will finally be found on the site from which the seeker set out.

The space in question here is as concrete as it is complex. It comprises the palpable as well as the dreamed, the yearned for, and the remembered. In this space, sounds unfold and assert themselves by gaining three-dimensional form like sculptures, yet at the same time by changing in accordance with the movement and site of the viewer and listener, who is in no way a merely passive recipient, but rather a participant in a relational system that the artist has staged and into which he brings his own specific preconditions – his own specific way of moving and of perceiving, his own experiences, and the associations that result from them – just as this also happens to the space. For this space is not abstract, general, arbitrary, or interchangable, but rather always specific. Its individuality, history, and unmistakability is not only the medium, but also the message.

»Since the seventies,« writes Eva Schmidt, »Christina Kubisch has explored and developed the possibilities of sound as a boundary-crosser between music and the visual arts. And she sees the potential of sound precisely in connection with a spatial situation, with sound's plastic, corporeal effect in space. Sound's ties to the history or atmosphere of a space and its self-referential autonomy are worked out in equal measure.« »The space itself is the work,« Christina Kubisch once said laconically. »The task of the artistic installation lies in exposing the various layers of memory.«

And so it was in the 1999 Heidelberg work. »The garden of the Kunstverein,« Christina Kubisch writes, »often described in brochures for tourists as an idyll or oasis in the midst of urban commotion, was also remodelled after the reconstruction work. An elegant little park; but for the ultimate idyll it lacks the real sounds of the last earthly paradise: Brazilian rainforests, exotic birds from all over the world, mountain streams in Spring, and nocturnal forest sounds. Using a set of magnetic headphones, every visitor can now evaluate for himself this acoustic paradise implanted in the interior courtyard. The sounds all have natural origins and have not been acoustically processed. But for the most part, they nevertheless seem less genuine than many synthetic sounds that seek to suggest nature to us in our daily acoustic tedium. What is true and what is false? This question is posed, but not definitively answered.«

One has an inkling that this work – Christina Kubisch has named it »Oasis 2000« – is less harmless than it may initially appear. Today, in the face of cyberspace, virtual spaces, and the Internet, but especially in the face of the gene technology, which has been forcefully carried into the public discussion, the question of »true« and »false« has gained a brand-new urgency. Not long ago, one could read in the Süddeutsche Zeitung that, in Denmark, the gene-technological improvement of the Christmas tree was proceeding apace. The article said that, in about eight years, the ideal Christmas tree will be offered for sale as a brand-name article all over the world – brave new world.

This newspaper article reminds me of the enrapturing songs of a nightingale that, again and again on my visit to Japan, delighted me whenever I left or returned to my hotel. Only when the equally poetic hint of snow on the just-blooming plum blossoms elicited doubt – it was February – did I discover the small loudspeakers in the branches. The snow and the plum blossoms, at any rate, were real. I told Christina Kubisch about this experience, and she countered with a remark about a concert of frogs that she once heard in a landscape as dry as dust. It turned out that the sounds were hunters trying to lure waterfowl with the recorded croaking of frogs. Shades of Hans Christian Andersen's »Chinese Nightingale«.

»Oasis 2000« turned that first staging of 1981 on its head. At that time, artificial sounds seemed »natura«. Some twenty years later, it is »natural« sounds that now seem strange, disturbing, at least irritating. In point of fact, they were literally »dis-placed«. Christina Kubisch once more used the principle of the collage to inquire into the character, not only of a specific place, but also of places that we carry in memory, create in our dreams, project onto reality with the aid of media, cling to, or attempt to use for our own purposes. But can anything be held fast at all, can anything of our experience be reproduced whose context cannot be held fast, translocated, or reproduced? Here naturalness is not feigned, but referred to artificiality – and this is thus a work quite generally concerned with an aspect of the garden that remains new over the centuries – the »hortus conclusus« of another, better and more beautiful world, with the attempts to reconstruct »paradise lost«, the »garden of dreams«, and also, lovingly and critically, with the specific »Heidelberg mythos«, which in turn is a metaphor embodying much farther-reaching, comprehensive wishes and dreams.

At the awarding of the prize, along with the installation, a commissioned composition for recording tape and accordeon had its world premiere. Titled »Nostalgico«, it also concerns itself with the topic of the overlapping of and interference among various levels of reality. Christina Kubisch, who was professionally trained in music as well as in the visual arts, is not only working on connecting the two areas. She also has an autonomous drawing ouevre and, at the other pole of this field of tension, independent compositions that do without no visual part.

»Nostalgico« is strictly and precisely composed and at the same time characteristically open. Like the installation described above, its allegiance is to the principle of the collage. Among layers of sounds of squeaking and creaking doors – one is thus already reminded of a spatial situation – a nostalgic melody seeks to assert itself. It seems taken from another world, folkloristic music preserved in accordance with old tradition and reproduced in improvisation, just as the artist heard it from street musicians in Berlin. Thus, this too is a spatial staging, an interstice of the encounter between sites and times, of friction, and of polarity. The parallel to the sound installation in the museum garden was obvious.

Summarizing, we can note with Eva Schmidt: »Christina Kubisch brings together visual and acoustic aspects from disparate contemporary and historical areas. She sets them free aesthetically and processes the structure only minimally. The opening of the significance of sound and of the plastic form associated with that opening, the addition, and the drawing of analogies creates an auratic, identity-dissolving quality and a new, strange, and also artificial intrinsic value.«[1]

To this we append two further quotations. The first, from John Cage, has already been applied to Christina Kubisch. The second is from the artist herself. »When I think of a good future it certainly has music in it but it doesn´t have one kind of music. It has all kinds. And it goes beyond anything that I can imagine or describe.«[2] – »Art as something not predetermined, but something constant in change itself.«

[1]   Eva Schmidt, Wahlverwandtschaften, in: Aufzeichnungen, catalogue, Städtische Galerie im Buntentor, Bremen 1999.

[2]   John Cage, cit. from: Musik-Konzepte Sonderband John Cage, Ed. Heinz-Klaus Metzger and Rainer Riehn, München 1978, p. 39.

The text printed here is an altered version of the laudation held on October 9, 1999 on the occasion of the presentation of the Heidelberger Künstlerinnenpreis in the Heidelberger Kunstverein.

Carsten Ahrens

Seit Beginn dieses Jahrhunderts wird die Entwicklung der Künste entscheidend geprägt von dem Versuch, die künstlerischen Sprachen der jeweiligen Metiers, seien es die bildende Kunst, die Musik, die Literatur oder das Theater, von allem Beiwerk, das ihnen nicht wesentlich, nicht eigen ist, zu befreien. Auf diesem Weg der Selbstvergewisserung zu einer jeweils reinen Sprache der Kunst ist die Selbstreflexion der Künste zu einem Spiegel der kreativen Prozesse des Menschen geworden.

Mit der Säkularisierung der Idee des Schöpferischen, mit Psychoanalyse, Quantenmechanik und Gentechnologie und dem damit einhergehenden vermeintlichen Funktionsverlust der bildnerischen Repräsentation wurde die Kunst zunehmend zum Medium der Untersuchung des Schöpferischen, zum metaphorischen Labor, in dem die Bedingungen unserer Wahrnehmung der Welt untersucht wurden. Dabei fanden Künstler im Licht ein Medium, das wie kein anderes mit den Schöpfungsmythen und den Weltbildern der Menschen verknüpft ist.

Im Zuge dieser Entwicklung, die im Verlauf des Jahrhunderts eine Reihe neuerer Medien für die Künste urbar gemacht hat, hat das Licht als künstlerisches Medium immer mehr an Bedeutung gewonnen. In der bildenden Kunst ist es spätestens seit László Moholy-Nagys »Licht-Raum-Modulator« zu einem Material geworden, das Künstler wie Betrachter in immer neuen Spielarten fasziniert.

Die Faszination dieses Mediums liegt augenscheinlich in seinem Wesen selbst. Licht wird zum Medium der Kunst, da es als skulpturales Material, als Materie erkannt worden ist, die aufgrund ihrer Körperlosigkeit, ihrer für unser Auge immateriellen Erscheinung der ideale Träger von Ideen, der ideale Stoff für die Projektion von Vorstellungen ist. Es ist diese vermeintliche Immaterialität des Mediums Licht, die es zum idealen Träger künstlerischer Vorstellung werden läßt. Die künstlerische Idee wird so – nah ihrem status nascendi – als irisierender, flüchtiger Moment zur Erscheinung gebracht.

In seiner Funktion »sichtbar zu machen« – Paul Klees erste Forderung an die moderne Kunst – wird das Licht darüber hinaus zum Katalysator einer Hermeneutik des Realen, wie sie die zeitgenössische Kunst zunehmend formuliert. In einer Zeit, in der die Künste sich zunehmend von den sichtbaren Oberflächen lösen, um verborgene Strukturen und geheime Konfigurationen zu enthüllen, das Unsichtbare sichtbar zu machen, ist es nicht verwunderlich, daß das Licht zu einem zentralen Medium zeitgenössischer Kunstpraxis geworden ist.

Ins Licht setzen heißt, die Dinge ordnen, sie lesen. Dieser Spur folgen Künstler wie Christina Kubisch, die mit Licht jenes dezenteste Medium sich anverwandeln,

mit dem sie – gedankengleich – an den
Rändern der Dinge, körperlos – formu-
lieren.

Räume, die eine Veränderung unserer Wahrnehmung anvisieren, stehen im
Zentrum der künstlerischen Arbeit von
Christina Kubisch. Sie ist eine Künstlerin des Klangs, die dem ephemeren Medium der Töne, Geräusche und Klänge
in den vergangenen Jahren zunehmend
das Medium des Lichts zur Seite gestellt
hat. In ihren Klang-Licht-Installatio-
nen unternimmt sie eine künstlerische
Transformation des Raumes, der zu ei-
nem Bezirk konzentrierter Wahrnehmung wird. An den Rändern der Stille gibt sie
ein Klangbild der Architektur des Ortes, in dem die Echos seiner Geschichte nach-
hallen und Nachbilder des Vergangenen gegenwärtig werden.

Christina Kubisch nutzt die Nachtseite des Lichts, das Schwarzlicht, und fluo-
reszierende Pigmente, um Dinge sichtbar zu machen, die sich bei natürlicher Be-
leuchtung unserer Wahrnehmung eher entziehen. In der immateriellen Nachzeich-
nung ihrer Metamorphosen verdichtet sie das separierte Vermögen unserer Wahrnehmung in einer Engführung von Klang und Bild. Auf den Wellen des Klangs
und den Schwingungen des Lichts, an den Grenzen des Hör- und Sichtbaren, wird
die Aufmerksamkeit des Betrachters auf konzentrischen Kreisen immer enger geführt. »Echtzeit« ist der von der Künstlerin formulierte terminus technicus dieser
künstlerischen Strategie, die den Zauber unseres Wahrnehmungspotenzials zu erschließen sucht.

»Es ging mir darum, gewiße Strukturen im Raum sichtbar zu machen, auch architektonische Zusammenhänge zu zeigen und den Betrachter aus dem normalen
Raumsehen herauszuholen. Man geht in einen Raum und ist gewohnt, ihn in Höhe und Breite zu schätzen oder seine Funktionalität mitzudenken. Wenn man das
alles nicht mehr sieht und dafür ganz andere Dinge, dann kann man sich in diesem Raum nicht sofort zurechtfinden, das heißt, man muß seine Sehgewohnhei-
ten ablegen, und da setzt eine andere Form der Wahrnehmung ein.«

Christina Kubisch setzt auf die Irritation. Ihren Kunstwerken sieht sich der
Betrachter nicht geneigt gegenüber, sondern er findet – oder besser – sucht sich

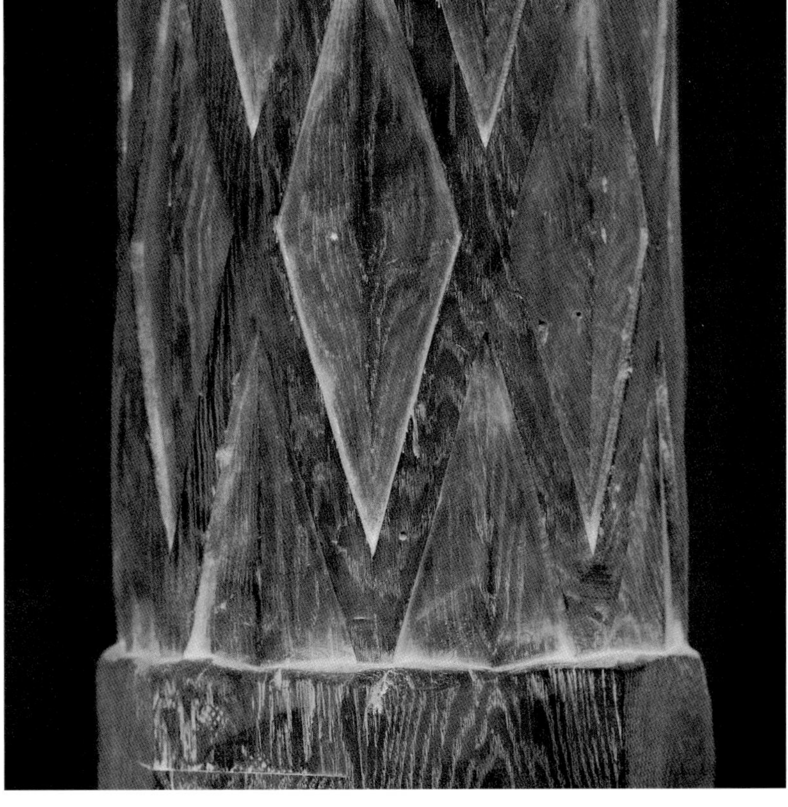

Acht Säulen und ein Raum 1996 Detail

Pigment, Hochdruckdampflampen,

zwölfkanalige Komposition | pigment,

high-pressure vacuum lamps,

twelve-channel composition

Kunstverein Ulm

(Photo: Frank Kleinbach)

Folgende Doppelseite | Following double page:

Acht Säulen und ein Raum 1996

Gesamtansicht | general view

(Photo: Frank Kleinbach)

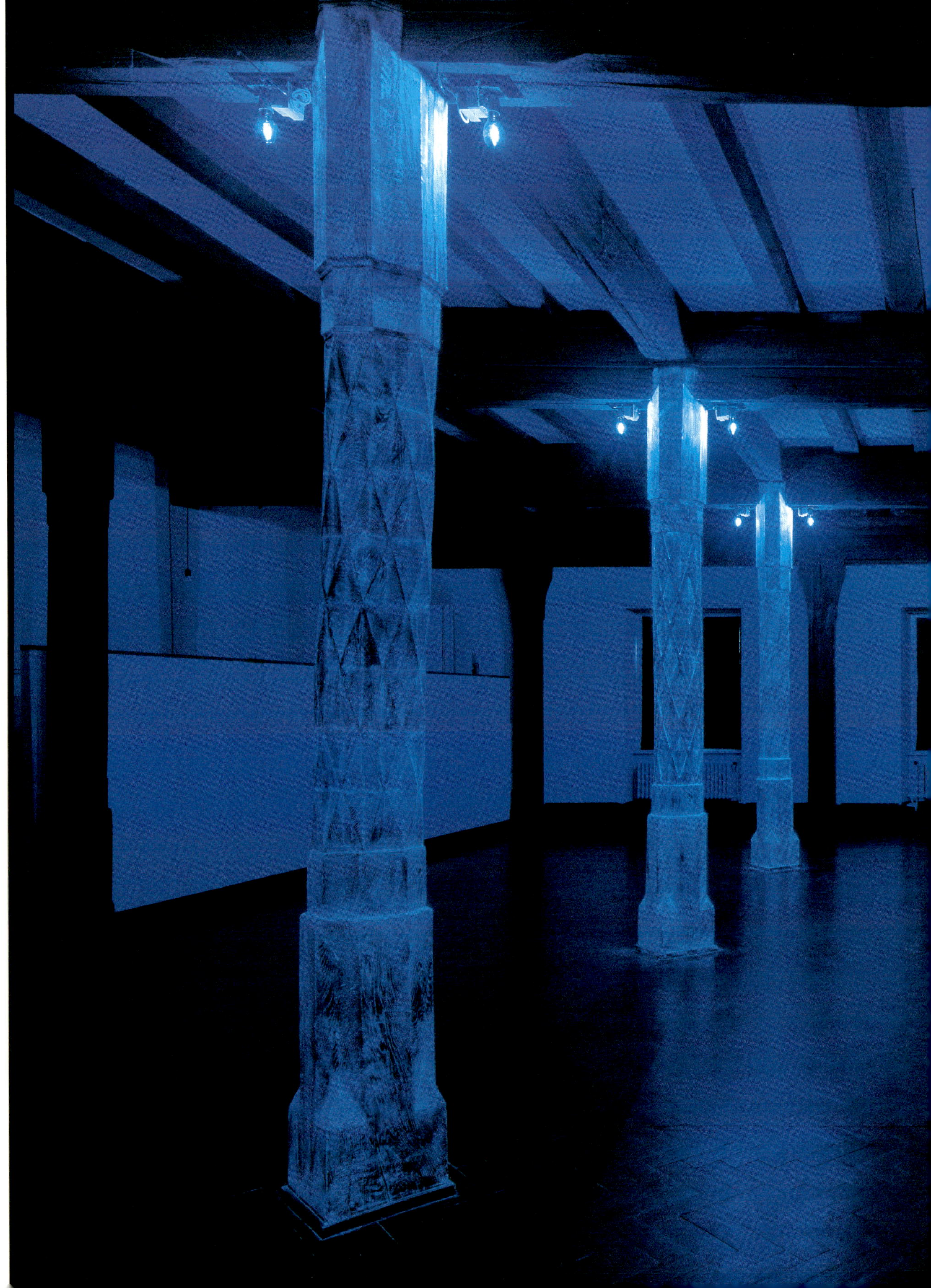

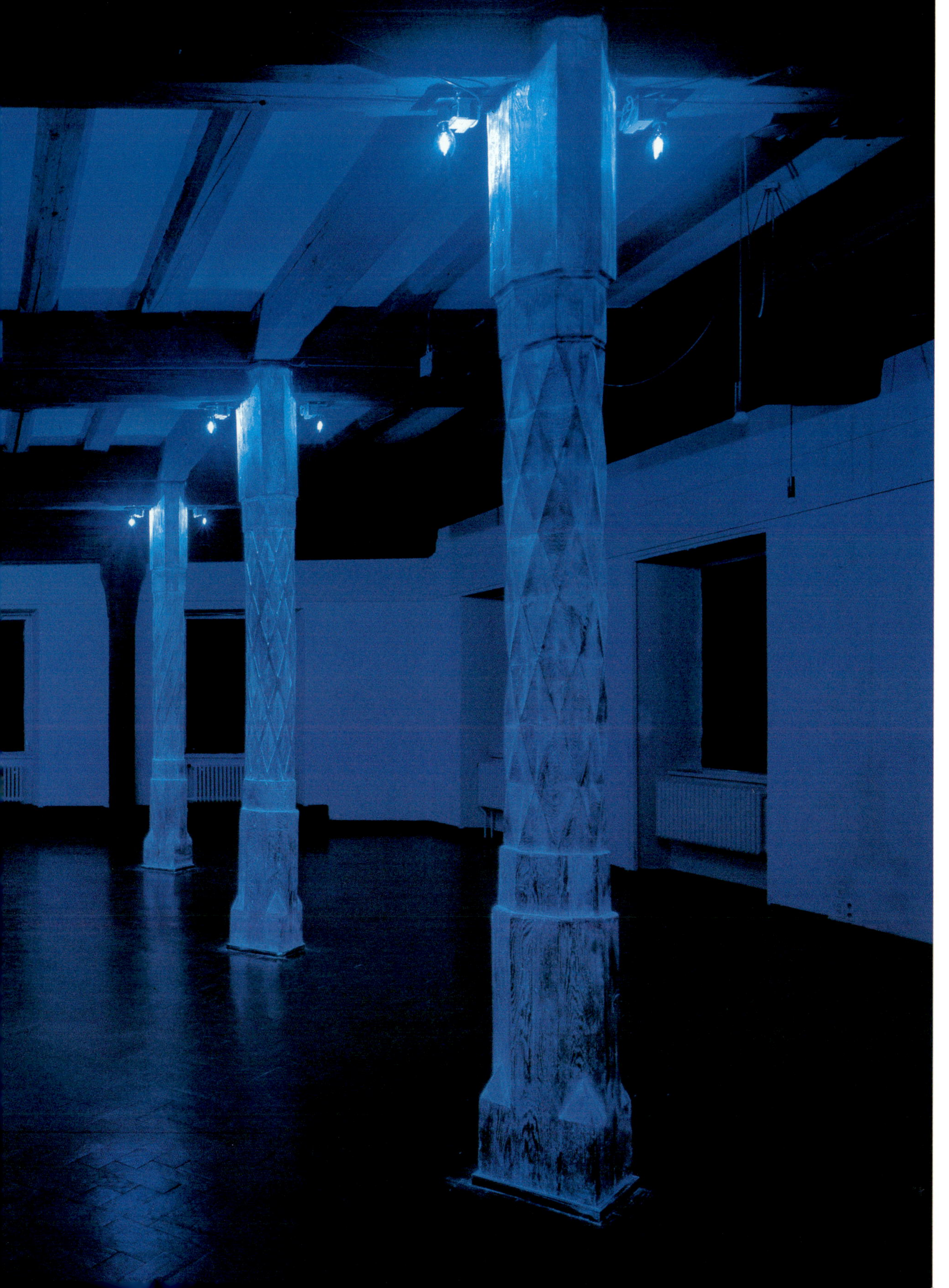

inmitten eines Raumes, der künstlerisch dergestalt verwandelt ist, daß die gewohnten Koordinaten der alltäglichen Erfahrung aus den Angeln gehoben sind. Mit minimalen Mitteln gelingt es der Künstlerin, die Orte, die sie wählt, dergestalt mittels Licht und Klang zu verfremden, daß der Betrachter aus der Fremde des

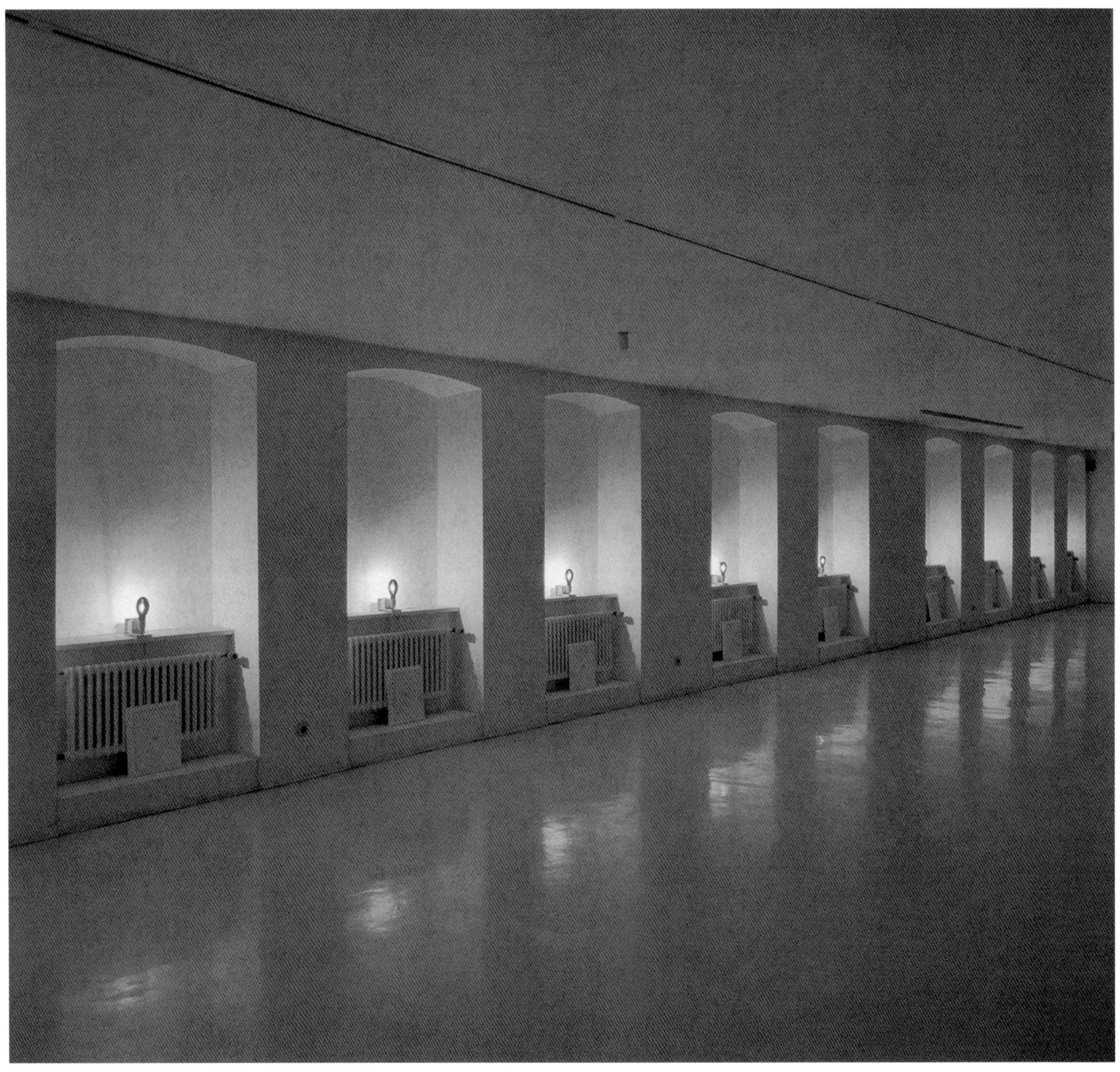

Elf Fenster und elf Klänge 1996
Pigment, Hochdruckdampflampen, Lautsprecher,
elfkanalige Komposition | pigment, high-pressure
vacuum lamps, speakers, eleven-channel composition
Stadtgalerie Saarbrücken (Photo: Tom Gundelwein)

Alltäglichen, auf sich selbst zurückgeworfen, sich auf sich selbst und seine eigene Wahrnehmung zu konzentrieren lernt.

Christina Kubisch, die in einer Vielzahl von Performances als Akteur im Zentrum des betrachtenden Interesses stand, hat über die Jahre den Raum ihrer Kunst ganz dem Betrachter eröffnet. Seiner Wahrnehmung gelten die Recherchen, die

die Künstlerin auf den Feldern des Klangs und in den Bezirken des Lichts unternimmt. Der Möglichkeitsform einer verdichteten Erfahrung der Welt sind die klangdurchzogenen Lichtorte ihrer Installation gewidmet. Dabei zeichnet die Künstlerin auf den Spuren der Geschichte gewißermaßen das Echo der Räume nach, bringt Vergangenes auf der Klangspur aufblitzender Erinnerung in den Illuminationen des Schwarzlichts zur luziden Erscheinung.

Unter dem Titel »consecutio temporum« hat Christina Kubisch unterschiedlichste Orte auf diese Weise verwandelt, wobei ihr Interesse insbesondere auf Räume ausgerichtet ist, die sich im Laufe ihrer Geschichte in extremer Weise verwandelt haben und deren Nutzung sich veränderte. Seit der ersten Installation dieser Reihe im Jahr 1993, die dem ehemaligen Atelier von Joseph Beuys im früheren Kurhaus in Kleve galt, folgten bis heute viele weitere Arbeiten dieser Art. So verwandelte die Künstlerin etwa den großen Ausstellungssaal der ehemaligen Akademie der Künste in Berlin Ost, Kirchen in Kassel, Utrecht, München und Rom, die Zellen eines ehemaligen Gefängnisses in Philadelphia, den Paco Imperial in Rio de Janeiro, die früheren Weinkeller des Casinos von Luxembourg und jetzt in den ehemaligen Opel-Villen in Rüsselsheim das Dienergeschoß. Die Geschichte dieser Stätten des Vergangenen scheint in den luminosen und akustischen Narrationen auf, die die Künstlerin speziell für diese Situationen konzipiert. Kubisch nutzt das Schwarzlicht als Reagenz des Vergangenen. Im luminosen Dunkel werden die Spuren der Zeit sichtbar. Risse und Wunden der Wandstrukturen des Raumes scheinen auf, deren Lineaturen unser Blick wie unsere Gedanken folgen, eine Reise ins Vergangene nachvollziehend. Die Geschichte dieses Ortes wird zu einer Geschichte der Fragezeichen, zum Leerraum, den unsere Neugier zu füllen sucht.

Diese visuelle Verwandlung des Raumes verschmilzt mit der akustischen Durchdringung. Christina Kubisch setzt Klangstrukturen in den Raum, technisch animierte Tonfolgen, die mit der Nähe zu natürlichen kreatürlichen Klängen spielen. Dabei wird die nötige elektrische Energie oft durch Solarzellen generiert, die Christina Kubisch im Außenraum plaziert. Die Abhängigkeit von den natürlichen Lichtverhältnissen bestimmt so den Klang der Tonfolgen, die bei strahlendem Sonnenschein lauter, bei wolkenverhangenem Himmel leiser werden. Ein energetischer Kreis zweier getrennter, parallel und in Engführung inszenierter Medien fließt so in seinem Ausgangspunkt zusammen, einer Energiequelle, dem Licht.

Es ist müßig an dieser Stelle über die unterschiedlichen Vorgehensweisen der Künstlerin an den unterschiedlichen Orten zu handeln. Denn das Resultat ist im Kern identisch. Es entstehen freie Räume der individuellen Spekulation. Jeder Betrachter, der zugleich Hörer ist, navigiert auf den Bahnen seiner eigenen Geschichte jeweils anders durch das Gespinst sinnlicher Eindrücke, die seine Wahrnehmung auf verstörende Weise zwingen, die Reize der umgebenden Oberflächen in einen inneren Dialog zu binden, dessen Tiefe unauslotbar bleibt.

Carsten Ahrens

Since the beginning of the 20th century, the development of the arts has been decisively shaped by the attempt to liberate the artistic languages of the various métiers – whether the visual arts, music, literature, or theater – of all embellishment, of everything extraneous and not their own. On this self-ascertaining path to a respectively pure language of art, the self-reflection of the arts has become a mirror of man's creative process.

With the secularization of the idea of the creative, with psychoanalysis, quantum mechanics, and gene technology, and with visual representation's alleged accompanying loss of function, art increasingly became a medium of investigating creativity, a metaphorical laboratory, in which the conditions of our perception of the world were investigated. Artists found in light a medium that, like no other, is bound up with humankind's creation myths and world images.

The course of this development during the past century has made a series of new media usable for the arts, and light has gained increasing importance as an artistic medium. In the visual arts, since László Moholy-Nagy's »Light-Space-Modulator« at the latest, light has become a material that has fascinated artists and viewers in ever new variations.

The fascination of this medium lies quite apparently in its own being. Light becomes a medium for art because it has been recognized as a sculptural material, as matter whose lack of corporeality, whose immaterial appearance to our eyes makes it the ideal vehicle for ideas and the ideal material for the projection of ideas. It is this supposed immateriality of the medium of light that has made it such an ideal vehicle of artistic ideas. In this way, the artistic idea, near its status nascendi, is made to appear as an iridescent, fleeting moment.

In its function of »making visible« (Paul Klee's first demand on modern art), light also becomes the catalyzer of a hermeneutics of the real, as contemporary art increasingly formulates it. In a time when the arts are increasingly liberating themselves from visible surfaces to reveal hidden structures and secret configurations, to make the invisible visible, it is hardly surprising that light has become a central medium of contemporary artistic practice.

Bringing things to light means ordering them, reading them. Artists like Christina Kubisch follow this trail, assimilating into themselves the most discreet medium, light, with which they formulate on the fringes of things, bodilessly, like thought.

Spaces that aim to change our perception also stand in the focus of Christina Kubisch's artistic work. She is an artist of sound who in the past years has increasingly placed the medium of light beside the ephemeral medium of tones, noises, and sounds. In her sound-light installations, she undertakes an artistic transformation of the space, which becomes a realm of concentrated perception. On the fringes of stillness, she provides an acoustic image of the site's architecture in which its history echoes and afterimages of the past become present.

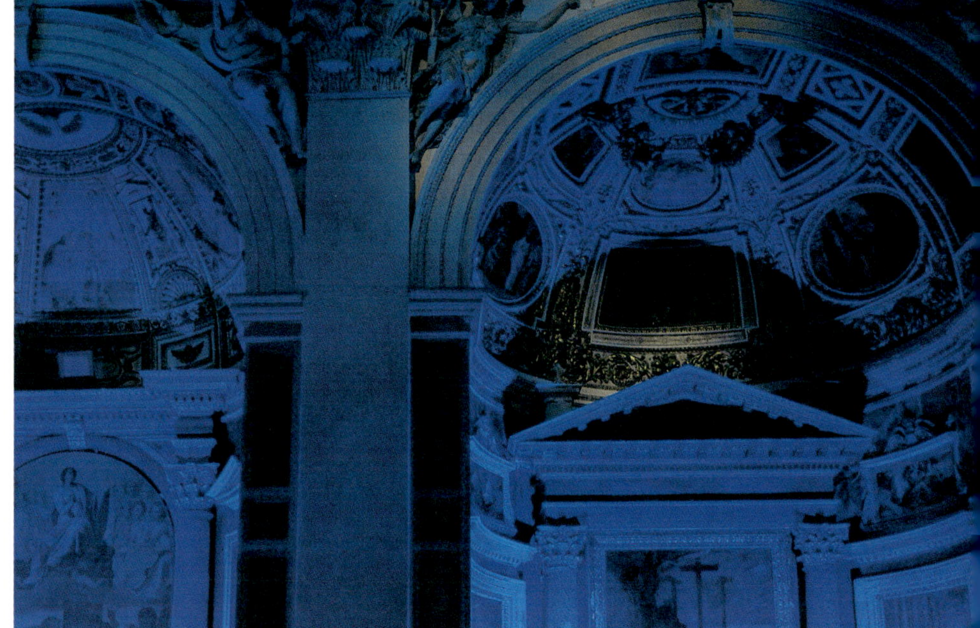

Dodici luci e undici suoni 1997 Detail
Schwarzlicht, Reflektoren, elfkanalige Komposition |
black light, reflectors, eleven-channel composition
Chiesa di Santa Caterina dei Funari, Rom
(Photo: Roberto Mapelli)

Christina Kubisch uses the night side of light – black light – and fluorescent pigments to make things visible that elude our perception under natural illumination. In the immaterial tracing of their metamorphoses, she condenses our separated perceptual abilities in a convergence of sound and image. On the waves of sound and the vibrations of light, at the boundaries of the audible and the visible, the attention of the viewer is led in ever-narrower concentric circles. »Real Time« is the terminus technicus formulated by the artist for this artistic strategy, which seeks to explore the magic of our perceptual potential.

»I am always concerned with making certain structures in space visible, also with revealing architectural contexts and with bringing the viewer out of his normal way of seeing space. You enter a room and are accustomed to estimating its height and breadth or to consider its function; it has a window, a door. When you no longer see any of this, but other things instead, then you can't immediately come to terms with the room, that means you have to give up your habits, and then another form of perception ensues.«

Christina Kubisch banks on bewilderment. The viewer does not view her art works by facing them, he finds – or, better, seeks – them in the middle of a space that has been artistically transformed to undermine the accustomed coordinates of everyday experience. With minimal means of light and sound, the artist succeeds in transforming the sites she chooses in such a way that the viewer is thrown back upon the strangeness of the everyday and upon himself, and learns to concentrate on himself and his own perception.

Christina Kubisch has stood as an actor in the center of viewing interest in a wide range of performances. Over the years, she has opened the space of her art entirely to the viewer. All the research that the artist conducts in the fields of sound and in the realms of light is devoted to the viewer's perception. The sound-

Wintergarten 1995

Holzrahmen, Glas, Pigment, Schwarzlicht,
vierkanalige Komposition | wooden frame, glass,
pigment, black light, four-channel composition
Haus am Waldsee, Berlin (Photo: Bernd Sinterhauf)

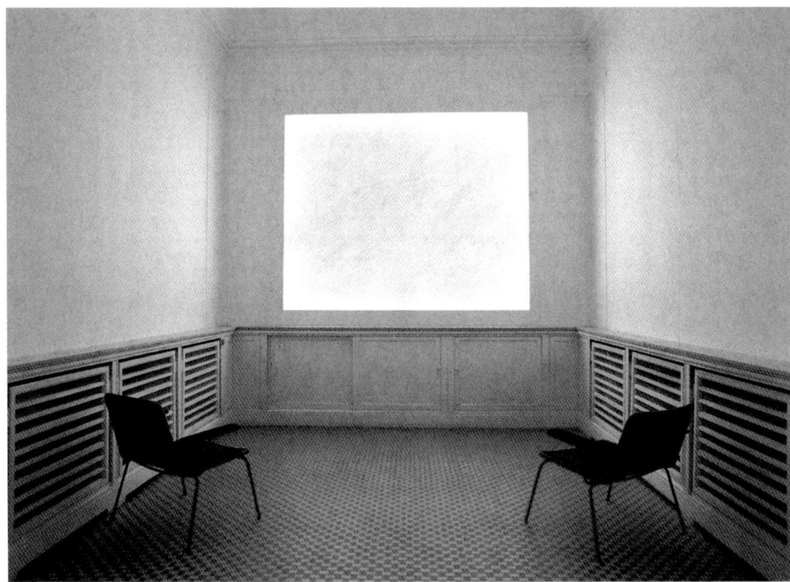

suffused light-sites of her installations are dedicated to the possibility of a condensed experience of the world. Here, the artist traces the tracks of history as a kind of echo of the spaces, lucidly revealing things of the past on the sound track of sudden memory in the illumination of black light.

Under the title »consecutio temporum«, Christina Kubisch has transformed the most various sites in this way, whereby her interest focused especially on spaces that have changed extremely in the course of their history and whose use further changes them. The first installation of this series was in 1993 in the former studio of Joseph Beuys in what was once the Friedrich Wilhelms Baths in the city of Kleve, and in which the municipal archives are housed today. Since then, many further works of this kind have followed. Thus, the artist has metamorphosed the great exhibition hall of the former Academy of Arts in East Berlin; churches in Kassel, Utrecht, Munich, and Rome; the cells of a former prison in Philadelphia; the Paço Imperial in Rio de Janeiro; the wine-cellars of the Casino in Luxembourg; and so-on, now in the former Opel Villas in Rüsselsheim, the servants' storey. The history of these sites of the past appears in the luminous and acoustic narrations that the artist conceives especially for these situations. Kubisch uses black light as a reagent of the past. In the luminous dark, the traces of time become visible. Fissures and wounds in the structure of the room's walls appear; our glance and our thoughts follow the patterns of their lines, tracing a journey into what is past. The history of the site becomes a history of question marks, an empty space our curiosity seeks to fill.

This visual transformation of the space fuses with the acoustic pervasion. Christina Kubisch installs sound structures in the space, technically animated se-

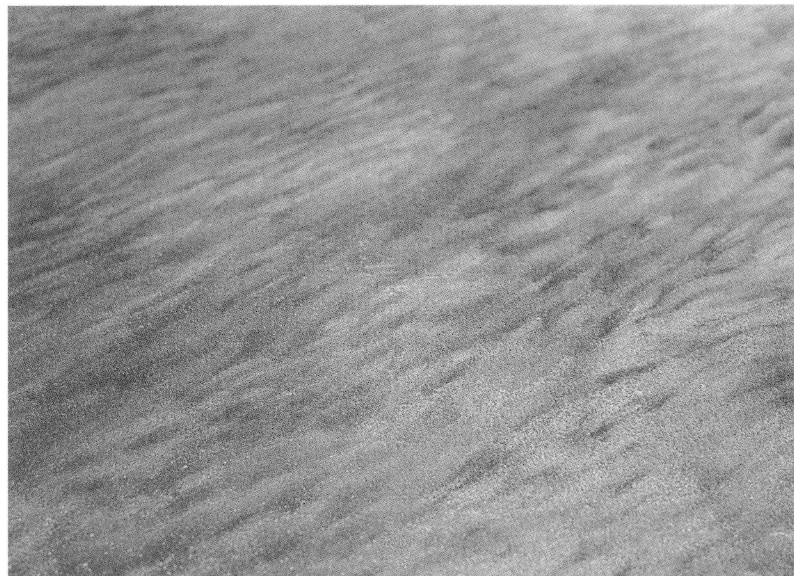

quences of tones that play with their own proximity to natural, creaturely sounds. The required electrical energy is often generated by solar cells that Christina Kubisch mounts in the outer room. This dependence on natural lighting conditions thus determines the sound of the sequences of tones, which are louder when the sun shines brightly and softer when the skies are overcast. An energetic circuit of two separate, parallel, and converging media thus flows together in its starting point, a source of energy: light.

It is superfluous here to discuss the artist's various methods in the various sites. For at bottom, the results are identical. Free spaces of individual speculation are created. Each viewer, who is a listener at the same time, navigates along the paths of his own history in his own unique way through the tangle of sensual impressions that disturbingly force his perception to connect the stimuli of the sur-rounding surfaces in an interior dialogue whose depth remains unplumbable.

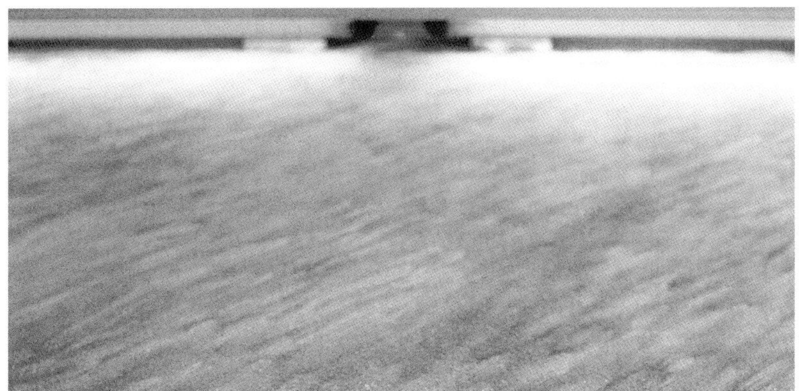

Wintergarten 1995
Detail: Schwarzlicht | black light
Haus am Waldsee, Berlin
(Photo: Bernd Sinterhauf)

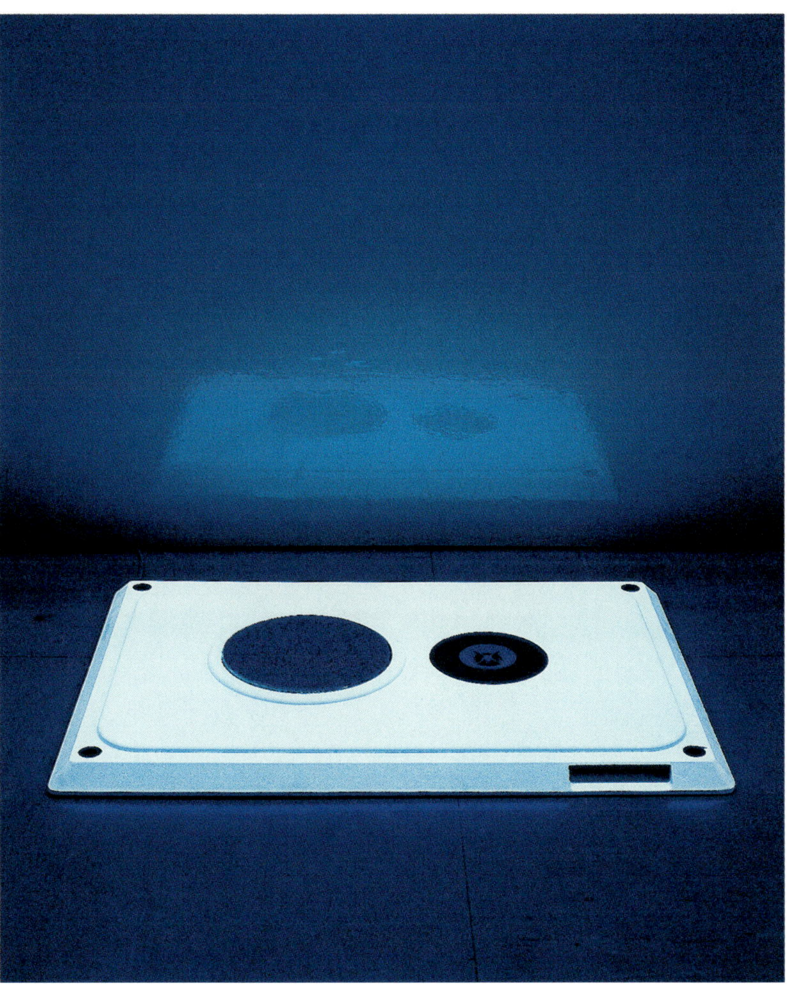

Zwölf Türen und zwölf Klänge   2000
Detail, Opel-Villen Rüsselsheim
(Photo: Rolf Giegold)

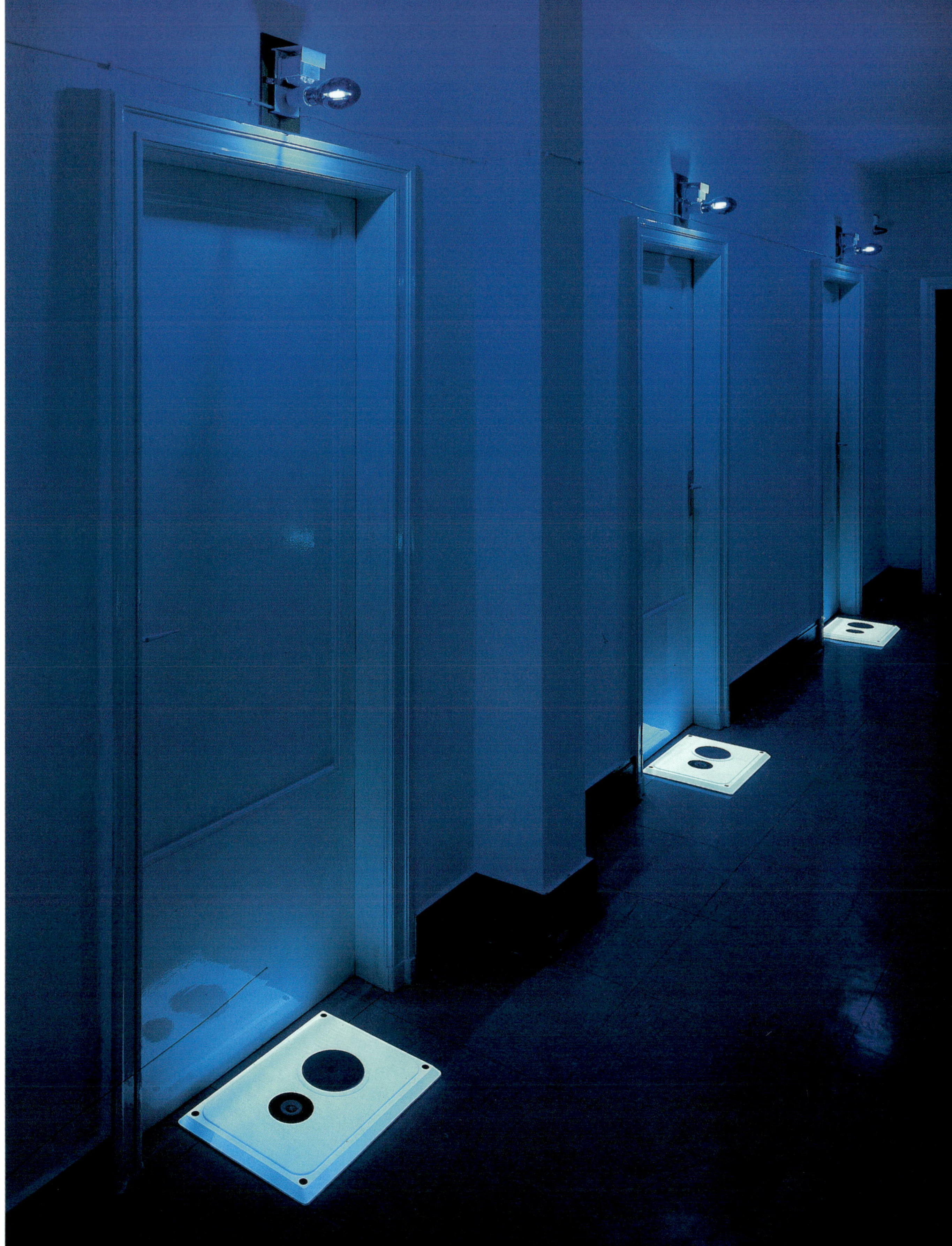

CHRISTOPH METZGER

—

INTERVIEW MIT CHRISTINA KUBISCH

Christoph Metzger: Du hast Malerei, Musik und Komposition studiert, hast in den siebziger Jahren Performances durchgeführt und arbeitest seit etwa 1980 an Klangräumen und Klangskulpturen. Die Ausstellung in Rüsselsheim soll die letzten zwanzig Jahre Deiner Arbeit zeigen. Wo liegt der Schwerpunkt, im bildnerischen oder im musikalischen Bereich?

Christina Kubisch: In beiden Bereichen, wobei die Akzente sich im Lauf der Jahre mal mehr zur einen oder zur anderen Seite verschoben haben. Im Grunde suche ich eher die Integration des Visuellen und des Akustischen als eine Aufteilung nach Kategorien.

C.M.: Bei Deinen Arbeiten spielen die Räume, in denen Du installierst, ja eine besondere Rolle. Kann man raumbezogene Arbeiten nach Jahren überhaupt wieder aufbauen?

Ch.K.: Die ehemaligen Opel-Villen sind für diese Ausstellung ein Glücksfall. Die größere Villa, die das eigentliche Ausstellungshaus bildet, wird Herrenhaus genannt und wirkt in seiner Mischung aus strengem Bauhausstil und Monumentalarchitektur der 30er Jahre für sich schon zwiespältig. Das Haus hat mich sofort interessiert als ein Ort mit Geschichte. Es war ja nicht nur Repräsentationshaus der Opel-Dynastie, sondern auch Amtsgericht, Krankenhaus und angeblich auch Militärstützpunkt. Die Spuren der wechselnden Nutzungen sind noch vorhanden, obwohl der größte Teil des Hauses für Ausstellungszwecke umgebaut wurde. Darum kann ich auf das Haus selbst Bezug nehmen mit neuen Arbeiten, aber auch ältere Installationen in diesem Kontext neu positionieren.

C.M.: Kannst Du einige Beispiele nennen?

Ch.K.: Der Keller und das Dachgeschoß sind noch weitgehend im Originalzustand, wobei es den ursprünglichen Zustand aus den 30er Jahren nicht mehr gibt. Aber die verschiedenen Spuren der Bewohner haben sich hier nur überlagert, sie sind nicht entfernt worden. Im ehemaligen Dienergeschoß gibt es zum Beispiel einen Flur mit zwölf Türen. Wenn alle geschlossen sind, geht von diesem Flur eine ganz besondere Atmosphäre aus durch das Serielle der weißlackierten Türen, von denen man nicht weiß, wohin sie eigentlich führen. Gleichzeitig gibt es einen Bruch durch architektonische Unregelmäßigkeiten, die wahrscheinlich durch spätere Umbauten entstanden sind. Diese Mischung aus leerem Raum und einer bestimmten atmosphärischen Dichte, die man dort oben spürt, fasziniert mich sehr.

C.M.: Gehört diese Installation zur Serie »consecutio temporum«?

Ch.K.: Ja sicher. Es wird wahrscheinlich die zwanzigste Arbeit der Folge sein. Bisher weiß ich aber nur, daß ich mit rechteckigen weißen Flachlautsprechern arbeiten möchte, die wie Türschwellen aussehen, mit einer bestimmten Lichtsituation und mit sich reibenden, sehr ähnlichen aber doch in sich unterschiedlichen Klängen.

C.M.: Und was passiert in den anderen Ausstellungsräumen?

Ch.K.: Es gibt verschiedene Schwerpunkte, unter anderem werden eine ganze Reihe von Klangskulpturen der 80er Jahre wieder ortsbezogen aufgebaut. Im Erdgeschoß dreht sich alles um das Thema Natur und Technik. Im ehemaligen Wintergarten der Villa wird die »Konferenz der Bäume« zu sehen sein. Der Wintergarten führt zu einem großen Salon mit Blick auf den Park, aber auch auf die gegenüberliegende Industrielandschaft. Gegenüber von den Fenstern möchte ich den »Vogelbaum« installieren. Dann kommt »natura morta«, eine stille Arbeit mit skulpturalem Charakter und am Ende des Rundgangs »Mausware«. Im Wintergarten habe ich bei meinem ersten Besuch übrigens im Deckenfries tanzende Mäuse entdeckt und es wird eine Photoarbeit geben, die wiederum in Bezug gesetzt wird zu den eingelegten echten Mäusen und den Computermäusen auf dem Klangtisch. Die Ausstellung beginnt aber eigentlich schon vor der Villa mit »Ein Baum und zehn Klänge«. Da werden durch schwarze Solarzellen Klänge in einer großen alten Buche aktiviert, die wie Vogelklänge wirken und sich je nach den Lichtverhältnissen ändern. In Wirklichkeit kommen die akustischen Signale von kleinen Tierscheuchen, das sind Geräte aus dem Elektronikmarkt, um Insekten oder Tiere im Allgemeinen zu vertreiben.

C.M.: Ist das das gleiche Prinzip wie bei der Außenarbeit in der Nähe von Hannover, wo Du mit Klängen aus dem brasilianischen Regenwald, glaube ich, arbeitest?

Ch.K.: Das war im Skulpturenpark »Springhornhof« in Neuenkirchen. Dort habe ich mit echten Naturklängen gearbeitet, die aber inmitten des Waldes so exotisch wirkten, als wären sie künstlich. Hier hört man hingegen Klänge in einem Baum, die man mit Vogelrufen verwechseln könnte, die aber von einem industriell gefertigten elektronischen Teil stammen. Mir geht es um das Thema, was unsere Vorstellung von Natur ist und wie unsere Wahrnehmung von ihr funktioniert. In-

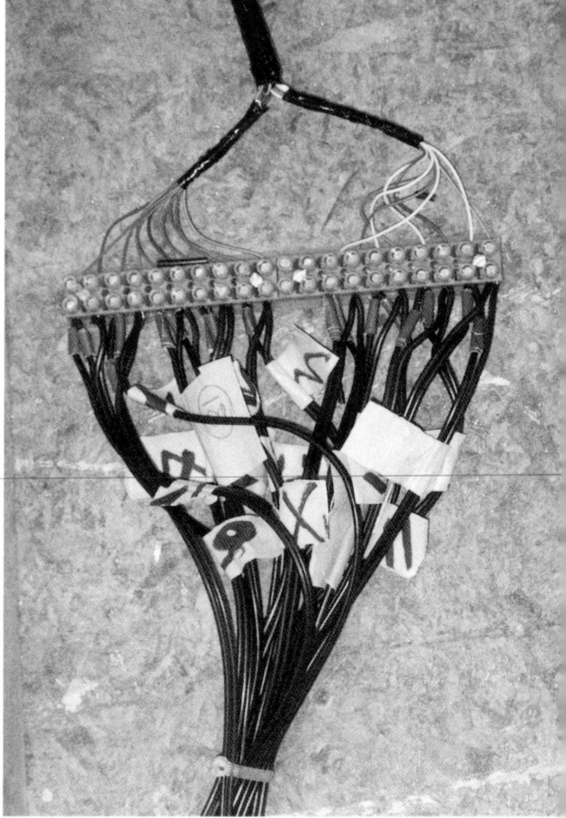

Beobachtungsphoto 1999

Kabelstilleben mit Steuerleitung zum Anschluß an Solarzellen | still life with audio cable connected to solar panels (Photo: Christina Kubisch)

wieweit sind Naturklänge für uns noch natürlich und inwieweit sind sie etwas, was so fremd wirkt, daß man es als etwas Künstliches einordnet. Die Thematik vom Echtem und vom Falschen und seine möglichen Definitionen sind eines der Hauptmotive der Ausstellung. Und die passt wunderbar zur Zwiespältigkeit des Hauses. Der Blick nach draußen ist zum Beispiel idyllisch, aber die zugehörige akustische Situation ist eine völlig andere. Das Haus liegt direkt an der Einflugschneise zum Frankfurter Fughafen.

C.M.: Du hast ja verschiedene Arbeitsfelder, die kontinuierlich fortgesetzt werden. Da sind Deine Arbeiten mit Bäumen, da gibt es die Induktionsarbeiten oder die architekturbezogenen Klangräume. Mit diesem Ansatz entsteht eigentlich eine Art Werkserie, die über Jahre auch in der Titelgebung zum Tragen kommt. Sind das so eine Art Variationen zu einem Thema, wo bestimmte Linien konstant bleiben, während vor allem die Räume wechseln?

Ch.K.: Das ist schon richtig, obwohl jede Arbeit doch ganz unterschiedlich ist, wenn man genauer hinsieht.

C.M.: Aber der Ansatz und die Arbeitstechnik ist doch – so wie man ein Streichquartett als Streichquartett schreibt – einer Gattung ähnlich.

Ch.K.: Mir war nicht von vorn herein klar, daß es in einer Serie enden würde. »Consecutio temporum« zum Beispiel begann 1993 mit der Einladung, im ehemaligen Atelier von Joseph Beuys in Kleve eine Licht- und Klanginstallation zu machen. Der Raum war ursprünglich Teil eines spätklassizistischen Kurhauses und wurde später, nachdem Beuys dort gearbeitet hatte, in das lokale Stadtarchiv umfunktioniert. Ich hatte mir das ganz anders vorgestellt, mit irgendwelchen Spuren von Beuys. Aber ich stand da plötzlich in einem historisch restaurierten Raum mit vollen Bücherregalen und muffiger Atmosphäre. Ich durfte nichts verändern, nichts verrücken, nichts umstellen oder reinstellen. Eine ziemliche Herausforderung. Am Ende wurde der Raum doch ein ganz anderer durch eine radikale Veränderung der Lichtsituation und durch ein akustisches Netz von Ultraschallgeneratoren, die gerade soweit in der Tonhöhe gesenkt wurden, daß ihre Klänge wahrnehmbar wurden. Als erstes habe ich sämtliche Birnen der Wandbeleuchtung mit starken UV-Hochdrucklampen ausgetauscht, die Art, wie sie auch Bilderrestauratoren benutzen. Dadurch wurden die perfekten Restaurierungsarbeiten wieder als Übermalungen sichtbar. Und auch die Klänge, die an der Grenze der menschlichen Hörfähigkeit lagen, veränderten die Raumwahrnehmung. Das heile Bild eines historischen Raumes wurde brüchig, man sah plötzlich die ehemaligen Wanddurchbrüche vom Beuysatelier, die später zugemauert worden waren.
Kurz danach gab es an anderen Ausstellungsorten zwei ähnliche Situationen. Erst im nachhinein wurde mir dann klar, daß es eine Serie von Arbeiten werden würde. Aber das war nicht bewußt so angelegt, als würde ich sagen: jetzt schreib ich mal zehn Streichquartette.

C.M.: Das glaube ich Dir gerne! Aber viele Deiner Arbeiten haben einen Seriencharakter, auch wenn es sich nicht um Streichquartette handelt. Du beschäftigst Dich ja oft mit einer Art Spurensuche und zeigst durch deine Werke, daß viele Dinge eine Vergangenheit haben, die man nur sieht, wenn man diese ins rechte Licht rückt. Unter anderem benutzt Du ja dazu auch Geldscheinprüfer….

Ch.K.: Die Geldscheinprüfer, die echte Banknoten von den falschen unterscheiden sollen, liebe ich besonders. Jede Bank benutzt sie und auch viele Geschäfte. In den Opel-Villen kommen sie in den Keller, einen geheimnisvollen Ort mit vergoldeten Friesen an den Decken. Es ist ein eigentlich sehr nobler Raum, der aber später immer wieder umgebaut, mit roter Farbe übermalt, bewußt verschandelt wurde. In diesem Raum spürt man mehrere Zeitschichten gleichzeitig, und darum erschien er mir passend für die Arbeit »Über die Stille«. Sie besteht aus Plexiglastafeln mit weiß gedruckten Textfragmenten, die im Licht der Geldscheinprüfer fluoreszieren. Die Texte sind Fragmente aus Gedichten in verschiedenen Sprachen, in denen das Wort Stille vorkommt. Die Romantiker haben das Wort ja erstmals bewußt eingesetzt, weil zu ihrer Zeit die Stille durch die beginnende Industrialisierung nicht mehr etwas Selbstverständliches war. Ich finde es spannend, daß der Begriff Stille meist mit Klang in Verbindung gebracht wird. Wenn die Dichter über die Stille sprechen, sprechen sie immer über das Hören. Die Stille ist gleichbedeutend mit konzentriertem Hören, mit der Anwesenheit des Klanges. In diesem Keller stelle ich mir einen Hörraum vor, in dem man sich nach dem Rundgang durch die Ausstellung hinsetzen und hören kann. Der Raum ist nämlich gar nicht still. Es gibt alle möglichen merkwürdigen Geräusche, leise Geräusche wie knarrende Treppen oder ein Knacken, aber auch die vorbeifahrenden Schiffe und die Flugzeuge. Es ist ein Raum, der überhaupt nicht still ist.

C.M.: Das ist so eine Art von Wahrnehmungsverschiebung, die eine Konzentration auf Dinge lenkt, die sonst in dieser Form nicht wirken würden.

Ch.K.: Ja, ich hoffe, daß es ein Raum wird, in dem man sensibel reagieren kann. Er strahlt eine Ruhe aus, die gleichzeitig trügerisch ist. Diese Doppeldeutigkeit ist typisch für meine Arbeit. Nichts ist eigentlich so, wie es aussieht und auch der erste Eindruck von Stille ist trügerisch.

C.M.: Mich interessiert da die Frage, wie Du zu der Arbeit eines Kollegen, nämlich Murray Schafer stehst, der ja die Wiederherstellung einer vorindustriellen Stille proklamiert. Wir haben uns, glaube ich, schon darüber unterhalten, daß Schafer ständig auf die verlorene Stille und auf die akustische Umweltverschmutzung hinweist. Wenn er von Stille spricht, assoziiert er damit etwas anderes als Du. Stille ist bei ihm etwas metaphysisch Besetztes. Das ist bei Dir, wie mir scheint, nicht der Fall.

Ch.K.: Ich gehöre zwar nicht zur Ökofraktion wie Schafer, das ist mir zu penetrant und symbolträchtig. Aber ich finde seinen Ansatz enorm wichtig, und er war einer der ersten, der das einfache Hinhören wichtig genommen hat. Im Übrigen sind seine Kompositionen viel subtiler als seine Vorträge, sie sind wirklich schön, vor allem, wenn sie mitten in der Natur stattfinden. Im Gegensatz zu Schafer möchte ich nicht von vornherein etwas vom Hörer verlangen. Ich möchte etwas anregen, was in ihm selbst angelegt ist, etwas anregen, was individuell weitergeführt werden kann. Ich möchte nichts vorgeben, das liegt einfach nicht in meiner Natur. Aber warum sollte ich Arbeiten über das Echte und das Falsche, über Natur und Technik machen, wenn mich beides nicht dauernd beschäftigen würde?

C.M.: Was ich meine, ist, daß so eine quasi religiöse Aussage oder Botschaft in Deinem Werk für mich eigentlich nicht thematisiert wird. Da ist häufig eher ein spielerischer Umgang mit der Materie. »Mausware« beispielsweise ist einfach eine Arbeit, über die man schmunzeln muß, weil die In-Beziehung-Setzung von toten Mäusen und Computermäusen etwas Witziges hat. Auf keinen Fall ist es etwas Ernstes.

Ch.K.: Manche Leute haben ganz anders darauf reagiert. Die Reaktionen fallen je nach der eigenen Persönlichkeit ganz verschieden aus. Einige Besucher haben mir zum Beispiel von ihrer Kindheit erzählt, vom Verlust der Natur und von einer Ratte, die in eine Hand gebissen hat. Manche Leute fanden es eher eklig, und ein Wissenschaftler, der in der Genforschung arbeitet, hat besonders negativ reagiert. Bei jedem ist es ganz anders angekommen, und eigentlich finde ich das interessant. Je weniger man klare Botschaften vorgibt, je weniger man autoritär ist, umso mehr kann man auslösen. Das hat allerdings den Nachteil, daß man nicht so leicht einzuordnen ist als Künstler, und diese Offenheit ist auch für Kritiker oft schwierig, weil sie sich selbst zurechtfinden müssen.

C.M.: Das ist doch wunderbar. Man wird erst einmal durch die Magie der Arbeit ins Betrachtungsfeld hineingezogen. Man schaut sich das genau an, man wird durch die Stimulanzen zum Hinsehen verführt, und dann passiert etwas. Das, was passiert, ist keine Botschaft, man wird nicht in irgendeine Richtung gelenkt, sondern das Werk an und für sich wird auf raffinierte Weise zur Projektionsfläche für die eigenen Gedanken.

Ch.K.: Das ist richtig. Ich habe zwar persönliche Vorlieben, auch in der Kunst. Aber ich versuche, das aus meiner Arbeit herauszuhalten. Vielleicht, weil ich auch von der Musik her komme. Ich denke, Musik kann gerade durch ihre Abstraktion – wenn es nicht gerade um Opern mit präzise vorgegeben Texten oder ähnliches geht – sehr viel auslösen. Und da ich von meiner Herkunft und Ausbildung ja eigentlich Musikerin bin, ist das etwas, was extrem wichtig für mich geblieben ist: eine möglichst große Offenheit zu lassen und vielleicht auch über den eigenen Schatten zu springen in der Arbeit.

C.M.: Gut, vielleicht sollten wir später darauf zurückkommen, ob Musik etwas Offenes oder weniger Offenes ist. Es hängt natürlich von dem Typ der Musik ab.

Ich glaube, Musik findet nur in wenigen Fällen zu einer offenen Form. Also noch einmal zurück zu der Strenge: mir ist aufgefallen – wir haben ja verschiedene Arbeiten miteinander realisiert – daß Du Deinen Mitarbeitern sehr präzise Vorgaben machst, eine sehr lange Skizzenphase hast, um etwas zu entwickeln, daß vorhersehbar gute Ergebnisse herauskommen. Aber das spürt man nicht. Man spürt nur die Präzision und die Genauigkeit, mit der etwas passiert, aber das Spiel an sich bleibt frei.

Ch.K.: Ich kann sehr gut improvisieren. Du würdest Dich wundern, wie oft Arbeiten für mich noch ein vollständiges Fragezeichen sind, während sie als Konzept schon präzise dastehen. Die Konzeption für die große Arbeit am Potsdamer Platz »Klang Fluß Licht Quelle«, die ja immerhin eine Gesamtfläche von fast 3000 qm im dritten Untergeschoß der Tiefgarage einnahm, entstand tatsächlich in letzter Minute vor Ort. Allerdings hatte ich bereits ein halbes Jahr lang intensive Planungen gemacht, mit Architekten Konzepte ausgearbeitet, den Ort immer wieder besucht. Und dann plötzlich, kurz bevor ich zum wichtigsten Vorgespräch fuhr, wurde mir klar, was ich machen wollte. Ich habe dann in der U-Bahn Skizzen gemacht und habe das präsentiert. Diese Art von Intuition ist eigentlich immer nur dann gegeben, wenn man sich völlig auf den Ort konzentriert, im Kopf viele Möglichkeiten durchspielt, ohne sich festzulegen. Das meine ich mit Offenheit, und das geht auch nicht ohne Risiko.

C.M.: Das ist völlig klar. Vieles wird aus dem Moment geboren, aber von der ersten Projektidee bis zur Realisierung ist das meist ein poetisches Aufladen von Räumen und Gegenständen mit einer ganz eigenen Atmosphäre.
Vielleicht könntest Du mal schildern, wie die künstlerische Arbeit entsteht.

Ch.K.: Es gibt ganz verschiedene Stadien, und eigentlich ist man immer damit beschäftigt. Ich weiß, es gibt kaum Momente, wo ich nicht irgendwie innerlich mit meinen Arbeiten verbunden bin. Manchmal gibt es erste abstrakte Ideen, man guckt sich eine Pflanze an und sagt »hm« und dann ist ein Bild da, und das läßt man erst einmal ruhen. Dann gibt es vielleicht einen konkreten Ausstellungsraum, und plötzlich ist dieses Bild wieder da. Und dann beginnt ein ganz eigener Prozeß, der oft sehr anstrengend ist, weil man verunsichert ist, wie man solche ersten Erlebnisse mit dem Raum zusammenbringen kann. Dieses innere Erfahrungsbild muß ich aber immer haben, das ist für mich sehr wichtig. Die eigentlich schöne Phase beginnt dann, wenn die Planerei und Organisation vorbei ist und man wirklich anfängt, konkret etwas zu verwirklichen. Ich mache sehr viel selbst beim Installieren, lege selbst mit Hand an, und dabei improvisiere ich dann auch wieder. Auch wenn ich vorher eine präzise Idee für eine Installation hatte, bin ich bereit, es dann doch anders zu probieren. Das ist wahrscheinlich so ähnlich, als würde man ad hoc ein Bild malen, zu dem man schon eine Menge Vorstudien gemacht hat. Man kann sich trotzdem, oder gerade darum, die kreative Freiheit nehmen, alles noch einmal in Frage zu stellen. Und natürlich gehe ich nicht leichtfertig damit um. Vielleicht liegt das daran, daß wir in unserer Ausbildung sehr präzise Kunstbegriffe vermittelt bekommen haben, von denen man nicht so leicht wieder weg kommt. Mein Kunstverständnis hat immer auch etwas mit ästhetischen Ansprüchen zu tun.

C.M.: Wenn man jetzt die zwanzig Jahre Klangkunst von 1980 – 2000 Revue passieren läßt, dann gibt es wichtige Eckstationen in Deinem Leben, die für die gesamte Klangkunst auch wichtig waren. 1980 war das Jahr der Ausstellung »Für Augen und Ohren« in Berlin. Ich habe drei Fragen, die ich Dir jetzt stellen möchte. Erst mal im Rückblick zu fragen, wie sich Deine Arbeit in den letzten zwanzig Jahren entwickelt hat. Und mich interessieren dann zwei weitere Fragen zur Entwicklung der Klangkunst: Welche Tendenzen und Strömungen siehst Du? Es ist ja wichtig, klärende Begriffe zu schaffen, weil es mittlerweile einen Riesenberg von Arbeiten weltweit gibt. Und speziell dabei interessiert mich die Auswahl der Orte und Plätze, die bei Dir ja besonders im Vordergrund stehen, und die Verwendung der Lichttechnik, mit der Du ja auch einen eigenen Stil geschaffen hast. Vielleicht erst einmal zwanzig Jahre Klangkunst, zwanzig Jahre Christina Kubisch, »Retrospektive«, viel zu jung, um so etwas zu sagen. Wie war das 1980?

Ch.K.: Es ist eigentlich noch keine Retrospektive, denn die ganzen 70er Jahre sind bewußt nicht mit aufgenommen worden. Meine erste Einzelausstellung war, glaube ich, 1973 in Mailand. Damals war für mich die Frage wichtig: wie kann ich von einem traditionellen Musikstudium zu einer offenen Form kommen? Damals machte ich hauptsächlich Performances, das war die künstlerische Form, mit der ich mich ausdrücken konnte – die Flöten-Performances und später die Video-Performances mit Fabrizio Plessi, die wir bis 1980 zusammen gemacht haben. Diese Performances, bei denen wir als Personen hinter den Medien Video und Klang bereits zurücktraten, haben wir dann in ganz Europa und den USA aufgeführt. Fabrizio Plessi begann Anfang der 70er Jahre gerade mit den ersten Videoarbeiten, ich mich von der klassischen Komposition zu experimentelleren Formen hin bewegte. Wir haben dann unsere Kräfte und Erfahrungen gebündelt und viele Jahre intensiv zusammengearbeitet. Wahrscheinlich würde keiner von uns die Kunst machen, die er heute macht, wenn es diese Zusammenarbeit nicht gegeben hätte. Aber ich merkte mehr und mehr, daß ich nicht gern auf der Bühne stand. Ich stehe grundsätzlich nicht gerne im Vordergrund, sondern übergebe lieber den Raum an die anderen. Nur wusste ich weder, wie ich das technisch machen sollte, noch was für eine Art von Kunst das sein könnte. Auch die Frage nach der Komposition war damals schwierig, weil Frauen als Komponistinnen so gut wie gar nicht präsent waren. Heute ist das viel selbstverständlicher. Mein Selbstbewußtsein war manchmal ziemlich angeschlagen, weil man immer wieder sagte: Die macht diese komischen Sachen, weil sie nicht komponieren kann… Das bezog sich besonders auf die Reihe der Flöten-Performances »emergency solos 1973/74«, wo ich die Flöte mit Fingerhüten oder Boxhandschuhen spielte oder die Klappen der Flöte – inspiriert von John Cage – präparierte, so daß sie wie ein Schlagzeug klangen. Die ersten Klangräume entstanden dann auf empirischem Wege Anfang der 80er Jahre, darum auch die Beschränkung auf den Zeitraum von 1980 – 2000. Die ganze Phase der Übergangsformen bis dahin, die Performances und Kompositionen, sind für mich von großer Wichtigkeit, aber sie werden hier nicht gezeigt. Du fragst, was sich verändert hat. Verändert hat sich vieles, anderes ist gleich geblieben. Verändert hat sich vor allem die technische Entwicklung, die ja mit dem Entstehen der Klangkunst eng zusammenhängt. Ende der 70er Jahre habe ich im Alleingang meine Induktionsarbeiten entwickelt, weil ich mich fragte: wie kann man in einen Raum gehen und etwas hören, ohne sitzen zu müssen, ohne Zeitbeschränkung. Ich bin dann zufällig bei meinem späteren Elektronikstudium auf kleine Induktionswürfel gestoßen, die normalerweise als Telefonverstärker benutzt wurden. Das war so eine Art Schlüsselerlebnis, denn da hatte ich eine Technik entdeckt, mit der man Klänge übertragen konnte und dem Publikum die Freiheit lassen konnte, selbst die musikalischen Abläufe zusammenzustellen, sich frei im Raum zu bewegen. Das ist ja auch eine Grundidee der Klanginstallation, daß man eine Eigenzeit hat, eine Individualität des Hörens, der Bewegung. Das ist etwas, was mir heute genauso wichtig ist wie damals.

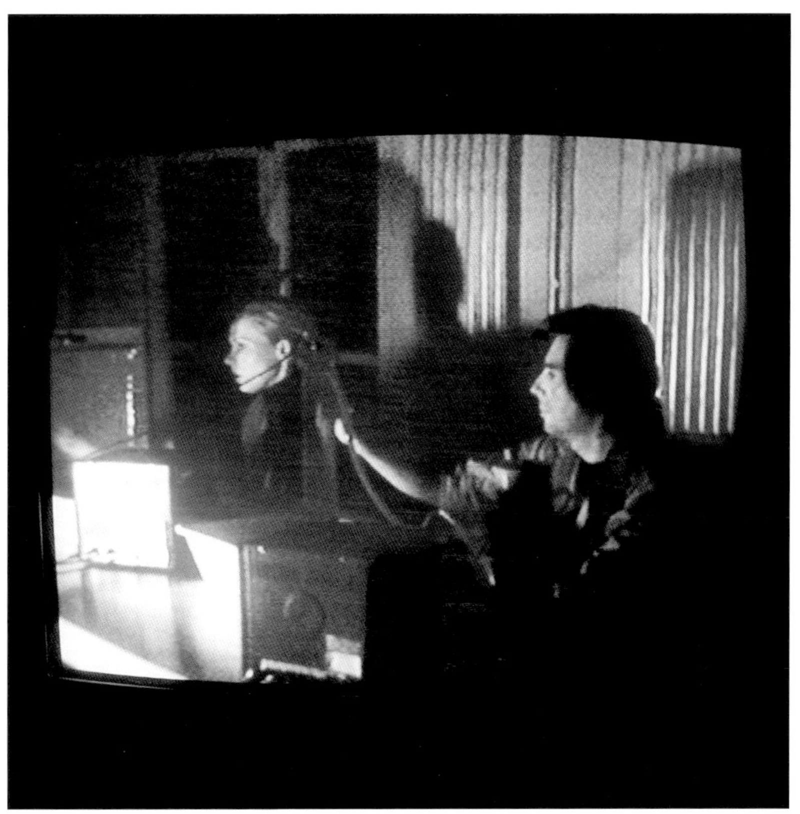

Tempo Liquido 1976/77

Christina Kubisch, Fabrizio Plessi

Video-Performance

Glasscheiben, Wasser, Wasserfilter,

Fingerhüte, Tonband, Video live |

panes of glass, water, water filter,

metal thimbles, tape, video live

(Photo: unbekannt | unknown)

C.M.: Stichwort Klangräume, Klanginstallation. Mit dem Klangraum verbinde ich, den gesamten akustischen Raum in Kubikmetern eines Ortes massiv zu füllen. Installation ist wahrscheinlich nur ein Partielles davon.

Ch.K.: Begriffe sind mir nicht besonders wichtig. Für mich ist Klanginstallation gleich Klangraum. Wenn ich etwas installiere, ganz gleich, ob es ein unsichtbarer Lautsprecher oder 2000 m Kabel sind, ist das für mich eine Installation, weil ich eben etwas im Raum installiere. Klangskulpturen hingegen sind Objekte, die man transportieren kann und wiederholen kann im Gegensatz zu Klangräumen, die man nicht ein zweites Mal genau geich aufbauen kann.

C.M.: In der zeitgenössischen Kunsttheorie, ganz grob gesprochen, wird ja der Unterschied zwischen einem Raum und einem Ort sehr genau bestimmt. Ein Ort ist etwas, was sich von einem Raum dadurch unterscheidet, daß der Ort etwas Spezifisches bekommt. Sozusagen durch den Künstler eine Signatur erhält, die mehr ist als die Längen- und Breitenmeridiane, die sich kreuzen. Es wird eine bestimmte Wahrnehmungssituation von einem Künstler in den Raum hineingestellt, der dadurch zu einem Ort wird. Der Ort in der Kunst ist ja so ein Heiligtum, von dem heute alle reden und auch noch viel zu sagen ist. Also, Klangräume wäre das eine und Klangskulptur das andere. Du arbeitest in beiden Bereichen. Die Arbeiten der Serie »consecutio temporum« sind ganz klar Klangräume, das sind Räume, die durch Dich zu Orten transponiert werden. Danach hört man sie anders, sie haben etwas von ihrer verlorengegangenen Atmosphäre zurückbekommen. Klangskulpturen hingegen lassen sich auch transportieren.

Ch.K.: Mich haben von Anfang an Räume interessiert, die keine musealen Räume waren. Die Museen und Galerien waren für meine Arbeiten kaum geeignet, und ich hatte auch keine Lust, tönende Objekte an die Wände zu hängen. Die gesamten 80er Jahre habe ich fast ausschließlich in Räumen gearbeitet, die zur sogenannten off-scene gehörten, oder in Außenräumen. Diese Arbeiten waren einmalig, das heißt, sie hatten eine begrenzte Lebensdauer. Trotzdem ist mir das ganz wichtig gewesen, ich könnte heute nicht das machen, was ich mache, wenn ich nicht diese Erfahrungen mit den verschiedenen Orten, wie Du sie nennst, gemacht hätte.

C.M.: Was wahrscheinlich für die damalige Zeit und die Entwicklung der Klangkunst auch eher typisch war, also nicht diese traditionsbelasteten musealen Orte zu wählen.

Ch.K.: Wer kannte denn damals schon Klangkunst? Ich meine, Anfang der 80er Jahre war das ja für uns als Schaffende selbst neu. Wir kannten uns ein bißchen, aber wir hatten doch nicht so wie heute einen sozusagen fast historischen Überblick über das, was wir machten…. Wir trafen uns ab und zu, wir sahen uns, es gab eine kleine Runde von Leuten, denen man zum ersten Mal begegnete und sagte: »Ach du lieber Gott, der macht ja auch etwas Ähnliches.« Und man war froh, daß man sich traf. Aber das kann man eigentlich erst im Nachhinein analysieren.

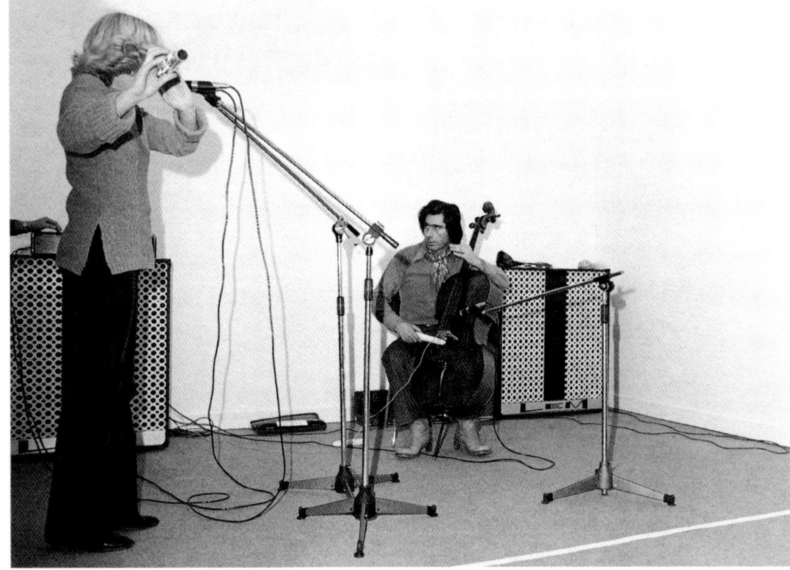

Earth 1976
Christina Kubisch, Fabrizio Plessi
(Teil der Performance »Two and Two« |
part of the performance »Two and Two«)
Violoncello, Vibrator, Querflöte,
Kontaktmikrophone | Violoncello, Vibrator,
flute, contact microphone
Galerie Bocchi, Mailand | Bocchi Gallery, Milan
(Photo: Unbekannt | unknown)

C.M.: Das verstehe ich, aber das meinte ich nur am Rande. Ich meinte vielmehr, daß die Räume, die Du Dir aussuchst, um Deine Klangräume zu gestalten, dadurch auch mit einer neuen Atmosphäre aufgeladen werden. Dies funktioniert, weil sie Bedeutungen haben, die mit den Museen nicht vergleichbar sind. Zu einem Bergwerksstollen oder einer Gruft fallen einem ja auch total andere Bilder ein. Und von diesen Bildern, glaube ich, leben auch die Klangräume. Da sind Bedeutungen drin, die …

Ch.K.: Die schon in den Wänden drinstecken. Das Atmosphärische spielt oft eine große Rolle in der Klangkunst, und sie setzt sich teilweise eben auch so schwer durch, weil sie sich gerade auf solche Orte bezieht, die man nicht transportieren und vermarkten kann und zu denen auch ein anderes Publikum kommt. Klangkunst wurde immer sehr wenig wahrgenommen, was offizielles Management musealer Organisationen angeht. Man saß ja immer zwischen den Stühlen. Der Musikbereich sagte, das ist nicht genug Musik, der Kunstbereich sagte, das ist zuviel Musik, und man selbst war irgendwo dazwischen, am richtigen Ort für einen selbst aber nicht für viele andere. Heute, denke ich, hat man ein ganz anderes Bewußtsein für Räume überhaupt. Und das ist nicht zuletzt auch diesen Arbeiten zu verdanken.

C.M.: Ich habe in den letzten zwei Jahren immer wieder die Erfahrung gemacht, daß es in den neuen Kunstgattungen, daß es in dem Installations- und Happeningbereich so eine Art Retrobewegung der 6oer, 7oer, vielleicht 8oer Jahre gibt. Und daß die klassische Skulptur, das klassische Tafelbild, die klassische Zeichnung allein auf Grund der Gattung überkommene Trägerschaften sind.

Ch.K.: Ich gehe auch gerne mal in ein klassisches Konzert. Aber diese werden, genau wie die klassische Musik im Radio, gnadenlos gefördert, unterstützt, verbreitet. Es ist ja wohl immer noch so in der Kunst, daß die Sachen, die zeitgemäß sind, sich erst ans Licht kämpfen müssen.

C.M.: Ich denke, sowohl die Szene, die aus der Musik kommt, als auch die Kunstszene nehmen die jetzige Entwicklung dankbar auf, aber sie haben alle ein gemeinsames Problem, nämlich die Zuordnung dieser Arbeit im Kunstbetrieb. Daher ist auch die Marktpräsenz einfach noch sehr am Werden, das merkt man deutlich.

Ch.K.: Man braucht für neue Kunst auch neue Kritiker, man braucht einfach eine Generation, die nicht in diesen überkommenen Vorstellungen denkt, die ganz neue Verbindungen schlagen kann. Man kann es niemandem übelnehmen, wenn er es nicht mehr schafft, aber dann soll er lieber den Mund halten.

C.M.: Wichtiger Appell. Jetzt vielleicht, nachdem wir über die Räume gesprochen haben, das zweite wichtige Material: das akustische Material. Ich sage bewußt nicht das Klangmaterial, auch nicht das Tonmaterial, weil das, was Du erstellst und erstellen könntest – Du bist ja von Haus aus ausgebildete Komponistin –

ja in dem Sinne keine komponierte Musik ist. Es sind keine komponierten Klänge, und trotzdem gibt es Partituren, mit denen Du arbeitest. Es sind musikalische oder zeitliche Expansionen, die man auch beschreiben kann, aber sie finden nicht im Konzertsaal statt. Wie kann man das zusammenfassen? Installationspartituren? Wie nähert man sich dem?

Ch.K.: Da denkst Du jetzt doch etwas altmodisch, muß ich sagen.

C.M.: Prima, danke.

Ch.K.: »Componere« kommt ja eigentlich von »zusammenstellen« oder »zusammensetzen«. Und Installation heißt eigentlich »etwas in einem Raum einrichten«. Es ist auf jeden Fall etwas Nützliches oder Praktisches. Beide Begriffe sind eigentlich gar nicht so weit auseinander. Ich habe mir kürzlich die Mühe gemacht, in alten Musiklexika aus den 50er und 60er Jahren nachzulesen, was dort Komposition bedeutet und was Installation.[1] Das Wort Installation kommt gar nicht vor, das ist klar. Das kommt höchstens im Brockhaus vor als Tätigkeit von Klempnern und Monteuren. Aber die Komposition wird immer so beschrieben, als ob sie etwas Gottgegebenes sei, etwas, was von oben in einen einfließt. Sehr polemisch wird da auch beschrieben, wie diese große Intuition in jüngster Zeit leider verloren geht zugunsten von anderen Dingen wie Organisation, Wiederholung und Verarbeitung des Materials auf einer rein technischen Basis. Das Wort Komposition ist immer noch belastet, es ist so etwas Hehres, was ganz oben steht. Eine Klanginstallation mit Klängen zu füllen scheint daher eher etwas Technisches, Handwerkermäßiges zu sein. Komponieren ist aber keine Tugend, sondern eine musikalische Tätigkeit. Ich sehe da keinen großen Unterschied, denn ich bin auch Komponistin, wenn ich Klänge sammle, sie bearbeite, sie zusammenstelle und mir vorstelle, wie sie nachher im Raum wirken. Klänge in einen Raum zu stellen hat unbedingt etwas mit Komposition zu tun. Das Wort ist, wenn man es mal von seiner konservativen Bedeutung befreit, viel interessanter, als es meist definiert wird.

C.M.: Ich würde Dich bei den Definitionen sozusagen beim Schopfe packen und dann Schönberg zitieren, der seiner Harmonielehre vorangestellt hat, er möchte seinen Schülern die Ästhetik nehmen und ihnen ein Handwerk – ganz frei zitiert – zurückgeben, weil das Komponieren ja eine immens lang belastete Tonsetzertradition hat, die aber im 17., 18. Jahrhundert nach ganz genauen Regeln vonstatten ging und in diesen Regeln und auch mit Regelabweichungen beschreibbar war und sich dann natürlich im 20. Jahrhundert jenseits des Regelkanons bewegt hat. Nein, das Problem taucht auf, denke ich, wenn man von Komposition im Sinne einer durchgearbeiteten, komplexen, vielfältigen, mehrschichtigen Anlage spricht. Wir können ja heute durch die Sample-Technik alles miteinander verbinden, vom Kekse-Knacken bis zum Stuhlknacken. Wie beschreibt man das, was man miteinander verbindet, und in welcher Beziehungslogik steht das dann? Das würde mich schon interessieren. Meine Vorstellung ist immer, daß

Klangkünstler im Prinzip ein dermaßen umfassendes Arbeitsfeld haben, weil alles mit allem verknüpft werden kann, daß die Auswahl des Materials eine Hauptentscheidung ausmacht. Euch ist es möglich, ganz gezielte Filter der Wahrnehmung für die Augen, für die Ohren zusammenzustellen, mit denen dann die Dinge in einen Konnex gebracht werden. Keine andere Kunst geht so weit.

Ch.K.: Du sprichst da ein paar ganz wichtige Dinge an. Diese Vielfältigkeit ist auch ein Problem. Die meisten Klangkünstler kommen ja auch gar nicht von der Musik her, sondern sie haben das Glück, keine traditionelle musikalische Ausbildung zu haben und können darum viel unbefangener mit Tonmaterial umgehen, als ich das kann. Ich habe nun mal Komposition studiert, und ich komme da von bestimmten Vorstellungen nicht so schnell los. Mich interessieren besonders Klangfarben und die Grenzbereiche der akustischen und visuellen Wahrnehmung. In vielen Arbeiten habe ich unendlich lange daran gearbeitet, bestimmte interne farbige Strukturen von Klängen deutlich zu machen. Es gibt also manchmal Gebiete, wo ich dann ganz konzentriert einen bestimmten Bereich bearbeite. Da würde ich sagen, geht es um Komposition. Und mit dieser Erfahrung kann ich dann wieder hinausgehen und das, was ich habe, in einen anderen Raum transponieren. Da beginnt die Klanginstallation. So ist es auch mit den visuellen Elementen. Es gibt Arbeiten auf Papier, die ich übrigens sehr gerne mache, wo ich Dinge beobachte und erforsche. Und mit diesen Arbeiten gehe ich dann auch wieder zurück in den Raum. Man sitzt also eigentlich nicht zwischen den Stühlen, sondern auf vielen Stühlen und ändert immer wieder den Platz und damit auch die Sicht. Aber zurück noch einmal zur Frage nach der Komposition. Ich glaube, man muß ein ungefähres kompositorisches Verständnis haben, sonst wird das, was man hört, uninteressant. Und viele Klanginstallationen sind heute akustisch so langweilig, daß man sie in zwei Minuten abhaken kann.

C.M.: Damit wären wir beim akustischen Interesse. Wie wird das produziert, wie ist die zeitliche Gestaltung, wie erzeugst du deine Klänge?

Ch.K.: Sehr oft gehe ich von Strukturen aus, die sehr präzise sind, die aber bei Überlagerung für Zufallsergebnisse sorgen. Diese Mischung von Organisation und Zufall ist nicht gerade leicht zu handhaben. Zum Beispiel gewiße Intervalle und Pausen drinzuhaben und trotzdem eine gewiße Dichte zu erzeugen. Oder eine gewiße Leere.

C.M.: Kannst Du da ein Beispiel geben, wo das noch ein bißchen konkreter wird? Wo die zeitliche Ausdehnung vielleicht besonders wichtig für Dich geworden ist?

Ch.K.: Bei der CD »Sechs Spiegel« habe ich Glasklänge, die mein Ausgangsmaterial waren, genau auf die Architektur der Kirche bezogen, in der die Installation stattfand.[2] Sie wurde angeblich nach pythagoräischen Gesetzen gebaut, die ja auch in der Obertonstruktur von Klängen wiederzufinden sind. Ich habe also die gesamten Maße der Kirche als Grundlage für die Komposition genommen und habe die Zeiten und die Pausen danach ausgerichtet. Und dann immer wieder kleine Ungenauigkeiten und Zufälle mit eingebaut.

C.M.: Was heißt, Pausen eingebaut? Hast Du die Längenverhältnisse übernommen?

Ch.K.: Die Proportionen der Architektur und ihre Bezüge zueinander bestimmen auch die Wiederholungen, die Pausen, die Länge der einzelnen sound files, das ist alles ganz präzise ausgearbeitet. Durch die verschieden langen Wiederholungen der einzelnen Klangspuren ergeben sich dann aber unvorhersehbare Kombinationen, die immer wieder anders sind. Manchmal verstehe ich meine Partituren selbst nicht mehr, weil sie so kompliziert sind, daß ich dann nicht mehr weiß, wie ich es eigentlich gemacht habe. Aber eigentlich interessiert es mich dann auch nicht mehr.

C.M.: Das ist ein gutes Zeichen. Christina, du hast ja in Heidelberg einen Kompositionspreis gewonnen. Hat Dich das überrascht?

Ch.K.: Ja, aber es hat mich auch gefreut, weil da endlich einmal von der musikalischen Seite, der ich mich ja mehr verpflichtet fühle als der bildenden Kunst, eine gewisse Anerkennung kam. Für Heidelberg habe ich auch ein Instrumental-Stück komponiert, es ist elektroakustische Musik mit einem Live-Interpreten. Der sitzt zwischen zwei großen Lautsprechern, die ganz verschiedene Klänge von Türen wiedergeben, und spielt Akkordeon.

C.M.: Jetzt haben wir über die zeitlichen Expansionen und Pausen gesprochen, vielleicht noch einige Fragen zu anderen musikalischen Elementen. Dynamik würde mich sehr interessieren und auch die Möglichkeit von räumlichen Tiefenmaßen. Und dann, was Du selbst angesprochen hast, der Bereich der Klangfarbe.

Ch.K.: Also die Parameter. Die Parameter sind in der Klanginstallation genauso vorhanden wie bei der Komposition. Nur daß sie, weil eine Installation ja eigentlich permanent läuft, ganz anderen Gesetzen unterliegt. Wenn eine Komposition fertig ist, ist sie zeitlich definiert, eine Klanginstallation hat eigentlich keinen Anfang und kein Ende. Man kann zu jeder Zeit hineingehen oder sie wieder ver-

Kompositionsskizze zu | composition sketch for

Sechs Spiegel 1994

Klanginstallation | sound-installation

Ludwigskirche Saarbrücken

lassen. Diese Endlosigkeit ist das, was ich als Offenheit bezeichnen möchte, und sie ist mir aus vielen Gründen wichtig. Natürlich gibt es auch in der klassischen neuen Musik aleatorische Elemente, besonders in den 60er und 70er Jahren war das ja aktuell, aber eigentlich hat nur Cage wirklich versucht, offene Formen als Partituren zu übersetzen. Also noch einmal zur Installation: Es muß immer etwas da sein, und trotzdem soll es immer wieder anders sein. Darauf einzugehen bedeutet, mit Stille, mit Leerräumen akustischer und räumlicher Art eine gewisse Struktur zu schaffen, die nicht zu stark ist, aber auch nicht zu leer, so daß man sich selbst irgendwie einbinden kann. Bei den Induktionsarbeiten schafft man zum Beispiel mit Hilfe eines elektromagnetischen Kopfhörers die Dynamik selbst. Je näher man an einem Kabelfeld ist, um so lauter wird der Klang. Und je nachdem, wie man sich bewegt, hat man unendliche Möglichkeiten die Klänge zu überlagern. Der Besucher wird sozusagen zu einem individuellen Mixer.

C.M.: Auch Deine Arbeiten mit Solarzellen implizieren ja eigentlich die Übergabe dieses Gestaltungselementes Dynamik an Lichtstärken. Du sagst ja selbst, Licht wird hörbar letztendlich.

Ch.K.: Vielleicht sollte ich hinzufügen, daß ich meist mit relativ leisen Klängen arbeite, weil große, permanent laute Klänge doch anders assoziiert werden, andere Emotionen auslösen, bedrängender sind. Man sagt ja, daß Musik sehr viel Macht ausüben kann, das tut sie bestimmt auch. Gerade darum mag ich Klangräume, die durchlässig und transparent sind. Also eher das Hineinhören…

C.M.: Als das Überrolltwerden.

Ch.K.: Ja, permanente Musikberieselung macht mich krank.

C.M.: Wie ist es mit den Möglichkeiten der elektronischen Bearbeitung von natürlichen Schallquellen, bzw. natürlich erzeugten Geräuschen? Das machst Du doch auch sehr viel?

Ch.K.: Da gab es Phasen. In den 80er Jahren habe ich oft Naturklänge so bearbeitet, daß man sie als solche kaum wiedererkennen konnte. Und wenn man dann mit den Induktionswürfeln oder magnetischen Kopfhörern draußen herumlief, fragte man sich oft: Ist das jetzt echte Natur, die ich höre? Vor zwanzig Jahren ging ich davon aus, daß die Naturklänge zwar seltener wurden, aber doch überall wahrgenommen werden konnten. Heute arbeite ich genau umgekehrt, indem ich echte Naturklänge als Klangquellen benutze, oft wild durcheinandergewürfelt, was die ganze Situation noch absurder macht. Dadurch, daß die Klänge oft kaum noch bekannt sind – oder von dem differieren, was wir über die Medien als Naturklänge vermittelt bekommen – wirken die echten Naturklänge künstlicher als die artifiziellen. Da muß man nichts mehr bearbeiten, höchstens gut auswählen.

C.M.: Aber Delay-Zeiten, Echos… Man kann ja sagen, du hast da eine relativ trockene akustische…

Ch.K.: Ja, eine trockene hanseatische Art.

C.M.: Gut, wird zu Protokoll genommen.

Ch.K.: Aber auch eine Schlichtheit. Ich mag es nicht, viel an Klängen zu modifizieren. Ich finde sie an und für sich meist schon schön, und sie reichen mir vollkommen aus, wie sie sind. Die Technik ist zugleich mein Freund und mein Feind. Ich stehe ihr kritisch gegenüber und bin geichzeitig nach ihr süchtig. Und da versuche ich immer eine Art von Balance zu finden, um nicht zu abhängig zu werden.

C.M.: Welche Bedeutung hat das Bild einer Arbeit für Dich?

Ch.K.: Ich brauche immer eine Art von Bild, um eine Installation zu machen. Das kann auch ein ganz abstraktes Bild sein, zum Beispiel von Klangverläufen. Außerdem bin ich ein neugieriger Mensch, oft ist mir der Prozeß wichtiger als das Ergebnis, was zu neuen Bildern führen kann. Das ist vielleicht der Unterschied zu den traditionellen Formen wie dem Tafelbild. Wenn das fertig ist, ist es abgeschlossen. Meine Arbeiten entwickeln sich von mal zu mal, werden wieder abgebaut und woanders aufgebaut, manchmal bleiben sie. Aber immer steht für mich der Besucher im Mittelpunkt, seine Erfahrung ist ein Teil meiner Erfahrung. Und wenn ich damit etwas bewegen kann, so ist das genauso wichtig wie die Arbeit an und für sich. Meine Bilder von der Arbeit sind so eine Art Kaleidoskop.

C.M.: Ich denke, damit können wir ganz gut schließen. Je mehr man miteinander spricht, desto mehr weiß man voneinander. Was mir doch auffällt, ist, daß deine Arbeiten doch immer auch etwas Gegenständliches haben mit einer bestimmten Herkunft. Sie deuten Entfaltung und Geschichte an, sie haben etwas Narratives. Auch wenn das unbestimmt bleibt. Und sie sind zwar reduziert, aber sie sind ganz weit weg von einer minimalen Markierung. Es ist mehr. Es hat etwas Poetisches. Es gibt bei Dir einen Kunstgehalt, der etwas Narratives hat und in dem Sinne fast etwas Traditionelles.

Ch.K.: Richtig. Die amerikanischen Minimalisten sagen zum Beispiel, das Material an und für sich ist die Kunst, nicht mehr und nicht weniger. Und die Komposition an und für sich hat auch so etwas ganz Abstraktes, Selbstbezogenes. Solche Abstraktionen habe ich, wenn ich mit Klangmaterial arbeite und mir überlege, wie ich das schichte, wie ich das mache. Aber da gibt es einen Punkt, wo meine Interessen woanders hingehen. Mich interessiert dann auch immer noch der Bezug zum Raum, zu seiner Geschichte und zu etwas, was außerhalb der Abstraktion liegt.

C.M.: Damit kann ich etwas anfangen. Ich glaube, das reicht. Vielen Dank.

1   Rudolph Tschierpe, Kleines Musiklexikon, Hamburg 1959

2   Ludwigskirche Saarbrücken, gebaut 1762–1775 von Joachim Stengel. 1944 fast vollständig zerstört, Wiederaufbau 1947–1987.

Das Gespräch wurde am 23. Februar 2000 in Berlin geführt.

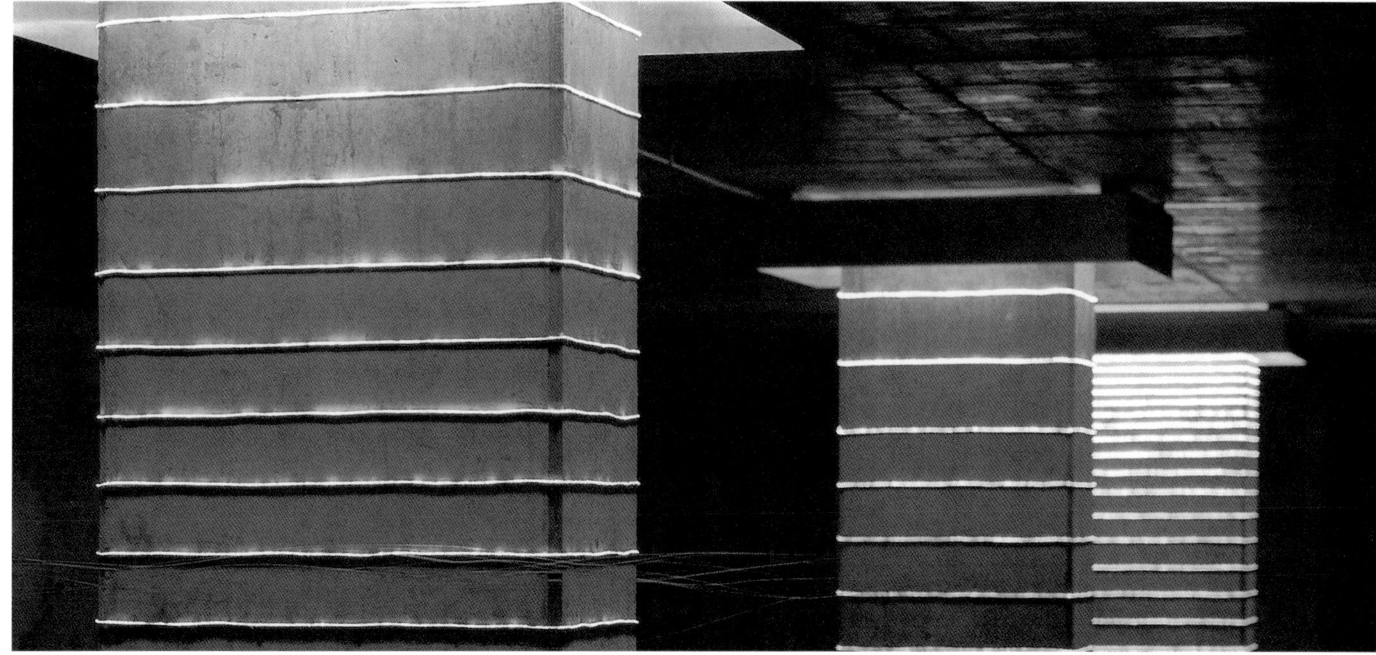

Klang Fluß Licht Quelle   1999

Detail   (Photo: Jens Ziehe)

Folgende Doppelseite |

Following double page:

Klang Fluß Licht Quelle   1999

Licht-Klang-Raum | audio-visual installation

Tiefgarage | underground garage

Klangkunstforum Berlin | Berlin Sound Art Forum

Potsdamer Platz (Photo: Jens Ziehe)

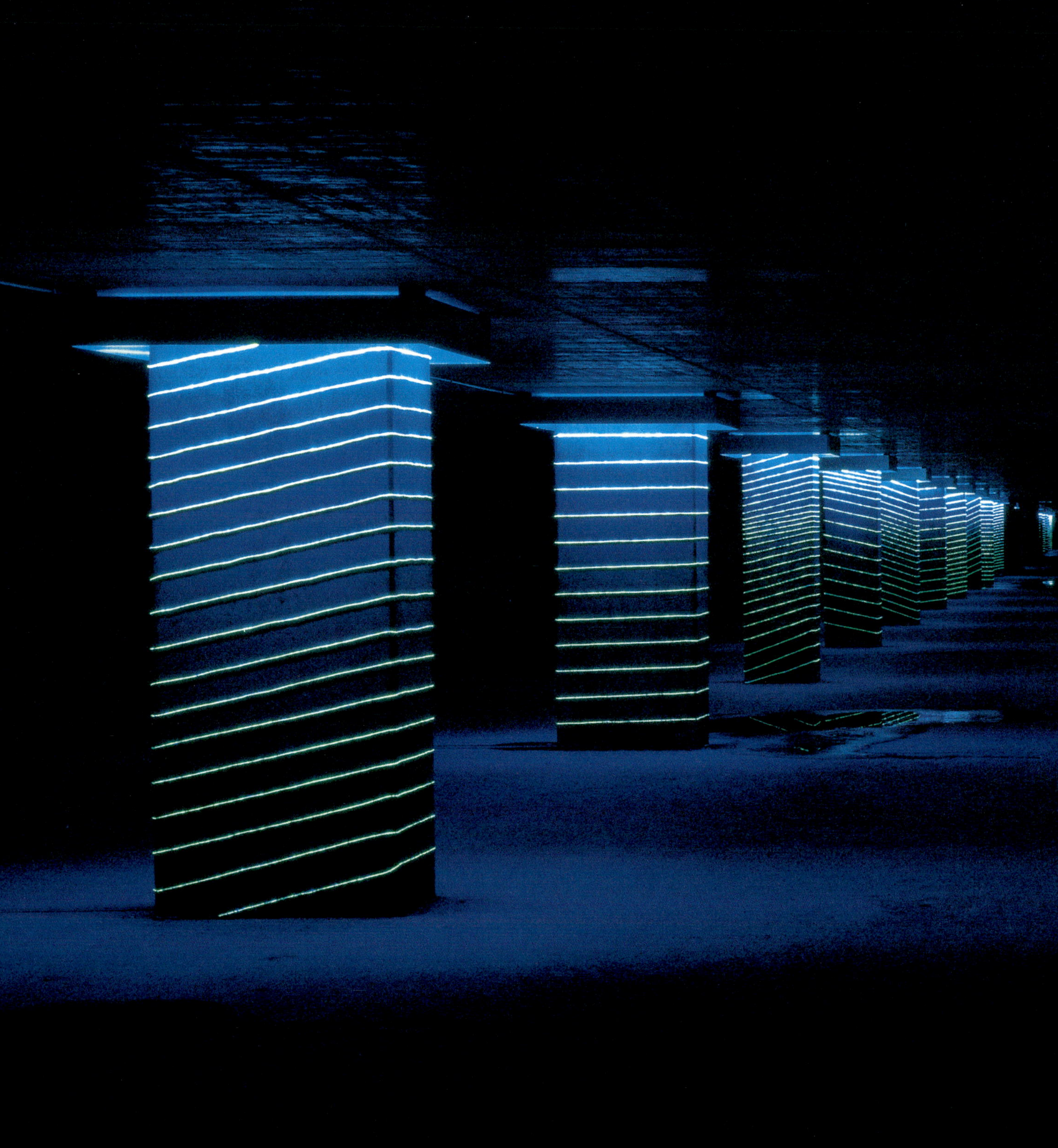

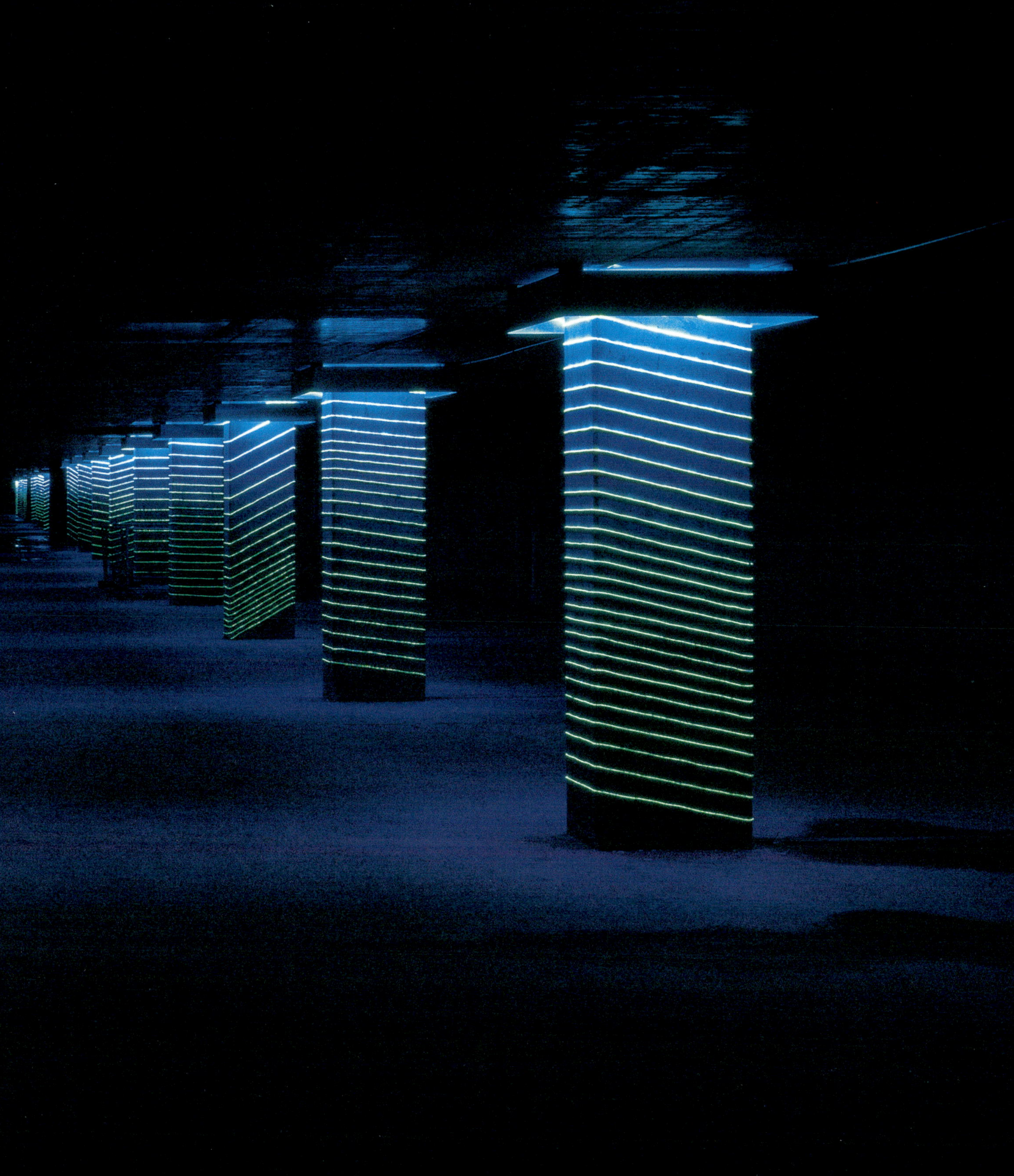

CHRISTINA KUBISCH

—

INTERVIEW WITH CHRISTOPH METZGER

Christoph Metzger: You studied painting, music, and composition; you created performances in the 1970s; and since about 1980 you have worked on sound spaces and sound sculptures. The exhibition in Rüsselsheim shows the last twenty years of your work. Where is your emphasis, in the visual or in the musical area?

Christina Kubisch: In both areas, though over the years the accents have shifted to one side or the other. Basically, I seek the integration of the visual and the acoustic more than a division by categories.

C.M.: In your works, the spaces in which you install play a special role. Is it possible at all to set up site-oriented works again years later?

Ch.K.: I had good luck with the former Opel Villas for this exhibition. The larger villa, which is the real exhibition house, is called the Master House and already seems ambivalent in itself, in its mixture of strict Bauhaus style and the monumental architecture of the 1930s. The building immediately interested me as a site with history. It was not only the building imposingly representing the Opel dynasty, but has also been a local court, a hospital, and allegedly a military base. The traces of changing use are still present, although the greater part of the building has been remodeled to be used for exhibitions. That's why I can refer to the building itself with new works, but also reposition older installations in this context.

C.M.: Can you name a few examples?

Ch.K.: The cellar and the attic are more or less in their original state, whereby the original state from the 1930s no longer exists. But the traces of the various residents have formed layers, rather than having been removed. For example, in the former servants' storey, three flights up, there is a hall-like corridor with twelve doors. When they are all closed, this corridor has a very special atmosphere, due to the serial effect of the white-lacquered doors; you don't know where they lead to. At the same time, there is a break in style due to architectural irregularities, which probably arose during later remodelings. This mixture of empty space and a certain condensed atmosphere, which you feel up there, I find extremely fascinating.

C.M.: Is this installation part of the series »consecutio temporum«?

Ch.K.: Yes, it is probably the twentieth work in the series. But up to now, I know only that I want to work with rectangular, white wallspeakers that look like the thresholds of doors, with a certain lighting situation and with sounds that create friction with each other, very similar but still different from each other.

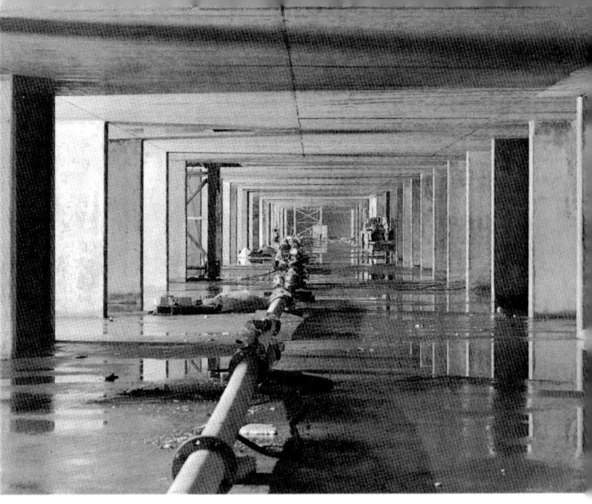

Klang Fluß Licht Quelle 1999

Tiefgarage vor der Installation | underground
garage before the installation
(Photo: Jens Ziehe)

C.M.: And what will happen in the other exhibition rooms?

Ch.K.: There are various emphases; among other things, a great number of sound sculptures from the 1980s will be set up again in relation to the site. On the ground floor, everything has to do with the theme of nature and technology. The »Conference of Trees« will be seen in the villa's former conservatory. The conservatory leads to a large salon with a view of the park, but also of the industrial landscape across the way. I want to install the »Bird Tree« across from the windows. Then comes »natura morta«, a silent work, sculptural in character, and at the end of the circuit, the »Mausware«. By the way, on my first visit to the conservatory, I discovered mice dancing on the ceiling frieze, and there will be a photographic work, which in turn will be set in relation to the preserved real mice and the computer mice on the sound table. But the exhibition actually begins in front of the villa with »A Tree and Ten Sounds«. There, black solar cells will activate sounds in a giant old beech tree. They will seem like bird sounds and will change depending on the lighting. In reality, the acoustic signals come from little devices available on the electronics market that are used to scare away insects or animals in general.

C.M.: Is this the same principle as in your outdoor work near Hanover, where I believe you work with sounds from the Brazilian rainforest?

Ch.K.: That was in the sculpture park Springhornhof in Neuenkirchen... There I worked with real natural sounds that were so exotic in the middle of the forest that they seemed artificial. But here you hear sounds in a tree that you could think are bird calls, though they come from an industrially manufactured electronic device. My interest is the theme of what our idea of nature is and how our perception of nature functions. To what degree are natural signs still natural for us and to what degree are they something that seems so strange that you categorize it as something artificial? The topic of genuine and fake and their possible definitions is one of the primary motifs of the exhibition. And it fits wonderfully with the ambivalence of the building. The view from outside, for example, is idyllic, but the accompanying acoustic situation is a completely different one. The building lies directly in the aerial approach path to the Frankfurt Airport.

C.M.: You have a number of different fields of work that you carry forward continuously. There are your works with trees, the induction works, and the architecturally-oriented sound spaces. With this approach, you actually produce a kind of series of works, which is also visible in the titles you give them over the years. Is this a kind of variations on a theme, where certain lines remain constant while what changes is primarily the spaces?

Ch.K.: That's right, although each work is actually quite different, if you look at it closely.

C.M.: But the approach and the working technique is like a genre, the way one describes a string quartet as a string quartet.

Ch.K.: It wasn't clear to me from the beginning that it would end up as a series. »consecutio temporum«, for example, began in 1993 with the invitation to create a light and sound installation in what was once the studio of Joseph Beuys in the city of Kleve. The room was originally part of a late classicistic spa building and later, after Beuys had worked in it, it was turned into the local municipal archive. I had imagined it quite differently, with some traces or other of Beuys. But suddenly I stood in a historically restored room with full bookcases and a stuffy atmosphere. I was not allowed to change anything, move anything, rearrange anything, or bring anything in.

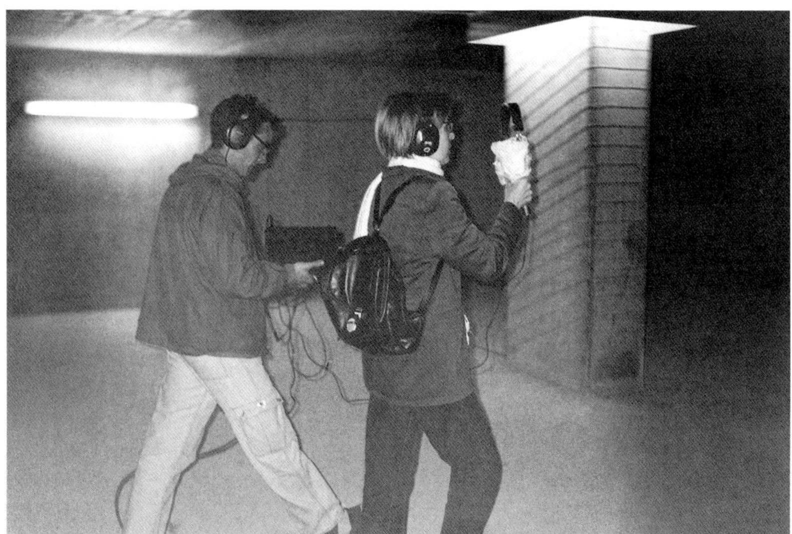

Klang Fluß Licht Quelle 1999
Tonaufnahmen vor Ort mit
Induktionskopfhörern |
sound recording with electromagnetic
headphones (Photo: Simone Weigelt)

Quite a challenge. In the end, the room became a very different one through a radical change in the lighting and through an acoustic network of ultrasonic sound generators whose frequency was so high that they were just barely perceptible. First, I exchanged all the light bulbs in the wall lighting for strong UV high-pressure lamps, the kind painting restorers use. That made the perfect restoration work visible again as layers of repainting. And then the sounds too, on the fringes of human audibility, changed the perception of space. The intact image of a historical room took on fissures, you suddenly saw the places where Beuys had taken out walls in his studio before they were bricked up again. Shortly afterward, there were two similar situations in other exhibition sites. Only retrospectively did I realize that it would become a series of works. But that wasn't intentional, as if I were saying: now I'm going to write ten string quartets.

C.M.: I believe you absolutely! But many of your works have a series character, even if they aren't string quartets. You concern yourself with a kind of tracking and trailing, and your works show that many things have a past that can be seen only when they are put in the right light. One of the things you use to do this is a banknote tester…

Ch.K.: I especially love the banknote tester, which is supposed to distinguish genuine from counterfeit money. Every bank uses them, and many businesses, too. In the Opel Villas, they come in the cellar, a mysterious place with gilded friezes on the ceilings. It's actually a very noble room, but later it kept being remodeled, painted over in red, consciously desecrated. In this room, you feel several layers of time at the same time, and that's why it seemed to me appropriate for my work »On Silence«. It consists of plexiglass plaques with white fragments of printed text that fluoresce under the ultraviolet light of the banknote testers. The texts are fragments from poems containing the word for silence, in various languages. The Romantics were the first poets to use the word consciously, because in their time, the beginnings of industrialization, silence could no longer be taken for granted. I find it fascinating that the term silence is usually set in relation to sound. When the poets speak about silence, they are always speaking about listening. Silence means the same thing as concentrated listening in the presence of sound. In this cellar, I imagine a listening room where you can sit down and listen after completing a tour of the exhibition. Because the room isn't still at all. There are all kinds of strange noises, soft noises like creaking stairs or a cracking sound, but also the ships and planes going by. It's a room that's not still at all.

C.M.: That's a kind of shift in perception that directs concentration to things that would not otherwise have this kind of effect.

Ch.K.: Yes, I hope that it will be a room in which one can respond sensitively. Its calm atmosphere is deceptive. This ambiguity is typical for my work. Nothing is really what it seems and the initial impression of silence is deceptive.

C.M.: I'm interested in the question of what you think of the work of your colleague Murray Schafer, who proclaims the restoration of a pre-industrial silence. I think we have already discussed how Schafer constantly refers to the loss of silence and to noise pollution. When he speaks about silence, he means something else by it than you do. For him, silence bears a metaphysical overtone. It seems to me that this is not the case for you.

Ch.K.: I don't belong to the eco-faction like Schafer, it's too strident and pregnant with symbolism. But I think his approach is tremendously important. He was one of the first to place importance on simply listening. Incidentally, his compositions are much subtler than his lectures, they are really beautiful, especially when they are staged in the middle of nature. In contrast to Schafer, I don't want to make demands on the listener in advance. I want to stir something that is already in him, something that can be carried further on an individual basis. I don't want to direct, it's not my nature. But why should I create works on the genuine and the fake, on nature and technology, if I didn't constantly concern myself with these issues?

C.M.: What I mean is that, for me, your work doesn't really deliver any kind of religious statement or message. There is often a more playful way of dealing with the material. The »Mausware«, for example, is a work you simply have to chuckle about, because putting dead mice and computer mice in relation to each other is funny. In no way is it something serious.

Ch.K.: Some people responded quite differently to it. The reactions are very different, depending on people's personalities. Some visitors, for example, told me about their childhood, about the loss of nature and about a rat that bit someone in the hand. Some people thought it was horribly disgusting, and a scientist who works in genetic research responded especially negatively. It was very different with everyone, and, actually, I find that very interesting. The less you provide clear messages, the less authoritarian you are, the more you can trigger. But it has the disadvantage that you aren't as easy to categorize as an artist, and this openness is often very difficult for critics, because they have to figure things out for themselves.

C.M.: That's wonderful. You're initially drawn into the field of observation by the work's magic. You look closely at it, the stimulants draw you in to look at it and then something happens. What happens is not a message, you aren't pointed in a particular direction, but, in a very sly way, the work in itself becomes a projection screen for your own thoughts.

Ch.K.: That's right. I have my personal preferences, including in art. But I try to keep that out of my work. Maybe because I come from music. I think music, precisely because of its abstraction, if we're not talking about opera with its precisely defined texts or something like that, music can trigger a great deal. And since I come from music and was trained as a musician, that is something that has remained very important to me: to preserve as much openness as possible and maybe to grow beyond my own limits in my work.

C.M.: Good, maybe we should return a little later to whether music is something open or less open. Of course it depends on the kind of music. I believe that music finds an open form only in a few cases. So returning once more to stringency: we have realized various works together, and I've noticed that you give your coworkers very precise directions and that you have a very long phase of making sketches to develop something, so that predictably good results emerge. But the viewer doesn't feel that. You feel only the precision and exactness with which something happens. The play itself remains free.

Ch.K.: I'm very good at improvising. You'd be surprised how often works are still a complete question mark for me even when their concept is already precisely worked out. The concept for the major work on Potsdamer Platz, »Klang Fluß Licht Quelle«, which took in a total surface of almost 3000 square meters three levels down in an underground garage, actually emerged in the last minute, on site. But I had already spent half a year intensely making plans, working out concepts with architects, and visiting the site again and again. And then suddenly, shortly before I was going to conduct the most important preliminary talk, it was suddenly clear to me what I wanted to do. I made sketches in the subway and presented them. This kind of intuition is only there if you concentrate completely on the site, playing all kinds of possibilities through in your head without deciding too soon. This is what I mean by openness, and you don't get it without risk.

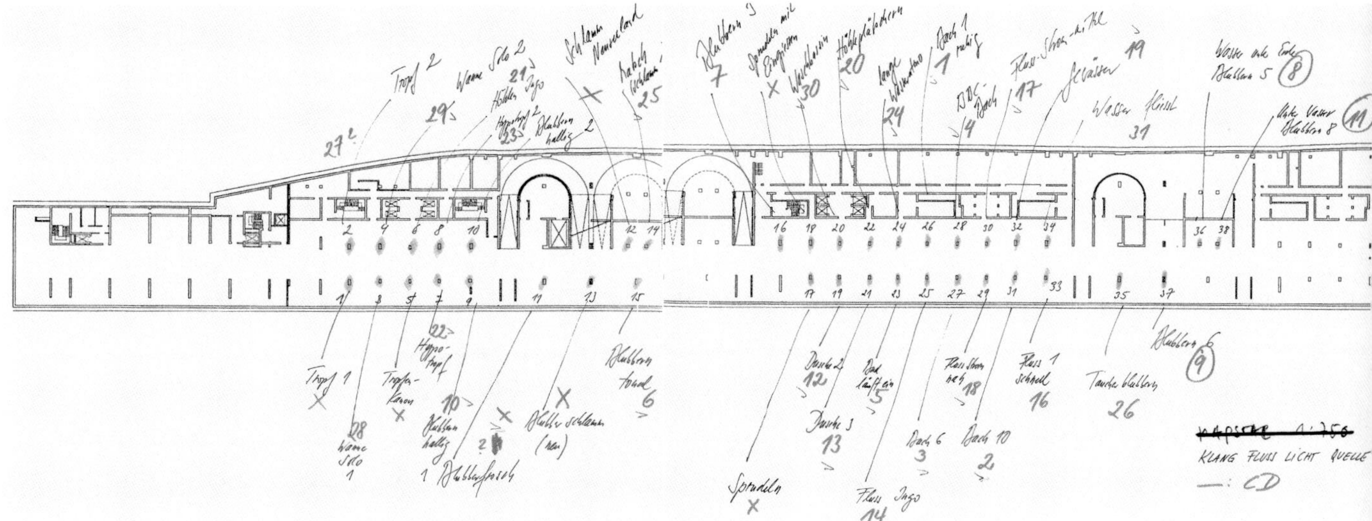

Klang Fluß Licht Quelle 1999
Raumskizze | installation sketch

C.M.: That's very clear. Much is born in the moment, but from the first idea for a project to its realization, usually spaces and objects are charged with a poetic atmosphere. Could you describe how your artistic work proceeds?

Ch.K.: There are very distinct phases, and actually you are always working on it. I know there are seldom moments when I'm not inwardly connected with my works. Sometimes there are initial abstract ideas, you look at a plant and say »hmm« and then there is an image there, and you let it sit. Then maybe there is a specific exhibition room and suddenly this image is there again. And then begins a special process that is often quite a strain, because you are not sure how to bring these initial experiences together with the space. But I always have to have this inner experiential image, that's very important to me. The actually enjoyable phase begins when the planning and organization is over and your really start concretely realizing something. I do a lot of the work of installing myself, not just directing, and I continue improvising there as well. Even when I have a precise idea for an installation beforehand, I'm still willing to try it out differently. It's probably like painting a picture ad hoc after making a lot of studies for it. But in spite of that, or precisely because of it, you can take the creative liberty to question everything all over again. And of course I don't do that lightly. Maybe it's because in our training we learned very precise concepts of art, and it isn't so easy to get away from them. My understanding of art always has something to do with aesthetic standards.

C.M.: If we look back now on the twenty years of sound art from 1980 to 2000, there are important stations in your life that were also important for sound art as a whole. 1980 was the year of the exhibition »For Eyes and Ears« in Berlin. I have three questions I'd like to ask you. First, in retrospect, how did your work develop in the last twenty years? And I'm also interested in two other questions on the development of sound art: What trends and currents do you see? It's important to create clarifying concepts, because there are now mountains of works all over the world. And here I am especially interested in the choice of sites and places, which stands in the foreground for you especially, and the use of lighting technology, with which you have created a style of your own. Perhaps you can start with twenty years of sound art, twenty years of Christina Kubisch. You're much too young for us to speak of a »retrospective«. But what was it like in 1980?

Ch.K.: It isn't really a retrospective, because the entire period of the 1970s were consciously excluded. My first solo exhibition was in 1973, I believe, in Milan. At that time, the important question for me was: How can I come from studying music in the traditional way to a more open form? At the time, I was mostly staging performances, that was the artistic form in which I could express myself – the flute performances and later the video performances with Fabrizio Plessi, which we did together until 1980. We staged these performances, in which we as persons already stepped back behind the media of video and sound, throughout Europe and the United States. Fabrizio Plessi began his first video works in the early 1970s, when I was moving from classical composition to more experimental forms. We combined our abilities and experience and worked together intensively for many years. Probably neither of us would now create the art we do today if we hadn't had this cooperation. But I noticed more and more that I don't like to stand on the stage. Fundamentally, I don't like to be in the foreground, I prefer to pass the space on to the others. But I didn't know how to do that technically, nor what kind of art that could be. The question of composition was difficult at that time, too, because, as composers, women were as good as not present at all. Today it's much more taken for granted. Sometimes my self-confidence suffered because people would say: she does these funny things because she can't compose... They said that especially about the series of flute performances I gave in 1973 and 1974, »emergency solos«, in which I played the flute with thimbles or boxing gloves or, inspired by John Cage, prepared the keys of the flute so that it sounded like a set of drums. The first sound spaces then came about in an empirical way at the beginning of the 1980s, which is why I've limited the exhibition to the period from 1980 to 2000. The whole phase of transitional forms until then, the performances and compositions, are extremely important to me, but they aren't being shown here. You ask what has changed. A great deal has changed, other things have remained the same. The technological developments have changed in particular, and they have a lot to do with the rise of sound art. At the end of the 1970s, I developed my induction pieces all on my own, because I asked myself, how can you go into a room and hear something without having to sit and without any time limitations. And then, by coincidence, during my later studies of electronics, I stumbled upon these small induction cubes that were normally used as telephone amplifiers. That was a kind of key experience, because I had discovered a technique with which I could transport sounds and leave the audience the freedom to put the musical sequences together themselves, to move freely in the room. And that is a basic idea of the sound installation, that a person has his own time, an individuality of listening and of movement. That is something that is just as important to me now as it was at that time.

C.M.: When I hear the term sound spaces or sound installations, I think of massively filling a site's entire acoustic space in cubic meters. Installation is probably only a small part of that.

Ch.K.: Terms are not particularly important to me. For me, sound installation means the same as sound space or sound room. When I install something, whether it's an invisible loudspeaker or 2000 meters of electric cable, that's an installation in my eyes, simply because I've installed something in space. Sound sculptures, on the other hand, are objects that you can transport and repeat, unlike sound spaces, that can't be reconstructed two times in the same way.

C.M.: In contemporary art theory, speaking very roughly, the difference between a space and a site is determined very precisely. A site is something that differs from a space in that it receives something specific. It receives the artist's signature, so to speak, which is more than the lines of latitude and longitude that cross there. An artist places a specific situation of perception in the space, turning it into a site. In art, the site is a kind of sacred thing; everyone talks about it these days and there is still much to be said about it. So sound spaces are one thing and sound sculptures another. You work in both areas. The works in the series »consecutio temporum« are quite clearly sound spaces, or spaces that you have transformed into sites. Afterwards, one hears them differently, they have usually regained some of their lost atmosphere. Sound sculptures, on the other hand, can also be transported.

Ch.K.: From the beginning, I have been interested in spaces that were not museum spaces. The museums and galleries were not really suitable for my works and I had no desire to hang acoustic objects on the walls. Throughout the 1980s, I worked almost exclusively in spaces belonging to the so-called off scene or in outdoor spaces. These works were unique, that means they had a limited life span. But it was still extremely important to me, I couldn't do what I do today if I hadn't gained these experiences in these various sites, as you call them.

C.M.: Which was probably pretty typical of those times and of the development of sound art… not choosing these tradition-heavy museum-like sites.

Ch.K.: Who knew sound art back then? I mean, at the beginning of the 1980s, it was new for us, the creators. We knew each other a little, but we didn't have today's almost historical overview of what we were doing… We met now and then, we saw each other, there was a little circle of people whom you encountered for the first time and said: »Oh, my God, he's doing something similar.« And you were glad to meet each other. But really, you can't analyze it until afterward.

C.M.: I understand that, but I only meant it incidentally. What I really meant is that the spaces that you choose for your sound rooms are thus charged with a new atmosphere. And that functions, because they are not comparable to museums. You associate completely different images with a mineshaft or a crypt. And I think the sound spaces thrive on these images. There are meanings in them that…

Ch.K.: That permeate even the walls. Atmosphere often plays a great role in sound art, which has a hard time establishing itself in part because it relates to the kind of site that can't be transported and marketed and to which a different audience comes. The official management of museum-style organizations has always had difficulty taking note of sound art. We were always hard to classify. The music field said that's not music enough and the art field said there is too much music and we ourselves were always somewhere in between, on the right site for ourselves but not for many others. Today, I think, people have an entirely different consciousness of spaces generally. And that is owed partly to these works.

C.M.: In the last two years I have repeatedly had the experience that in the new genres of art, in installations and happenings, there is a kind of retro movement to the 1960s, 1970s, and perhaps 1980s. And that classical sculpture, the classical panel painting, the classical drawing are traditional vehicles solely because of their genre.

Ch.K.: I like to go to a classical concert occasionally. But, like classical music in the radio, these are mercilessly subsidized, supported, distributed. It looks like it is still the same in art; the things that fit the times first have to fight their way into the light.

C.M.: I think the scene that comes from music and the art scene gratefully take up the current development, but they all have one problem in common: finding niches for this work in the art market. Market presence is very much at the beginning, you notice that clearly.

Ch.K.: New art needs new critics, we simply need a generation that doesn't think in these received ideas, one that can create new connections. You can't blame someone for no longer being able to keep up, but then he should shut his mouth.

C.M.: That's an important appeal. Maybe now that we have spoken about spaces, the second important material: the acoustic material. I explicitly avoid saying sound material, as well as tone material, because what you create and could create – you are, after all, a trained composer – is not in the real sense a composed music.

They aren't composed sounds, and yet you work with scores. There are musical and temporal expansions that can also be described, but they don't take place in a concert hall. How can you summarize them? Installation scores? How can we approach this?

Ch.K.: What you're thinking now is a bit old-fashioned, I must say.

C.M.: Great, thanks!

Ch.K.: »Componere« means »to put together«. And installation means »to set something up in a room«. In any case, it is something useful or practical. The two terms aren't really so far apart. I recently went to the trouble to look up in old music lexica from the 1950s and 1960s the meanings of composition and installation.[1] The word installation doesn't appear at all, that's clear. You find it, at best, in general reference works, listed as the activity of plumbers and fitters. But composition is always described as if it were something given by God, something that flows in from above. And you find polemical descriptions of how this great intuition is unfortunately being lost in favor of other things like organization, repetition, and processing of the material on a purely technical basis. The word composition is still charged, something very lofty, something situated at a very high elevation. Filling a sound installation with sounds thus appears to be something technical, something for a craftsman. But composing is not a virtue, it's a musical activity. I see no great difference, because I too am a composer when I collect sounds, process them, put them together, and imagine their later effect in the room. Putting sounds in a room definitely has something to do with composition. If we free the word of its conservative meaning, it is much more interesting than its usual definition.

C.M.: I would like to seize upon your definitions and paraphrase Schönberg, who prefaced his harmony teaching with the remark that he would like to take aesthetics away from his pupils and give them back a trade, because composing has an immensely long tradition, and in the 17th and 18th century it followed very precise rules, and deviations from the rules could be described. Now in the 20th century, of course, composition has moved beyond the canon of rules. I think the problem arises when we speak of composition in the sense of an elaborated, complex, many-sided, many-layered thing. Today, with the sampling technique, we can connect everything with everything else, from breaking a cookie to the creaking of a chair. How can we describe what is being connected, and in what logic of relationship does it stand? That would interest me. My idea is always that, in principle, sound artists have such a comprehensive field of work, because everything can be connected with everything else, that the choice of material becomes the primary decision. You have the possibility of consciously putting together filters of perception for the eyes and for the ears, thus bringing things into a context. No other art goes as far.

Ch.K.: You're bringing up some very important things. This variety is also a problem. Most sound artists don't come from music at all; they have the good fortune not to have any traditional musical training, and thus they can deal with the sound material with fewer preconceptions than I can. I am especially interested in timbres and in the boundary between acoustic and visual perception. In many of my pieces I have worked endlessly to underscore certain internal color structures of sounds. So there are sometimes areas in which I concentratedly process a specific aspect. I would say, this is composition. And with this experience, I can go out and transpose what I have into another space. That's where sound installation begins. And it's the same with the visual elements. In some of my works on paper, which by the way I very much like to create, I observe and investigate things. And then I go with these works back into the space. So actually you don't sit between all the positions, but in all the positions, constantly changing places and thus also your viewpoint. But coming back to the question of the composition. I think you have to have a general compositional understanding, otherwise the result you hear is uninteresting. And many sound installations these days are so boring that you can ignore them after two minutes.

C.M.: That brings us to acoustic interest. How is it produced, what is the temporal design, how do you create sounds?

Ch.K.: I often begin with structures that are very precise, but in which overlapping produces random results. This mixture of organization and coincidence is not exactly easy to work with. For example, to have certain intervals and pauses in it and still to create a certain density. Or a certain emptiness.

C.M.: Can you give an example that is a little more concrete? Maybe in which extending time became especially important to you?

Ch.K.: With the CD »Sechs Spiegel« (»Six Mirrors«), I put glass sounds, which were my starting material, in precise relationship to the architecture of the church in which the installation was held.[2] The church was probably built according to Pythagorean laws, which can also be found in the overtone structure of sounds. So I took all the dimensions of the church as the basis for the composition and put the times and pauses in line with that. And I built in little imprecisions and randomness.

C.M.: What does that mean, to build in pauses? Did you adopt the relationships of length?

Ch.K.: The proportions of the architecture and their relationships to each other also determine the repetitions, the pauses, the length of the individual sound files; I worked all this out very precisely. But then the different lengths of the repetitions of the individual sound tracks result from unpredictable combinations that are always different. Sometimes I don't understand my scores anymore myself, because they are so complicated that I no longer know how I actually did it. But then it doesn't really interest me anymore.

C.M.: That's a good sign. Christina, you won a composition prize in Heidelberg. Were you surprised?

Ch.K.: Yes. I was very happy, because finally I received a certain recognition from the musical side, which of course is much more my background than visual art. I composed an instrumental piece for Heidelberg; it's electro-acoustic music with a live interpreter. He sits between two big loudspeakers that reproduce quite disparate sounds from doors, and he plays accordion.

C.M.: Now we have spoken about temporal expansions and pauses, let's talk about some other musical elements. Dynamics would interest me greatly, and also the possibility of dimensions of spatial depth. And then what you yourself brought up: the area of timbre.

Ch.K.: OK, the parameters. The parameters in sound installation are given, just like in composition. But because an installation is always there, these parameters are subject to different laws. When a composition is finished, it is temporally defined; but a sound installation doesn't really have a beginning or end. You can go into it at any time or leave it again. This endlessness is what I would like to call openness, and it's important to me for many reasons. Of course, there are aleatoric elements in the classical New Music; this was especially current in the 1960s and 1970s, but only Cage was actually trying to translate open forms into scores. So, once more on installation: something has to be there always and, nonetheless, it should always be different. To go into it means creating a certain structure with silence, with acoustically and spatially empty spaces; this structure should not be too strong, but not too empty either, so that a person can find a way to put himself in relation to it. In the induction pieces, for example, you create the dynamics yourself with the aid of electromagnetic headphones. The closer you come to a field of cables, the louder the sound is. And depending on how you move, you have endless ways of overlapping the sounds. The visitor becomes an individual mixer, so to speak.

C.M.: And your works with solar cells imply transferring this principle of dynamics to intensities of light. You say yourself that light is becoming audible again.

Ch.K.: Maybe I should add that I usually work with relatively quiet sounds, because large, constantly loud sounds are associated differently, they trigger other emotions and seem more besetting. They say music can exercise a lot of power, and certainly it does. That's precisely why I like sound spaces that are permeable and transparent. More listening in on…

C.M.: Than being bowled over.

Ch.K.: Yes, this constantly being bathed in music makes me sick.

C.M.: What about the possibilities of electronic processing of natural sound sources or naturally produced noises? You do a lot of that too, don't you?

Ch.K.: There were phases. In the 1980s, I often processed natural sounds in such a way that they weren't recognizable as such. And then if you walked around the outside with the induction cubes or magnetic headphones, you would often ask yourself: is that genuine nature that I hear now, or something else? Twenty years ago, I assumed that natural sounds were growing rarer, but that they could be perceived everywhere. Today I work in the exact opposite way; I take real natural sounds as a source, often wildly mixed up, which makes the whole situation even more absurd. Simply because these sounds are often hardly known anymore, or because they differ greatly from what the media convey to us as natural sounds, the real natural sounds seem more artificial than the artificial ones. You no longer have to process, just choose well.

C.M.: But delay times, echoes … One could say you have a relatively dry acoustic…

Ch.K.: Yes, a dry Hanseatic manner.

C.M.: Good, we'll make a note of that.

Ch.K.: But also a simplicity. I don't like modifying too much in the sounds. I think they are already beautiful in themselves, and they suffice completely for me, the way they are. Technology is simultaneously my friend and my foe. My attitude toward it is critical, and at the same time I'm addicted. And so I always try to find a kind of balance, to avoid becoming dependent.

C.M.: What significance does the image of a work have for you?

Ch.K.: I always need some kind of image to make an installation. It can be a very abstract picture, for example of the structures of sound. Aside from that, I am a very curious person, the process is often more important to me than the result, and that can lead to new images. That may also be the difference from the traditional forms like the panel painting. When that's finished, it's over. My works develop each time, they are dismantled and set up again elsewhere, and sometimes they remain. But for me, the focus is always on the visitor, his experience is also part of my experience. And if I can move something in this way, if I can provide food for thought, then that is just as important as the work in and of itself. My pictures of the work are thus a kind of kaleidoscope.

C.M.: I think that's a good place for us to stop. The more we talk with each other, the more we know about each other. But what I notice is that your works always have something representational, with a particular origin. They indicate development and history, they have a narrative aspect. Even if it remains indeterminate. And while they are reduced, they are very distant from a minimal marking. There is more. They have something poetic. In your work there is an artistic content with a narrative aspect, and in that sense it is almost a bit traditional.

Ch.K.: Right. The American minimalists, for example, say that material in and of itself is the art, nothing more and nothing less. And the composition in and of itself has something completely abstract, self-absorbed. I have abstractions of that kind, for example when I work with sound material and consider how to layer it, how to do it. But then there is a point where my interest moves on. Then I am always interested in the relationship to the room, to its history, and to something that lies outside this abstraction.

C.M.: That tells me something. I think that's enough. Thank you.

1 Rudolph Tschierpe, Kleines Musiklexikon, Hamburg 1959

2 Ludwigskirche Saarbrücken, build 1762–1775 by Joachim Stengel.
   1944 nearly completely destroyed, reconstructed 1947–1987.

The talk was held on February 23rd, 2000 in Berlin.

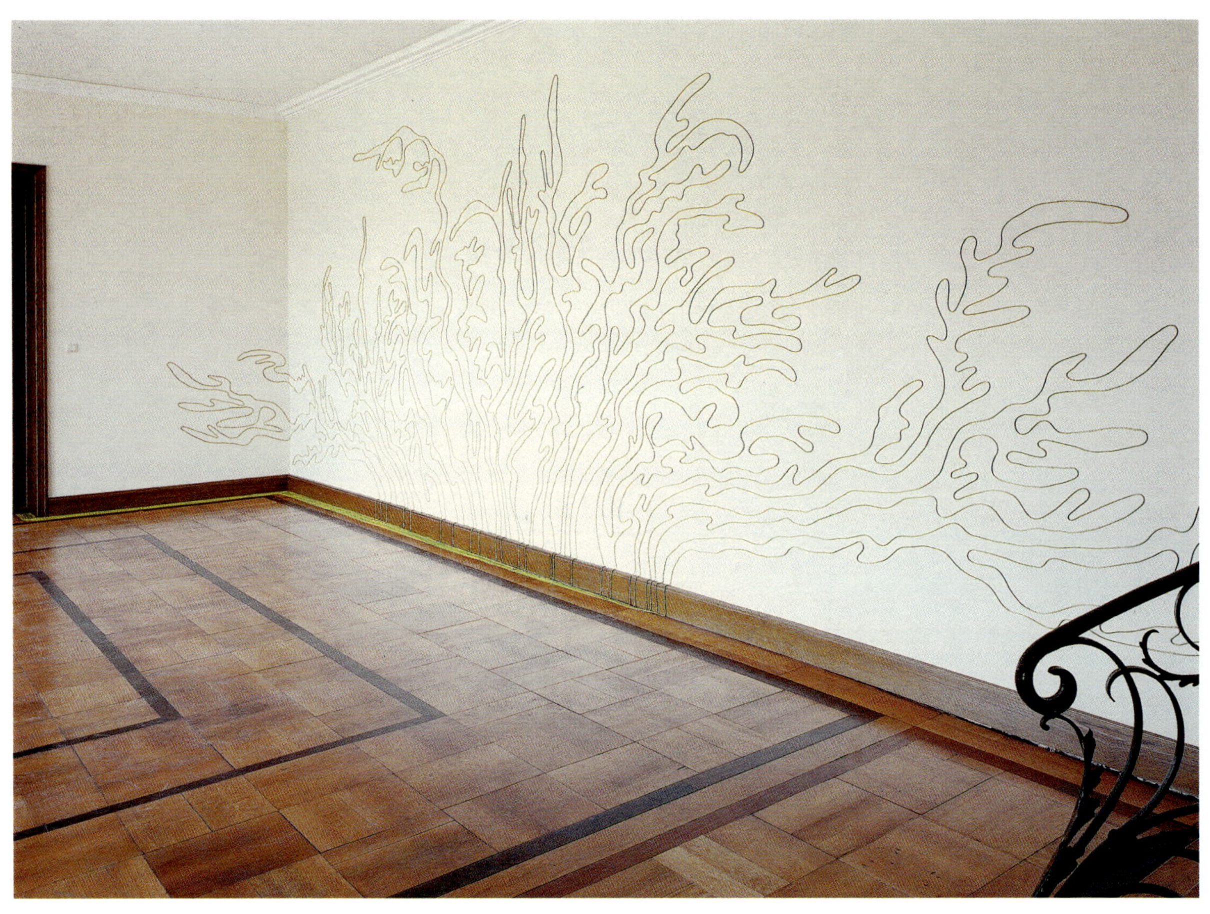

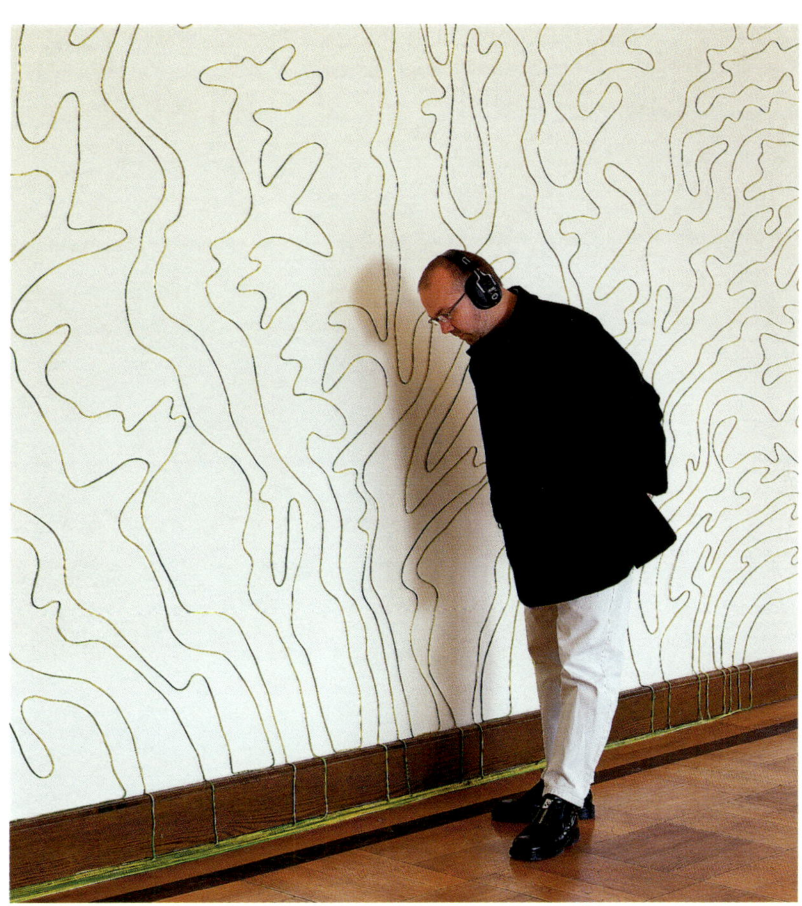

Der Vogelbaum   1987
Erdungskabel, elektro-magnetische Kopfhörer,
zwölfkanalige Komposition | grounding wire,
electromagnetic headphones,
twelve-channel composition
(Photos: Roman Mensing
und Stefan Zintel)

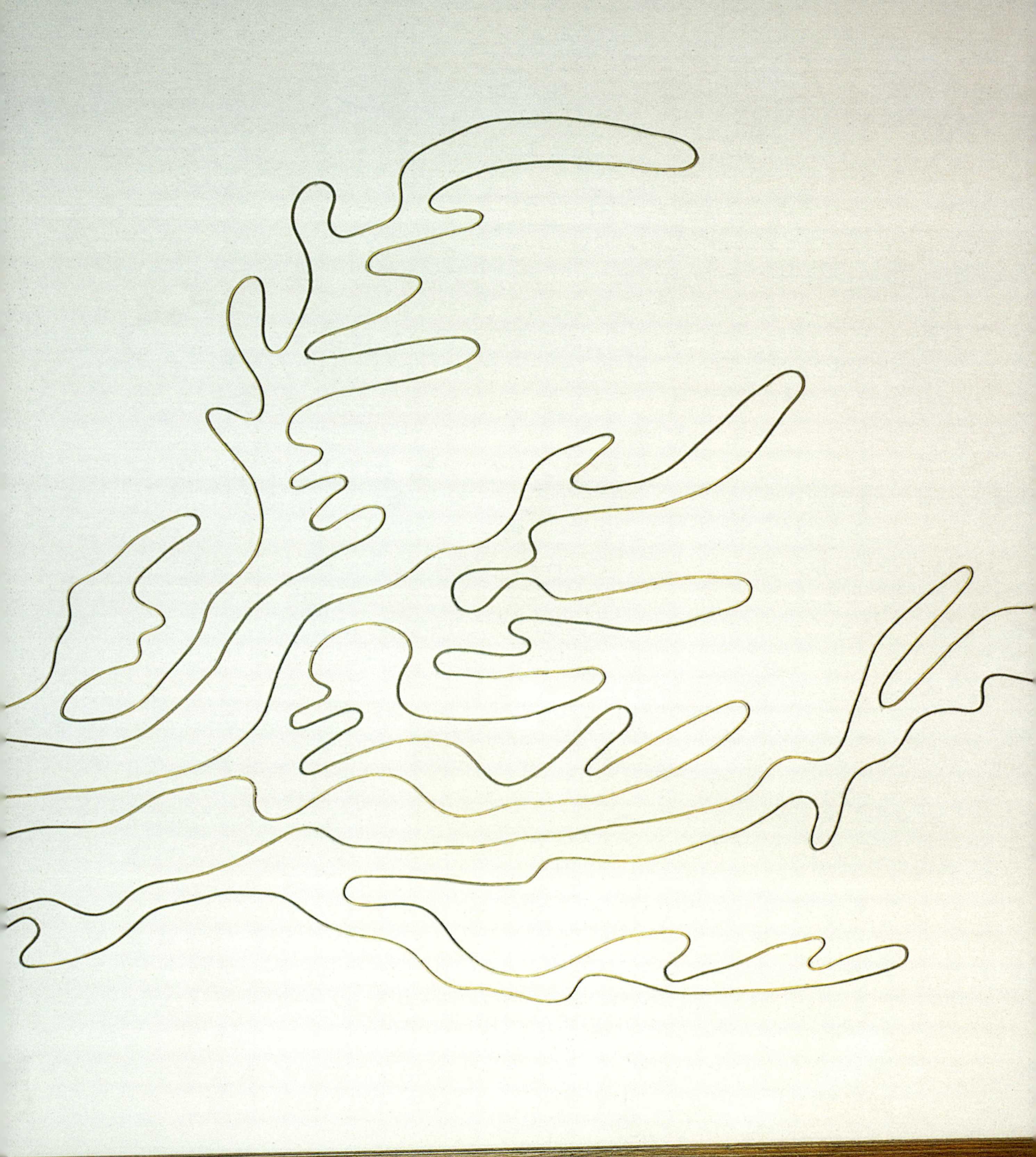

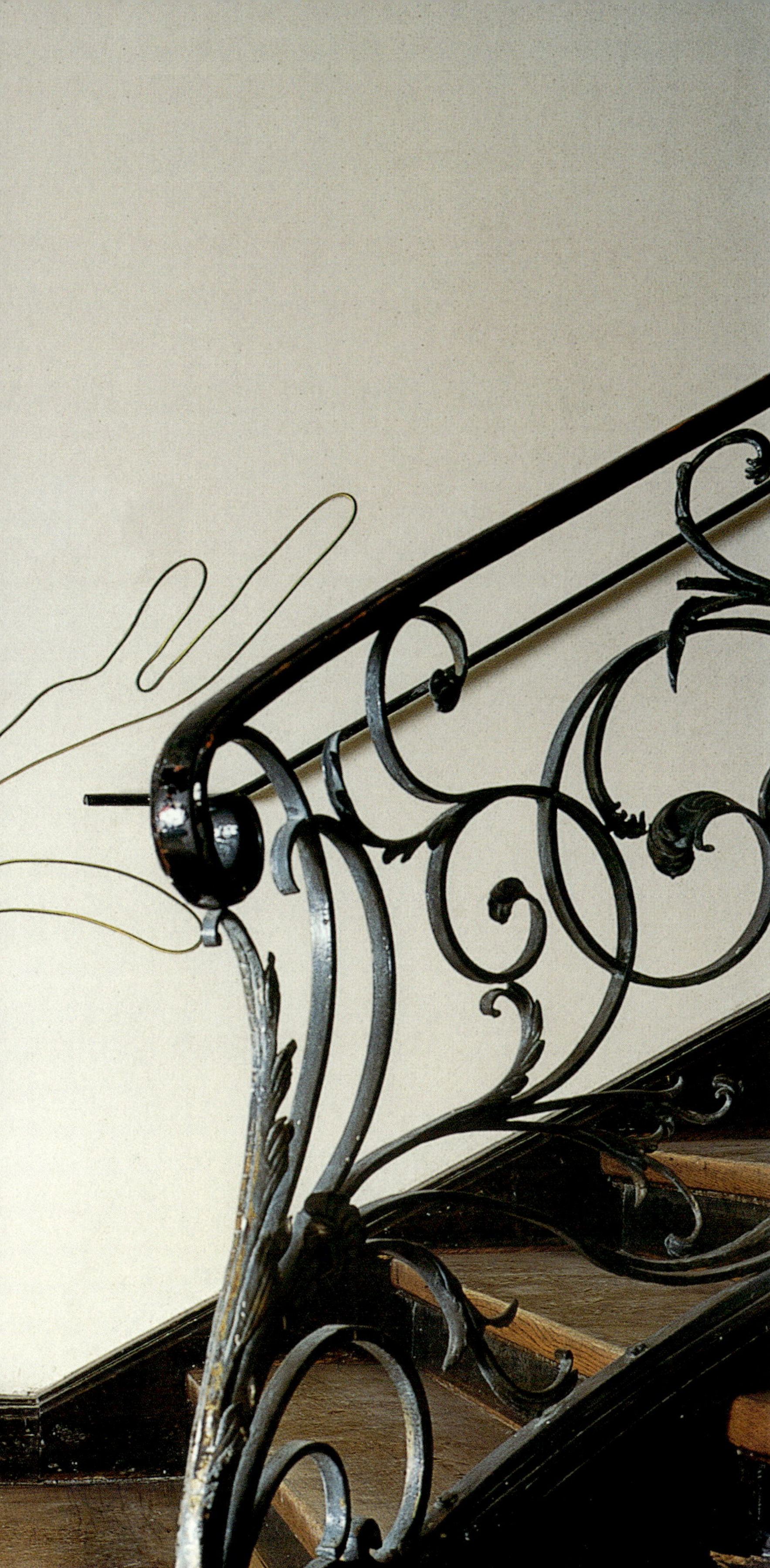

Der Vogelbaum 1987
*Erdungskabel, elektro-magnetische Kopfhörer,
zwölfkanalige Komposition | grounding wire,
electromagnetic headphones, twelve-channel
composition*   (Photo: Stefan Zintel)

Seite | page 100/101:
Über die Stille 1996
*Geldscheinprüfer, Plexiglastafeln mit
fluoreszierendem Pigment, Textfragmente,
verschiedene Audioversionen |
banknote tester, plexiglass plaques with
fluorescent pigment, text fragments, various
audio versions*
Keller der Opel-Villen Rüsselsheim | basement of
the Opel Villas Rüsselsheim
(Photo: Roman Mensing)

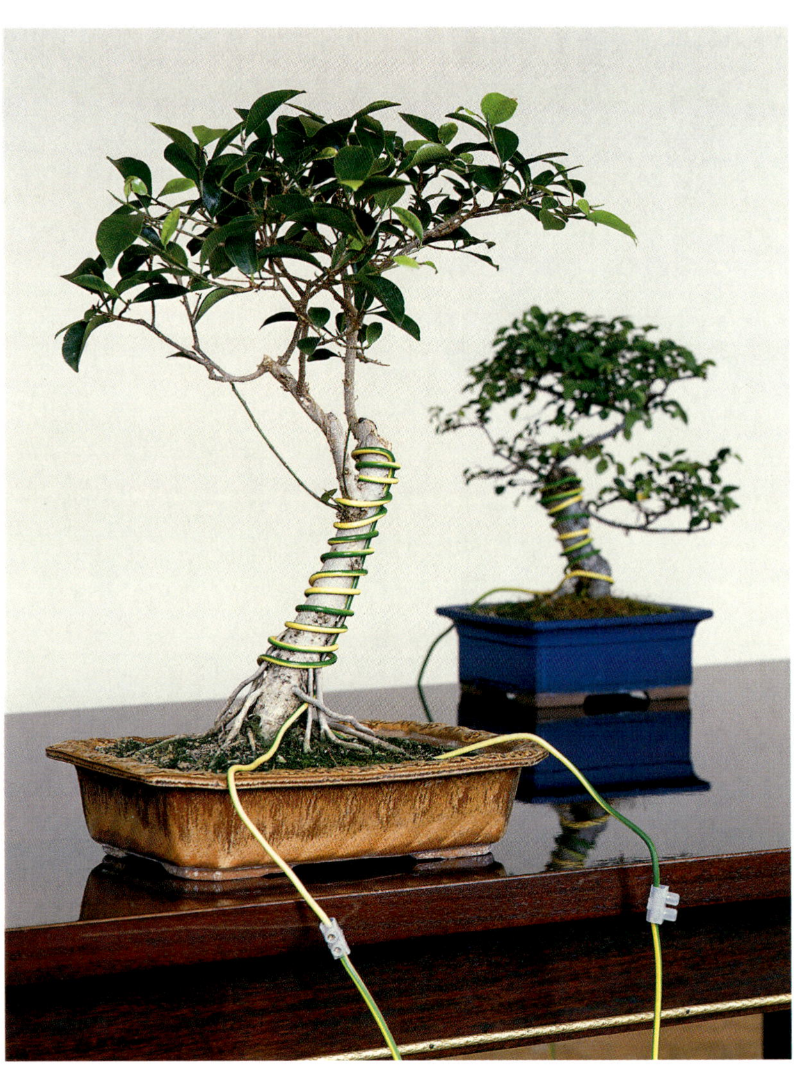

Die Konferenz der Bäume

1988/89   Detail
(Photo: Roman Mensing)

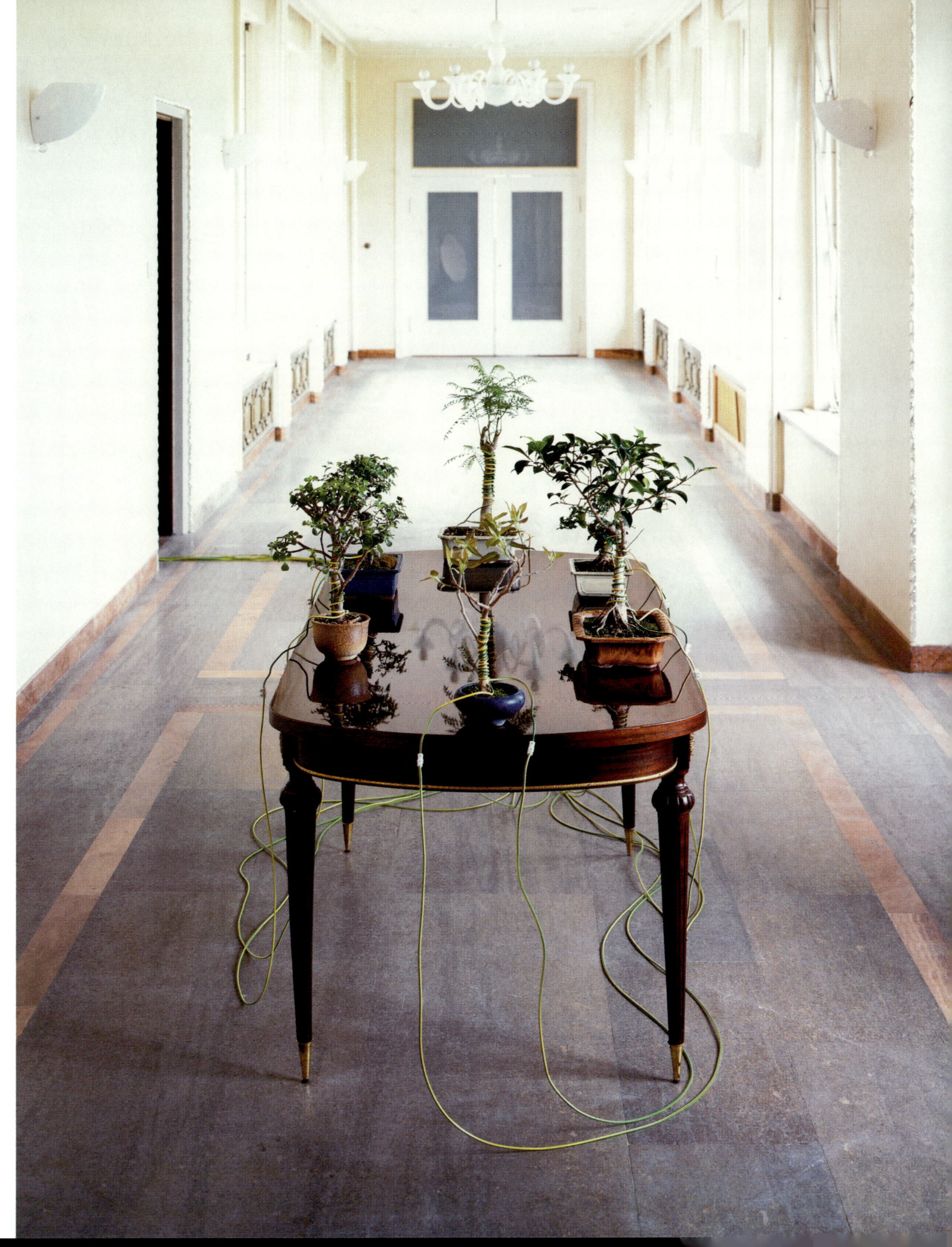

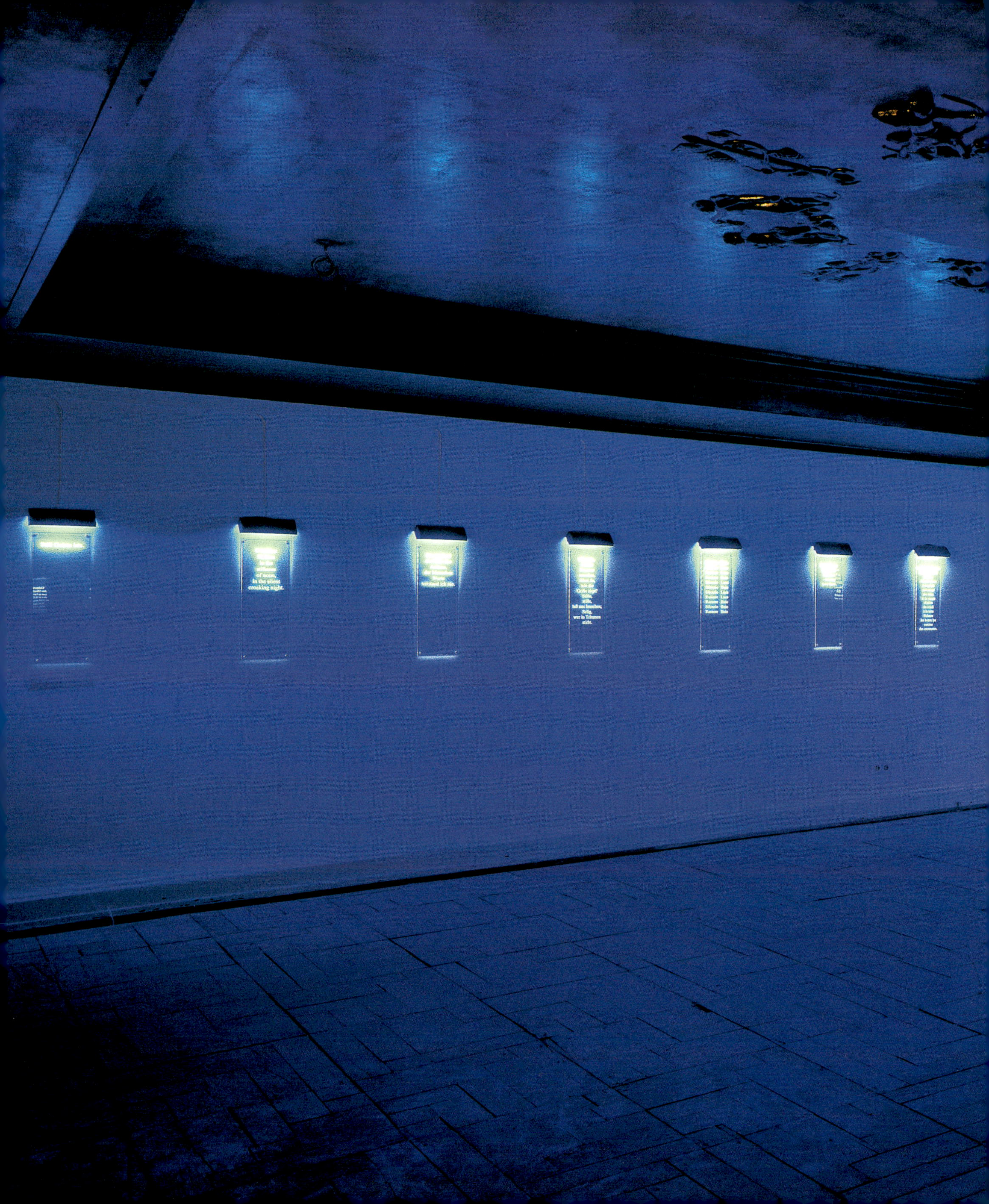

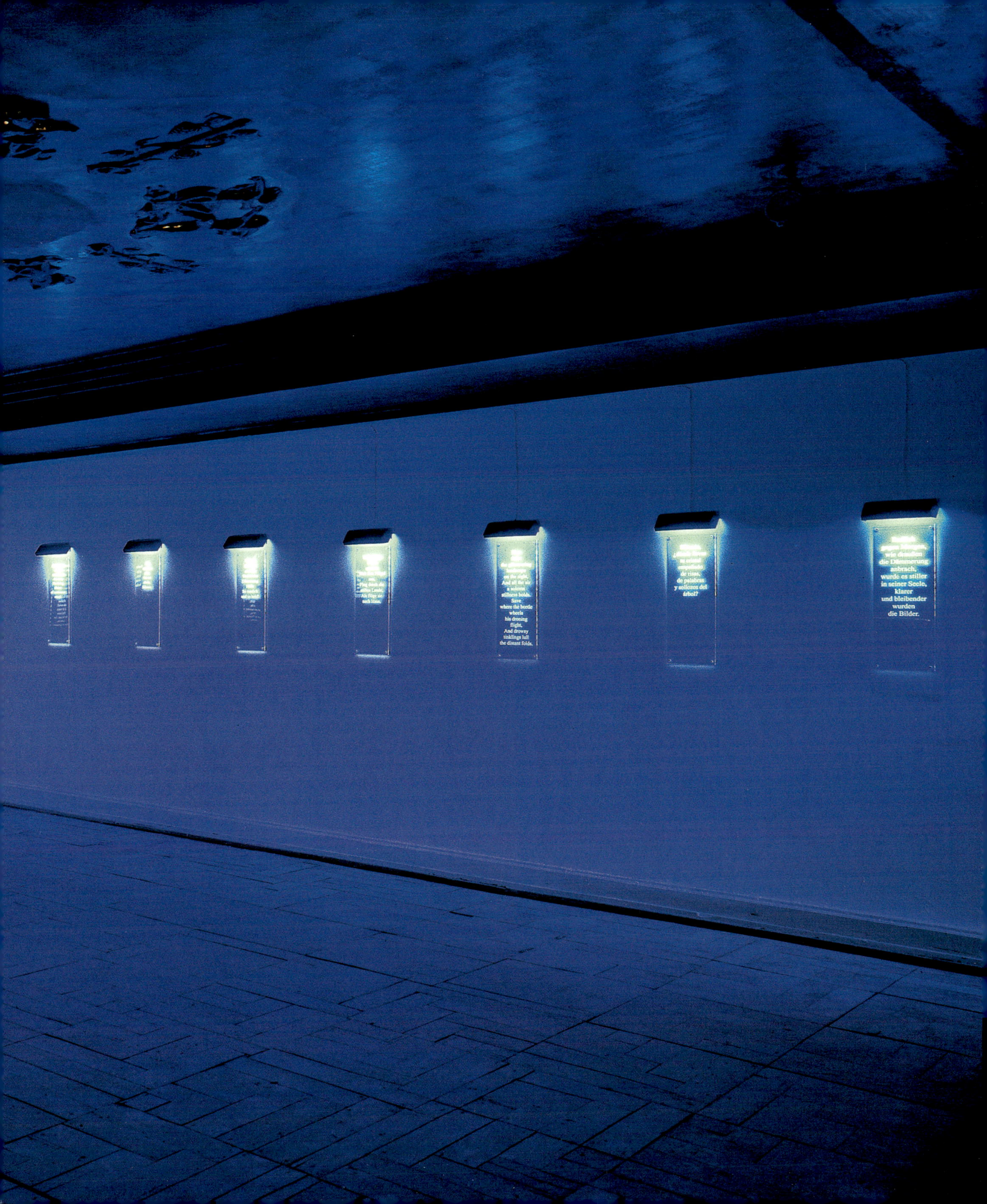
on the sight,
And all the air
a solemn
stillness holds.
Save
where the beetle
wheels
his droning
flight,
And drowsy
tinklings lull
the distant folds.
de risas,
de palabras;
y sollozos del
árbol?
wie draußen
die Dämmerung
anbrach,
wurde es stiller
in seiner Seele,
klarer
und bleibender
wurden
die Bilder.

**I   Arbeiten mit magnetischer Induktion |
Works with magnetic induction**

»Il respiro del mare« 1981   (vgl. Abb. Seite | see ill. page 44 – 45)

Elektrisches Kabel rot und blau, magnetische Induktionswürfel, zweikanalige Komposition | red and blue electric wire, magnetic induction cubes, two-channel composition

Auf zwei sich gegenüberliegenden Wänden wird jeweils auf eine labyrinthartige Zeichnung rundes elektrisches Kabel mit Hilfe von kleinen Nagelschellen angebracht. Die so entstandenen Kabelreliefs tragen jeweils einen Klang in sich, der nicht über Lautsprecher, sondern durch kleine kubusförmige ›Hörwürfel‹ empfangen werden kann. Man kann die Würfel ans Ohr halten und die Klänge leise für sich hören oder sie auch frei durch die Luft bzw. den Raum bewegen und so die in den Induktionsschleifen gespeicherten Klänge im Raum hörbar machen. Mehrere Personen können auf diese Weise miteinander improvisieren.

Im blauen Labyrinth ist das regelmäßige Geräusch von Meereswellen gespeichert, im roten Labyrinth das eines ruhigen Atmens. Steht man zwischen den Kabelfeldern im Raum, vermischen und überlagern sich die akustischen Sequenzen. Je nach Abstand zum Kabel hört man die Klänge leiser oder lauter.

»Il respiro del mare« wurde 1981 in Capo d'Orlando, Sizilien, realisiert im Rahmen des Festivals UNIVERSA ARS. Es war die erste Arbeit mit einem von Christina Kubisch 1980 in Mailand weiterentwickelten magnetischen Induktionssystem, das in seiner ursprünglichen Form nicht für musikalische Zwecke, sondern für Telefonübertragungen genutzt wurde.

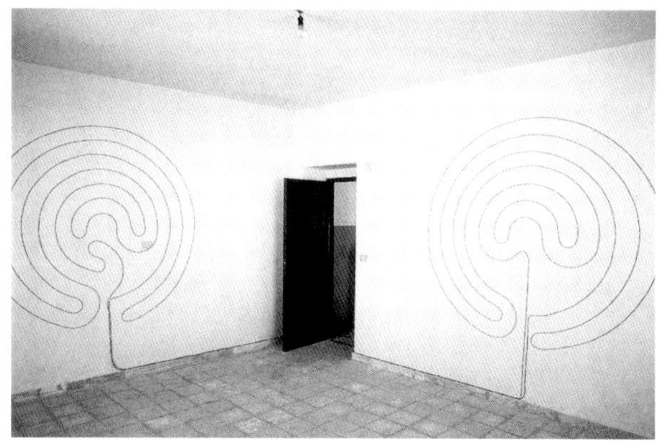

A labyrinthine drawing made of round electric wire is mounted with small nail clamps on each of two facing walls. The resulting wire reliefs each transmit a single sound that is not heard through loudspeakers, but can be received through small ›listening cubes‹. The visitor can hold the cubes up to his ear and hear the sound quietly by himself, or he can move through the room, making audible the sounds stored in induction loops in the room. Several persons can perform sound improvisations with each other.

The regular sound of ocean waves is stored in the blue labyrinth, while the red labyrinth contains the sounds of calm breathing. If one stands in the room between the two cable fields, the acoustic sequences mix and overlay each other. One hears the sounds more softly or more loudly in accordance with one's distance from the wires.

»Il respiro del mare« was realized in 1981 in Capo d'Orlando, Sicily, in the context of the festival UNIVERSA ARS. It was the first work using the magnetic induction system that Christina Kubisch developed further in Milan in 1980. The magnetic induction system was not originally used for musical purposes, but for the telephone system.

»Der Vogelbaum«   (»The Bird Tree«)   1987   (vgl. Abb. Seite | see ill. page 94–97)

Gelb-grünes Erdungskabel, elektromagnetische Kopfhörer, zwölfkanalige Komposition | yellow-green grounding wire, electromagnetic headphones, twelve-channel composition

Auf die einzelnen Linien einer Wandzeichnung von ca. 12 m Länge und 3 m Höhe, die einen Baum mit vielen Ästen darstellt, wird rundes, gelb-grünes Erdungskabel aufgeklebt. Die Kabelwege sind nicht nur visuelles Bild, sondern auch Klangträger. Insgesamt ergeben sich 12 Kanäle, die als Strang am Boden zur Audioanlage geführt werden.

Die Klänge werden vom Besucher mithilfe eines elektromagnetischen Kopfhörers empfangen. Diese Kopfhörer sind eine Weiterentwicklung der früheren Induktionswürfel und wurden 1984 in Italien entwickelt und gebaut. Diese kabellosen Kopfhörer ermöglichen es, sich noch freier im Raum zu bewegen. Je nach Bewegungsart, Schnelligkeit und Abstand zu den Kabelfeldern entstehen individuelle Klangchoreographien. Der Hörer wird durch seine Eigenbewegung zum ›Mixer‹ und kann seine eigenen Klangwege in immer neuen Abläufen erkunden.

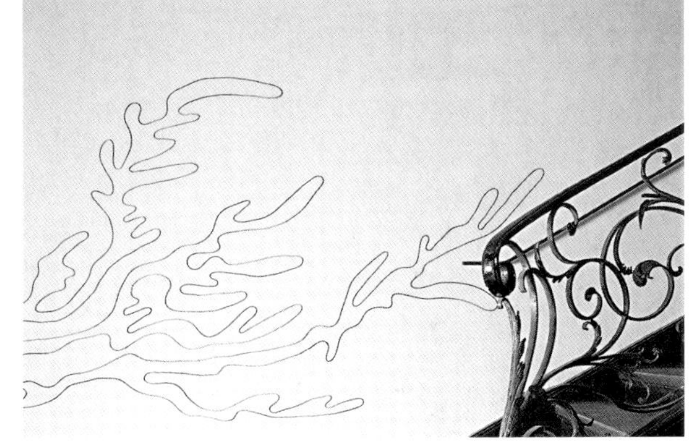

Die Klänge im Vogelbaum sind auf zwölf Kanäle mit Vogelstimmen aus aller Welt verteilt. Nachtigallen und Papageien, Möwen und Kolibris, Amseln und australische Huias treffen aufeinander und ergeben ein komplexes Geflecht von Singstimmen und Sprachen der Vögel, die in der Natur meist nur noch selten zu hören sind.

»Der Vogelbaum« wurde 1987 zum ersten Mal im Forum Böttcherstraße, Bremen, gezeigt.

Round, yellow-green grounding wire is mounted on the individual lines of a wall drawing, about 12 meters long and 3 meters high, that shows a tree with many branches. The paths of the wire are not only a visual image, but also carrier of sound. Altogether, there are 12 channels leading across the floor to the audio equipment.

The visitor receives the sounds with the aid of an electromagnetic headphone. These headphones were developed in 1984 in Italy from the earlier induction cubes. The wireless headphones permit even more free movement in the room. Individual sound choreographies arise in dependence on the visitor's kind of movement, speed, and distance from the fields of cables. Through his motion, the listener becomes his own ›mixer‹ and can explore his own sound paths in ever-new sequences.

The sounds in »The Bird Tree« are distributed on 12 channels with bird song from all over the world. Nightingales and parrots, gulls and hummingbirds, thrushes and Australian huias encounter each other, producing a complex interweaving of singing voices and languages of birds that are now rarely heard in nature.

»The Bird Tree« was exhibited for the first time in 1987 at the Forum Böttcherstraße in Bremen.

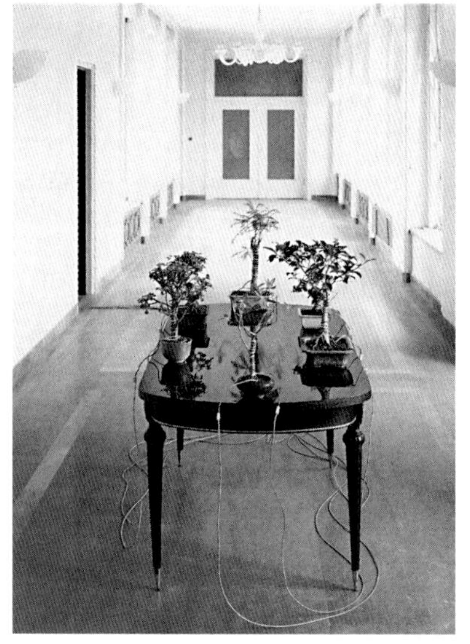

»Die Konferenz der Bäume« (»The Conference of Trees«) **1988/89**
(vgl. Abb. Seite | see ill. page 98–99)

Konferenztisch, Bonsais, Erdungskabel, elektromagnetische Kopfhörer, fünfkanalige Komposition | conference table, bonsais, grounding wire, electromagnetic headphones, five-channel composition

Auf einem runden Konferenztisch stehen in gleichmäßigen Abständen jeweils am Tischrand fünf Bonsais verschiedener Größe und Art. Ihre kleinen Stämme sind spiralförmig mit gelb-grünem elektrischem Kabel umwickelt, in der Art, wie junge Bonsais in den Baumschulen mit dickem Draht in Form gebracht werden. Die Kabel werden weitergeführt zum Boden, sie hängen wurzelartig über den Tischrand. Jeder Besucher erhält einen elektromagnetischen Kopfhörer, mit dem er bei einem Rundgang um den Tisch den Bäumen zuhören kann. Je nach der Geschwindigkeit des Rundganges und der Nähe zu den Bonsais gehen die Klänge schneller oder langsamer ineinander über. Jedem Bonsai ist ein »charakteristischer« Klang zugeordnet. Man hört ein Wispern, Flüstern, Rauschen etc. Alle Klänge sind bearbeitete Naturklänge.

»Die Konferenz der Bäume« entstand 1988 während eines Stipendiums in Worpswede und wurde im Januar 1989 zum ersten Mal im Kunstverein Hamburg anläßlich der Ausstellung »ars viva« gezeigt. In späteren Versionen stand der Tisch auch in einem verdunkelten Raum, wobei die Kabel mit grün phosphoreszierender Farbe pigmentiert wurden.

Five bonsai trees of various kinds and sizes are situated at equal intervals around the edge of a round conference table. Yellow-green electric wire winds in spirals around their small trunks, the same way young bonsais are usually brought into form with heavy wire in plant nurseries. The wires hang like roots over the edge of the table and continue to the floor.

Each visitor receives an electromagnetic headphone with which he can listen to the trees while circling the table. The speed with which the sounds blend into each other varies in accordance with his speed in circling and with his proximity to the bonsais. Each bonsai has been given a »characteristic« sound. The listener hears whispering, rustling, etc. All the sounds are processed sounds from nature.

»The Conference of Trees« was created in 1988 during a residence stipend in Worpswede and was first shown in January 1989 at the Kunstverein Hamburg on the occasion of the exhibition »ars viva«. In later versions, the table also stood in a darkened room and the cables were colored with green phosphorescent paint.

»consecutio temporum« ist der gemeinsame Titel einer Reihe von Installationen, die in Räumen entstehen, die einen starken geschichtlichen Wandel erfahren haben. Die erste Arbeit wurde 1993 im ehemaligen Atelier von Joseph Beuys im Alten Kurhaus von Kleve (heute Stadtarchiv) realisiert.

Gemeinsam ist allen Arbeiten, daß sie sich mit bewußt sparsamen Mitteln den Spuren der Geschichte behutsam nähern, ohne eine feststehende Interpretation vorzugeben. Durch das Aufdecken von Spuren des Verfalls und räumlicher Veränderungen, die im Laufe der Zeit entstanden, entstehen assoziative Einblicke in Geschichte, aber keine historischen Abbilder. Die künstlerischen Gestaltungsmittel beschränken sich auf Licht und Klang.

Die Installationen haben den Charakter von zeitlichen Prozessen, deren Ablauf nicht festgelegt oder vorhersehbar ist – wie der Ablauf der Geschichte selbst.

II consecutio temporum |
consecutio temporum

»consecutio temporum« is the common title of a series of installations created in rooms that have gone through many historical changes. The first such work was realized in 1993 in Joseph Beuys' former studio in the Altes Kurhaus of the city of Kleves, today's municipal archive.

Common to all these works is that they use intentionally spare means to delicately approach the traces of history, without dictating a preconceived interpretation. The exposure of traces of decay and of the spatial changes that have occurred through time triggers associative insights into history, but no historical likenesses. The artistic means of shaping are limited to light and sound.

The installations have the character of temporal processes whose course is not determined or predictable – like the course of history itself.

»Zwölf Türen und zwölf Klänge«   (»Twelve Doors and Twelve Sounds«)   **2000**
(vgl. Abb. Seite | see ill. page 60–61)

Flachlautsprecher, Hochdruckdampflampen, Ultraschallmodule, elektronische Steuerung | wallspeakers, high-pressure mercury vapor lamps, ultrasonic sound devices, electronics

Das zweite Stockwerk der 1930 gebauten zweiten Opel-Villa wurde zuerst als Dienergeschoß, später als Krankenhaus und während des Zweiten Weltkriegs für militärische Zwecke genutzt. Auf den großen Flur, der sich am Ende in zwei Teile verzweigt, gehen insgesamt zwölf weißlackierte Türen. Vor jeder Tür liegt – wie eine Türschwelle – ein weißer Flachlautsprecher, der mit weißem Pigment überzogen wurde. Über den Türen befindet sich, in der Mitte des Türrahmens befestigt, je eine große UV-Hochdrucklampe, die den Lautsprecher zum Fluoreszieren bringt und gleichzeitig als Reihe von blauen Lichtern die Architektur des Raumes markiert. Die akustischen Türschwellen spiegeln sich in den Türen.

Die zwölf einzelnen Klangspuren werden durch Ultraschallgeneratoren erzeugt, deren Tonhöhen durch ein selbstentwickeltes elektronisches Steuergerät soweit abgesenkt werden, daß sie gerade in den hörbaren Bereich gelangen. Dauer, Wellenform, Pausen und Lautstärke werden für jeden Klang einzeln geregelt. Das leise, an der akustischen Wahrnehmungsgrenze liegende Tongeflecht wird verstärkt durch den Eigenhall des großen Flures.

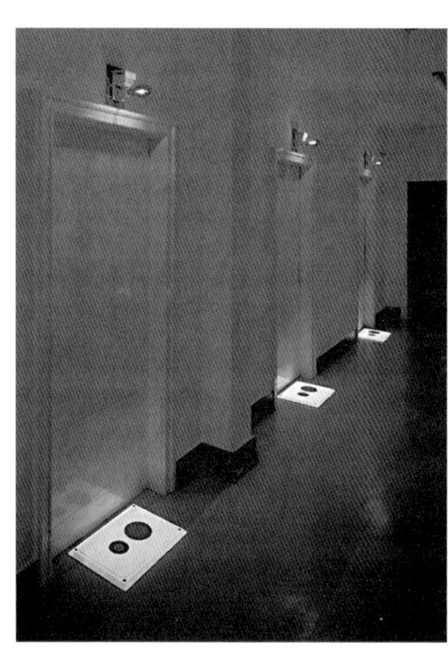

The second Opel Villa was built in 1930. Its second upper storey was originally used as a floor for servants, later as a hospital, and then, during the Second World War, for military purposes. The large hall, which branches in two at the end, has twelve white lacquered doors. In front of each door, like a threshold, lies a white, flat loudspeaker that has been painted with white pigment. Above the doors, mounted in the middles of the door frames, are large ultraviolet high-pressure mercury vapor lamps that make the loudspeakers fluoresce and that, as a row of blue lights, mark the architecture of the room at the same time. The acoustic thresholds are mirrored in the doors.

The twelve individual sound tracks are created by ultrasonic generators. Electronic control devices developed by the artist lower the sounds' frequencies to the extent that they fall just barely within the upper ranges of what the human ear can perceive. The duration, wave form, pauses, and volume of each sound are regulated individually. The quiet tapestry of sound lying on the threshold of acoustic perception is amplified by the large hall's echo.

»**Über die Stille**« (»On Silence«) **1996** (vgl. Abb. Seite | see ill. page 12, 24, 100/101)

Geldscheinprüfer, Plexiglastafeln mit fluoreszierendem Pigment, Textfragmente; verschiedene Audioversionen | banknote tester, plexiglass plaques with fluorescent pigment, text fragments; various audio versions

»Über die Stille« ist das Ergebnis einer längeren Beschäftigung mit dem Wort »Stille« in Literatur und Dichtung. Der Begriff »Stille« wurde verstärkt seit Beginn der Romantik gebraucht, sehr oft im Kontext der Beschreibung von Naturklängen.

Die Zitatfragmente werden auf durchsichtige Plexiglastafeln im Siebdruckverfahren aufgebracht und von direkt darüber gehängten, nach unten strahlenden Geldscheinprüfern durchleuchtet. Geldscheinprüfer sind kleine Geräte mit UV-Licht, die üblicherweise zum Erkennen von Fälschungen eingesetzt werden.

Die Arbeit kann je nach räumlichen Bedingungen variabel installiert werden. Der dazugehörige Klang kann aus den schon vorhandenen Umweltgeräuschen bestehen. Eine weitere Version setzt sich aus einzelnen Klangspuren von Computergeräuschen (Drucker, Tastaturen, Diskettenlaufwerke, Festplatten etc.) zusammen, die, als leise Geräusche versteckt installiert, eine Version der zeitgenössischen »Stille« ergeben.

»Über die Stille« wurde erstmals 1996 unter dem Titel »Stillegung« in der Stadtgalerie Saarbrücken realisiert. Bei dieser Arbeit wurden die Texte im Siebdruckverfahren direkt auf die Wand gebracht.

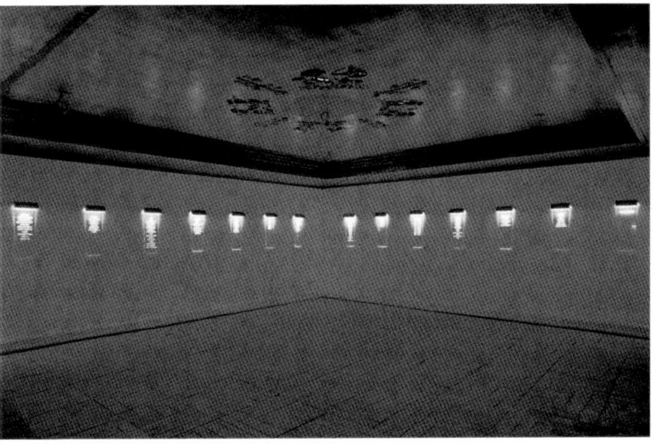

»On Silence« is the result of long-standing interest in the word »silence« in literature and poetry. The term »silence« was increasingly used at the beginning of the Romantic period, often in the context of describing sounds from nature.

The fragments of quotations were silk-screened onto transparent plaques of plexiglass. Banknote testers hang directly above them and point downward to illuminate the plexiglass plaques. Banknote testers are small devices with ultraviolet light, usually used to recognize counterfeit bills.

The work can be installed variably in accordance with the spatial conditions. The accompanying sound can consist of the existing noises of the environs. Another version is composed of individual sound tracks of computer noises (printers, keyboards, disk drives, hard disks, etc.). Installed as hidden, quiet noises, they produce a version of contemporary »silence«.

»On Silence« was first realized in 1996 in the Stadtgalerie Saarbrücken under the title »Stillegung« (»Shutdown«). In that work, the texts were silk-screened directly onto the wall.

IV Klangskulpturen |
Sound sculptures

»Kleine Metamorphose« (»Small Metamorphosis«) **1992** (ohne Abb. | no ill.)

Schleifscheiben, Phosphorpigment, zweikanalige Komposition | grinding wheels, phosphorescent pigment, two-channel composition

Zwei Schleifscheiben aus Stein liegen als Paar auf je einem großen Breitbandlautsprecher. Das runde Loch in der Mitte der Steine dient als Schallöffnung. Ihre Oberfläche, die noch die Gebrauchsspuren zeigt, ist mit mehreren dünnen Schichten von grün-gelber Phosphorfarbe lasiert. Die Farbe leuchtet im Dunkel nach.

Zu hören ist die Komposition »Vocrolls«, die 1988 im Elektronischen Studio der Technischen Universität Berlin realisiert wurde. Das Klangmaterial, per Computer extrem verlangsamt und gefiltert, wurde durch eine rollende Glaskugel in einer tibetanischen Metallschale erzeugt. Die Klänge erinnern an Laute von Insekten und Fröschen.

»Kleine Metamorphose (Vocrolls)« wurde zum ersten Mal 1992 in der Galerie Fragile Gesellschaft in Berlin gezeigt.

Two grinding wheels made of stone lie as a pair on two large middle range loudspeakers. The round hole in the middle of the stone serves as the conduit for sound. Its surface, which still displays traces of use, is transparently painted with several coats of yellow-green phosphorescent paint. The paint continues glowing even after the lights go out.

The visitor hears the composition »Vocrolls«, which was realized in 1988 in the electronic studio of the Berlin Technical University. The sound material was generated by a glass sphere rolling in a Tibetan metal bowl and then greatly slowed down and filtered by computer. The sounds remind of natural sounds of insects and frogs.

»**The True and the False**« **1992**   (vgl. Abb. Seite | see ill. page 23)

Schleifscheiben, fluoreszierendes Pigment, elektrisches Kabel, Lautsprecher, Schwarzlicht, zwölfkanalige Komposition | grinding disks, electrical wire, loudspeakers, black light, twelve-channel composition

Zwölf grobkörnige, dunkelblaue Schleifscheiben, mit weißem Leuchtpigment überzogen, werden auf einer Wand verteilt und mit je einem schwarzen Flachkabel verbunden. Die Schleifscheiben sitzen, leicht von der Wand abstehend, auf kleinen schwarzen Lautsprechern, wie Blüten einer Pflanze. Die Kabel werden schräg über die Wand wie dazugehörige Pflanzenstiele zum Boden geführt.

Der Raum befindet sich im Dämmerlicht. Die Wandarbeit wird von einer versteckt an der Decke angebrachten Reihe von Schwarzlichtlampen angestrahlt, die Schleifscheiben leuchten je nach der Menge des noch einfallenden Tageslichts mehr oder weniger stark.

Die Komposition besteht aus Klängen von schwingenden Gläsern verschiedener Tonhöhen.

Twelve dark blue, corundum-coated grinding disks painted with white fluorescent pigment are distributed on a wall and connected with one black, flat wire each. The grinding disks sit on small black loudspeakers at a slight distance from the wall, like the flowers of a plant. The cables lead across the wall to the floor like the plant's stems.

The room is dimly lit. The wall piece is illuminated by a row of black light lamps mounted out of sight on the ceiling. The grinding disks glow strongly or weakly, depending on the amount of daylight still falling on them.

The composition consists of sounds of glasses vibrating at various frequencies.

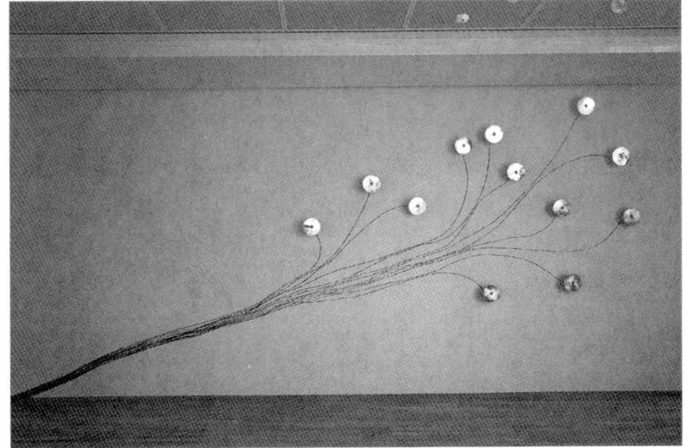

BIOGRAPHIE	CHRONOLOGY
1948 Geboren in Bremen	**1948** Born in Bremen
1967–1968 Akademie der Bildenden Künste, Stuttgart; Studium der Malerei bei K. H. Sonderborg	**1967–68** Attends the Academy of Fine Arts, Stuttgart; studies painting with K. H. Sonderborg
1969–1972 Musikstudium an der Staatlichen Hochschule für Musik und Bildende Kunst in Hamburg und der Hochschule für Musik in Graz	**1969–1972** Studies music at the Academy of Music and Fine Arts in Hamburg and at the Academy of Musik, Graz
1972–1974 Studium an der Musikhochschule Zürich und an der Freien Kunstschule Zürich (bei Serge Stauffer)	**1972–1974** Studies music at the Conservatory of Zurich and Fine Arts with Serge Stauffer at the Freie Kunstschule of Zurich
1974 Übersiedlung nach Mailand	**1974** Moves to Milan, Italy
1974–1976 Studium Komposition (bei Franco Donatoni) und Elektronische Musik am Konservatorium Mailand; Diplom	**1974–1976** Studies composition with Franco Donatoni and electronic music at the Conservatory of Milan Graduates with Diploma
1974–1980 Konzerte und Performances in Europa und den USA Zusammenarbeit mit Fabrizio Plessi (Video Performances)	**1974–1980** Solo Performances and concerts in Europe and the United States Collaboration with Fabrizio Plessi (video performances)

seit 1980	**since 1980**
Klanginstallationen und Klangskulpturen	sound-installations and sound-sculptures
1980 – 1981	**1980 – 1981**
Studium Elektronik am Technischen Institut Mailand	Studies electronics at the Technical Institute of Milan
1986	**1986**
Erste Lichträume	Starts to work with ultraviolet light
1987	**1987**
Übersiedlung nach Berlin	Moves to Berlin
1988	**1988**
Preisträgerin des Kulturkreises im BDI Barkenhoff Stipendium, Worpswede	Award of the German Industrial Association Fellowship at the Barkenhoff, Worpswede
1989	**1989**
Gastdozentur, Jan van Eyck Akademie, Maastricht	Guest lecturer at the Jan van Eyck Academy, Maastricht
1990	**1990**
Arbeitsstipendium Kunstfonds e.V. Bonn	Project grant from the Kunstfonds e.V. Bonn
1990 – 1991	**1990 – 1991**
Lehrauftrag Kunstakademie Münster	Lecturer at the Academy of Fine Arts, Münster
1991	**1991**
Erste Installationen mit Solarenergie Arbeitsstipendium des Senats für Kulturelle Angelegenheiten, Berlin	First installations with solar energy Working grant from the Senator for Cultural Affairs, Berlin

Christina Kubisch Bremen 1999
(Photo: Dieter Scheyhing)

1991 – 1994
Gastprofessur an der Hochschule
der Künste, Berlin

1992
Stipendium des
Queen Elizabeth II. Arts Council
of New Zealand, Neuseeland

1994
Atelierstipendium
des Senats von Berlin
Gastprofessur an der Ecole Nationale
Supérieure des Beaux Arts, Paris
DAAD Aufenthaltsstipendium, Paris

seit 1994
Professur für Plastik/Audiovisuelle
Kunst an der Hochschule der Bildenden
Künste Saar, Saarbrücken

seit 1997
Mitglied der
Akademie der Künste, Berlin

1998
Stipendium des
Djerassi Resident Artists Program,
USA

1999
Heidelberger Künstlerinnenpreis

1991 – 1994
Guest professor at the
Academy of Fine Arts, Berlin

1992
International residency project,
Queen Elizabeth II., Arts Council of
New Zealand

1994
Studio grant from the
Senator for Cultural Affairs, Berlin
Guest professor at the Ecole Nationale
Supérieure des Beaux Arts, Paris
DAAD working scholarship, Paris

since 1994
Professor of Sculpture and Media Art
at the Academy of Fine Arts in
Saarbrücken

since 1997
Member of the
Akademie der Künste, Berlin

1998
Grant from the
Djerassi Resident Artists Program,
USA

1999
Heidelberg Artists Prize

KONZERTE UND PERFORMANCES
—
CONCERTS AND PERFORMANCES

EINZEL-AUSSTELLUNGEN
—
SOLO EXHIBITIONS

(K) = Katalog / catalogue

1972 – 1980
*Konzerte mit Neuer Musik,
Aufführungen eigener Kompositionen,
Performances u. a.: | concerts of New
Music, including own compositions,
performances, a.o.:*

Palais des Beaux Arts,
Bruxelles
ICC, Antwerpen
Pro Musica Nova Festival,
Bremen
Badischer Kunstverein,
Karlsruhe
Studio Marconi, Mailand
Musée d'Art Moderne, Paris
Palazzo dei Diamanti, Ferrara
Julian Pretto Gallery, New York
The Kitchen, New York
Experimental Intermedia
Foundation, New York
Folkwang Museum, Essen
Galleria d´Arte Moderna, Bologna
Akademie der Künste, Berlin
La Biennale di Venezia,
Venedig
Landesmuseum Bonn

*(Performances teilweise in
Zusammenarbeit mit Fabrizio Plessi |
performances partly in collaboration
with Fabrizio Plessi)*

1976
»Christina Kubisch«, Galerie Giancarlo
Bocchi, Mailand   (K)

1978
»Kubisch und Plessi«, Neue Galerie
Sammlung Ludwig, Aachen, und ICC, Inter-
nationaal Cultureel Center, Antwerpen   (K)
Twòrkòw Kultury Forum Club, K,K Kraków   (K)

1979
Modern Art Galerie Grita Insam, Wien
»Kubisch & Plessi«, Galerie
Dany Keller, München
»A History of Soundcards«, Studio '74,
La Spezia

1981
»Écouter les murs«, Goethe Institut, Lyon

1982
»Retroscena – un percorso magnetico«,
CRT, Centro Ricerche Teatro, Mailand

1984
»Sentieri Magnetici«,
Centro d'Arte
Laboratorio, Morimondo
»On Air«, Castello di Gargonza,
Monte San Savino   (K)
»Musik für einen Raum«,
Molkerei Werkstatt, Köln

1985

»Klanginstallationen«, Gesellschaft
für Aktuelle Kunst, Bremen   (K)
»Magnetic Air«, Abbazia di
Sant'Andrea, Vercelli

1986

»Iter Magneticum«,
Galerie Giannozzo, Berlin
»Soundscape«, Time Based Arts, Amsterdam
»Klanginstallationen«, Kunstverein
Pforzheim, Reuchlinhaus, Pforzheim

1987

»Planetarium«, Apollohuis Eindhoven

1988

»Kraterzonen«, Galerie Giannozzo,
Berlin   (K)

1989

»Orte der Zeit«, Städtische Galerie
am Markt, Schwäbisch Hall   (K)
»Orte der Zeit«, Kunstraum, München   (K)
»Kein schöner Land«, Kunstverein
Ganderkesee, Ganderkesee
»Landscape«, Walter Phillips
Gallery, Banff

1990

»Landschaft«, Museum
Fridericianum, Kassel
»Zwischenräume IV«,
Skulpturenmuseum
Glaskasten, Marl
»Grenzgänge«, Neue Kunst im
Hagenbucher, Hagenbucher
Gebäude, Heilbronn
»Klanginstallationen«, Galerie
im Heppächer, Esslingen

1991

»Music Between Parallel Wires«,
Xebec Hall, Kobe
»Magnetic Forest«, Junior College of
the Arts, University for Arts and
Design, Kyoto   (K)
»Nachzeit«, Filmkunsthaus Babylon,
Berlin   (K)
»Salle des pas perdus«, Musée Cantonal
des Beaux-Arts, Sitten   (K)
»Nachzeit«, Gasteig, München

1992

»Natura Morta«, Neuer Berliner
Kunstverein, Berlin   (K)
»Ich weiß nicht, was soll es bedeuten«,
Galerie Ursula Walbröl, Hilden   (K)
Galerie Oliver Henn, Maastricht
»ALBA«, Wellington City Art Gallery,
Wellington   (K)
»Kein schöner Land«, George Fraser
Gallery, Art Space, Auckland
»The True and The False«, P3, Art
and Environment, Tokyo   (K)
»Kleine Metamorphose«, Galerie
Fragile Gesellschaft, Berlin
»The True and The False«, Bea Voigt
Galerie, München
»Colunas sonoras«, Museu de Arte
Moderna, Belo Horizonte
»black and white«, Centro cultural
da ufmg, Belo Horizonte

1993

»De Dag/De Nacht«, de Vleeshal, Stichting
Beeldende Kunst, Middelburg   (K)
»Zeitenwende«, Marstall / Rastatter Schloß,
Kunstverein und Stadt Rastatt   (K)
»Azur«, Kunstverein Springhornhof,
Neuenkirchen (Soltau)   (K)

»Wachträume«, Kulturzentrum
Alte Hauptfeuerwache, Mannheim
»Im Laufe der Zeit«, Badisches
Landesmuseum, Karlsruhe   (K)
»consecutio temporum I«,
Stadtarchiv Kleve, Kleve

1994
»consecutio temporum II«,
Akademie der Künste, Berlin,
experimental-Studio, Berlin
»Watching out«, Goethe House, London
»consecutio temporum III«,
Paço Imperial, Rio de Janeiro
»Sechs Spiegel«, Ludwigskirche,
Saarbrücken   (CD)

1996
»Sein und Schein«,
Galerie Claudia Böer, Hannover
»Cross Examination«, Moore College
of Art and Design, Goldie Paley
Gallery, Philadelphia   (K)
»Zwischenräume«, Stadtgalerie
Saarbrücken, Saarbrücken   (K)
»Acht Säulen und ein Raum«,
Kunstverein Ulm
»Musik und Raum«,
Galerie Anita Beckers, Darmstadt
»The True & The False »,
Centre J & J Donguy, Paris

1997
»Über die Stille«,
Galerie Beim Steinernen Kreuz, Bremen
»Zwölf Tafeln«, Johanniskirche, Saarbrücken
»The Cocktower Project«, Massachusetts
Museum of Contemporary Art,
North Adams   (CD)
»Sieben Fenster und acht Klänge«,

Galerie der Stadt Backnang,
Turmschulhaus
»Dodici luci e undici suoni«,
Chiesa di Santa Caterina dei
Funari, Rom

1998
»Dreaming of a major Third«,
Gelbe Musik, Berlin
»Mausoleum«, Akademie
der Künste, Berlin

1999
»Zwei Räume«, Bartholomäuskapelle
und Kaiserpfalz, Paderborn   (K)
»Aufzeichnungen«, Städtische
Galerie Bremen   (K)
»Klang Fluß Licht Quelle«,
Klangkunstforum Park Kolonnaden,
Potsdamer Platz, Berlin
»Tafelmusik«, Bellevuesaal,
Wiesbaden   (K)
»Oase 2000«, Kunstverein
Heidelberg

2000
»Der Glocken Schlag«,
St. Matthäuskirche, Berlin
»Zwölf Säulen und zwölf Klänge«,
Karmelitenkirche, München   (K)
»Klang Raum Licht Zeit«, Opel-Villen,
Rüsselsheim

GRUPPEN-AUSSTELLUNGEN *(Auswahl)*
—
GROUP EXHIBITIONS
(selected)

1975
»Frauen, Kunst – Neue Tendenzen«,
Galerie Krinzinger, Innsbruck

1976
»Foto e Idea«, Galleria Comunale, Parma

1977
»02 23 03«, Institut d'art
contemporain, Montreal
»Künstlerinnen International
von 1877–1977«, Neue Gesellschaft
für Bildende Kunst, Berlin
»Pratica Milano 1977«,
Studio Marconi, Mailand
»Intervention sur les mass-media«,
Galerie Lara Vincy, Paris

1978
»materializzazione del linguaggio«,
La Biennale di Venezia, Venedig
»European Artists«, Julian Pretto
Gallery, New York
»Sound«, Los Angeles Instiute of
Contemporary Art, Los Angeles
»Venerezia«, Palazzo Grassi, Venedig

1979
»Sprachen jenseits von Dichtung«,
Westfälischer Kunstverein, Münster
»Audio Scene '79«, Modern Art
Galerie, Wien

1980
»Für Augen und Ohren«,
Akademie der Künste, Berlin
»Le camere incantate«,
Palazzo Reale, Mailand
»Das graphische Bild von Musik«,
Museum des 20. Jahrhunderts, Wien
»Oeuvres plastiques des artistes de
la performance«, ELAC, Lyon

1981
»Typisch Frau«,
Bonner Kunstverein, Bonn
»Eine Nacht in der Oper«,
Steirischer Herbst, Graz
»Spartito preso –
La musica da vedere«,
Università di Torino, Turin

1982
»Voix et Son«,
Biennale de Paris,
Espace Donguy, Paris
»Sonorità Prospettiche«,
Sala Comunale d'Arte
Contemporanea, Rimini
»Festival de La Rochelle«,
Maison de la Culture, La Rochelle
»Aperto«, Biennale di Venezia,
Cantieri Navali, Vendig
»Musica oggi«,
Villa Sairoli, Lugano

1983
»Geo d'Arta«, Wiener Festspiele,
Karlsplatz, Wien
»Andere Avantgarde«,
Brucknerhaus, Linz
»aktuell '83«, Galerie im
Lenbachhaus, München

1984
»Installation und Performance
im Stadtraum«, Lagerhalle
Scharnhorststraße, Münster
»Sis Dies d'Art actual«, Centre Civic
Les Cotxeres de Sants, Barcelona

1985
»Alles und noch viel mehr«,
Kunstmuseum, Bern
»Intorno al Flauto Magico«,
Palazzo della Permanente, Mailand
»Le Naufrage du Titanic«,
Maison de la Culture, Rennes
»Gaudeamus Music Week«,
De Ysbreker, Amsterdam

1986
»Muziek Aktueel«,
Gemeentemuseum
De Hague, Den Haag
»Ein Anderes Klima«,
Kunsthalle Düsseldorf,
Düsseldorf

1987
»Klanginstallationen«,
Gesellschaft für Aktuelle Kunst, Bremen
»Metropodium«, Summerfestival
Amsterdam, Amsterdam
»documenta 8«, Neue Galerie, Kassel
»Klang Park«, Ars Electronica,
Brucknerhaus, Linz
»Animal Art«, Steirischer Herbst, Graz
»Klangräume«, Weltmusiktage '87,
Leopold-Hoesch-Museum, Düren

1988
»Stanze del Tempo«, Centro Brera,
Chiesa di San Carpoforo, Mailand
»Klangräume«, Stadtgalerie
Saarbrücken, Saarbrücken
»Festival des Arts Electroniques«,
Eglise du vieux
Saint-Etienne, Rennes
»The city: a stage«, Kunststichting
Rotterdam, Rotterdam
»Audiowerkstatt«,
Berlin Kulturstadt
Europas, Kongreßhalle
Berlin, Berlin
»ars viva«, Kunstmuseum
Düsseldorf, Düsseldorf
»Parcours sonores«,
Parc de la Villette, Paris
»ars viva«, Germanisches
Nationalmuseum, Nürnberg

1989

»ars viva«, Kunstverein Hamburg,
Kampnagelfabrik, Hamburg
»Raum und Klang«, Mathildenhöhe,
Darmstadt

1990

»Blau – Farbe der Ferne«, Heidelberger
Kunstverein, Heidelberg
»Biennale of Sydney«, Art Gallery
of New South Wales, Sydney
»Eté roman«, Eglise de St. Pierre,
Melle

1991

»Umwandlungen«, National Museum
of Modern Art, Seoul
»Zehn Jahre Kunstfonds«, Bonner
Kunstverein, Bonn
»Interferenzen – Kunst aus Westberlin
1960 –1990«, Aula der Universität Riga
»Interferenzen«, Manege, St. Petersburg
»Artec«, International Biennale of Nagoya,
Nagoya City Art Museum, Nagoya
»Festival of the Ancient Hill«,
Tango-Cho / Kyoto

1992

»Ankunft«, Kunst-Werke
Berlin e.V., Berlin
»(über Zeit) am Bauhaus«, ehemaliges
Russisches Lazarett, Dessau
»Amphion«, Klanginstallationen
in Köln und Potsdam,
Luftschutzbunker Ehrenfeld, Köln
»Werden und Vergehen«,
Bea Voigt Galerie, München
»Fluxus –Virus 1962–92«,
Parkhochhaus Mitte, Köln /
Aktionsforum Praterinsel, München

»Der Deutsche Künstlerbund in Aachen«,
Ludwig Forum für Internationale Kunst,
Aachen
»Voor de Instabiele Media«,
Elektronische Kunst, V2, s'Hertogenbosch
»Die Sehnsucht der elektronischen Medien
nach Natur«, Gmünder Kunstverein,
Schwäbisch Gmünd

1993

»Achetas Space«, Exoni Theatre, Athen
»Donaueschinger Musiktage«,
Donaueschingen

1994

»Memento«, Galerie der
Hauptstadt Prag, Prag
»Poiesis«, Gewächshäuser des
Botanischen Instituts Hamburg, Hamburg
»Erratum musical«, Galerie Böer, Hannover
»Die Stillen – Klangräume –
Klanginstallationen – Klangwelten«,
Skulpturenmuseum Glaskasten, Marl
»Erzählen«, Akademie der
Künste, Berlin

1995

»Memento«, Haus am Waldsee, Berlin
»Prison Sentences«, Eastern State
Penitentiary, Philadelphia
»SoundArt '95«, Internationale
KlangKunst, Eisfabrik, Hannover
»Klangskulpturen Augenmusik«,
Ludwig Museum
im Deutschherrenhaus, Koblenz
»Memento«, Stadtgalerie
im Sophienhof, Kiel
»Erflux – A floating history«,
Galerie am Fischmarkt,
Erfurt

1996

»Architecture de Son, Architecture
d'Air«, Le Confort Moderne, Poitiers
»sonambiente – festival für hören und
sehen«, Akademie der Künste, Berlin
»Musik & Licht«, Podewil, Berlin

1997

»la part des anges«,
Galerie Art & Essai,
Université Rennes 2, Rennes
»Impakt Festival«,
Academiegebouw, Utrecht
»Am Nerv der Zeit«, Nassauischer
KunstVerein, Wiesbaden
»Inszenierung und Vergegenwärtigung«,
Martinskirche, Kassel
»in medias res«, Dolmabahce
Kulturzentrum, Istanbul
»Donaueschinger Musiktage«,
Orangerie, Donaueschingen

1998

»post naturam – nach der Natur«,
Städtische Ausstellungshalle
Am Hawerkamp, Münster
»post naturam – nach der Natur«,
Hessisches Landesmuseum, Darmstadt
»Ear Marks«, Massachusetts Museum
of Contemporary Arts, North Adams
»Kunst unter Tage«, Rischbachstollen,
St. Ingbert

1999

»Lichtparcours«,
Kunstverein Braunschweig
»Festival d'art sonor«, Centre de
cultura contemporania, Barcelona
»El espacio del sonido –
El tiempo de la mirada«,

Koldo Mitxelena Kulturunea,
San Sebastian

2000

»Accrochage 1/2000«,
Galerie Klaus Fischer & Runge, Berlin
»Light Pieces«, Casino Luxembourg,
Forum d'art contemporain,
Luxembourg
»Sonic Boom«,
Hayward Gallery, London
»Wittener Tage für neue
Kammermusik«, Witten
»Lichtparcours 2000«, Sophienbrücke
Braunschweig
»Inventionen«, Sophiensäle, Berlin
»Fort Lux«, Fort Ijmuiden, Amsterdam

WERKE IN ÖFFENTLICHEN SAMMLUNGEN

—

WORKS IN PUBLIC COLLECTIONS

Skulpturenmuseum Glaskasten, Marl
Städtische Galerie am Markt,
Schwäbisch Hall
Hamburger Bahnhof,
Museum für Gegenwart, Berlin
Museum Mathildenhöhe, Darmstadt
St. Martinskirche, Kassel
Sammlung DG-Bank, Frankfurt a.M.

KUNST IM ÖFFENTLICHEN RAUM

—

PERMANENT WORKS IN PUBLIC SPACES

»Kleiner weißer Tempel«, Universitäts-
krankenhaus Rudolf Virchow, Berlin
»Schwarzer Berg«, Stadt Lünen
»Azur«, Kunstverein Springhornhof,
Neuenkirchen (Soltau), Landschaftsprojekt
»The True and The False«, Laborgebäude,
Fachhochschule München
»Zwölf Fenster und 12 Bäume«,
HUK Coburg, Landschaftshof
»The Clocktower Project«,
Massachusetts Museum
of Contemporary Art
»Neun Klänge und ein Baum«
Kaserne Heuberg, Stetten a.k.M.
»Drachenspiegel«, Sophienbrücke,
Lichtparcours Braunschweig

KATALOGE ZU EINZELAUSSTELLUNGEN UND MONOGRAPHIEN

—

SOLO EXHIBITION CATALOGUES AND MONOGRAPHIES

Christina Kubisch, »Works '74/75«,
Giancarlo Politi Editore, Mailand, 1975.

Christina Kubisch, »Emergency Solos«,
Tworcow Kultury Forum, Kraków, 1977.

Kubisch & Plessi, »Konzerte Video
Performances Installationen«, Neue Galerie
Sammlung Ludwig, Aachen / ICC,
Internationaal Cultureel Center,
Antwerpen, 1979. Mit einem Text von
Georg F. Schwarzbauer.

Christina Kubisch, »ON AIR«,
Dodici percorsi sonori per Gargonza,
Edizioni Guicciardini, Florenz,1984.

Christina Kubisch, »Klanginstallationen«,
Gesellschaft für Aktuelle Kunst, Bremen,
1985. Mit Texten von Barbara Claassen-
Schmal und Vincenç Altaió.

Christina Kubisch, »Kraterzonen«, Kunstverein Giannozzo, Berlin, 1988. Mit einem
Text von Matthias Osterwold.

Christina Kubisch, »Orte der Zeit«,
Kunstraum München und Städtische
Galerie am Markt, Schwäbisch Hall, 1989.
Mit Texten von Hans Dickel, Ursula
Peters und Matthias Osterwold.

Christina Kubisch, »Salle des pas perdus«, Musée Cantonal des Beaux Arts Sion / Sitten, 1990. Mit einem Text von Bernhard Fibicher.

Christina Kubisch, »Klangportraits Band 6«, Hrsg.: Martina Helmig, Musikfrauen e.V., Berlin, 1991. Mit Texten von Helga de la Motte-Haber, Martina Helmig, Brigitte Hammer und Cornelia Klauß.

Christina Kubisch, »natura morta«, Neuer Berliner Kunstverein, Berlin, 1992. Mit Texten von Uwe Rüth und Lucie Schauer.

Christina Kubisch, »Alba / Kein Schöner Land«, Wellington City Gallery, Wellington, 1992. Mit Texten von Gregory Burke und Hermann Pfütze.

Christina Kubisch, »The True and the False«, P 3, art and environment, Tokyo, 1992. Mit Texten von Hartmut Dedert und Hermann Pfütze.

Christina Kubisch, »Ich weiß nicht, was soll es bedeuten«, Galerie Ursula Walbröl, Hilden, 1992 (Broschüre).

Christina Kubisch, »De Dag / De Nacht«, de Vleeshal, Stichting Beeldende Kunst, Middelburg, 1993. Mit einem Text von Barbara Claassen-Schmal.

Christina Kubisch, »Zeitenwende«, Kunstverein Rastatt e.V. , Rastatt, 1993. Mit Texten von Barbara Claassen-Schmal, Ferenç Jadi und Sabine Breitsameter.

Christina Kubisch, »AZUR«, Kunstverein Neuenkirchen (Soltau), 1993. Mit Texten von Friedrich Meschede und Brigitte Hammer.

Christina Kubisch, »Im Laufe der Zeit«, Badisches Landesmuseum, Karlsruhe, 1993. Mit Texten von Harald Siebenmorgen und Thomas Deecke.

Christina Kubisch, »Cross-Examination«, Moore College of Art and Design, Goldie Paley Gallery, Philadelphia, 1996. Mit Texten von Elsa Longhauser, Helga de la Motte-Haber und Wendy Steiner.

Christina Kubisch, »Zwischenräume«, Stadtgalerie Saarbrücken, 1996. Mit Texten von Bernd Schulz, Michael Glasmeier, Helga de la Motte-Haber und Wendy Steiner.

Christina Kubisch, »Sakrale Räume«,
Galerie und Edition Beckers, Darmstadt,
1997. Mit einem Text von Renate Puvogel.

Christina Kubisch, »The Clocktower
Project«, Massachusetts Museum of
Contemporary Art, North Adams, 1997
(Broschüre). Mit einem Text von
Jaqueline van Rhyn und
Claire Schneider.

Christina Kubisch, Künstlermonographie,
»Künstler«, Kritisches Lexikon der
Gegenwartskunst, Ausgabe 38, Heft 16,
München, 1997. Mit einem Text von
Michael Glasmeier.

Christina Kubisch, »Mausoleum«,
Sehen und Denken 3, Akademie der
Künste, Berlin, 1998 (Leporello).

Christina Kubisch und Susanne Schossig,
»Aufzeichnungen – Raum Klang Zeichnung
Fotografie«, Städtische Galerie im
Buntentor, Bremen, 1999

Akademie der Künste, Berlin
(Hrsg./Ed.), »Klangkunst«, 1996

Daina Augaitis, Helga Pakasaar
(Hrsg./Ed.), »Eye of Nature«,
Walter Phillips Gallery, Banff 1985

Mechthild Bauer-Babel (Hrsg./Ed.),
»Arbeitsheft Hagenbucher«,
Neue Kunst im Hagenbucher,
Heilbronn 1993

Karl-Heinz Blomann, Frank Sielicki
(Hrsg./Ed.), »Hören – Eine vernachlässigte
Kunst?«, Hofheim 1997

Jean-Luc Daval (Hrsg./Ed.),
»Art Actuel' 78«, Genève 1978

Vera Funk, »Komponistinnen –
Vom Mittelalter bis zur Gegenwart«,
Hannover 1999

Michael Glasmeier (Hrsg./Ed.),
»Erzählen«, Akademie der Künste Berlin,
Ostfildern bei Ruit, 1994

Frank Gertich, Julia Gerlach,
Golo Föllmer, »Musik…, verwandelt.
Das Elektronische Studio der
TU Berlin 1953–1995«,
Hofheim 1996

»Hamburger Bahnhof Berlin«, Prestel-
Museumsführer, München/New York 1996

Jörg Herrmann, Andreas Mertin, Eveline
Valtink (Hrsg./Ed.), »Die Gegenwart der
Kunst: ästhetische und religiöse
Erfahrung heute«, München 1998

Luciano Inga-Pin (Hrsg./Ed.),
»Performances«, Padova 1978

Elisabeth Jappe, »Performance – Ritual –
Prozeß, Handbuch der Aktionskunst
in Europa«, München 1994

Reinhard Kopiez, Barbara Barthelmes,
Heiner Gembris, Josef Kloppenburg,
Heinz von Loesch, Hans Neuhoff, Günther
Rötter, Christian Martin Schmidt (Hrsg./
Ed.), »Musikwissenschaft zwischen Kunst,
Ästhetik und Experiment, Festschrift
für Helga de la Motte-Haber zum
60. Geburtstag«, Würzburg 1998

Dan Lander, Micah Lexier (Hrsg./Ed.),
»Sound by Artists«, Art Metropole,
Toronto & Walter Phillips Gallery,
Banff 1990

G. J. Lischka (Hrsg./Ed.), »Alles und noch
viel mehr, das poetische ABC«, Bern 1985
Daniele Lombardi (Hrsg./Ed.), »Spartito

Preso, La musica da vedere«, Firenze 1980

Daniele Lombardi, »To gather together«,
Milano 1982

Helga de la Motte-Haber, »Musik und
Bildende Kunst«, Laaber 1990

Helga de la Motte-Haber (Hrsg./Ed.),
»Klangkunst – Tönende Objekte und
klingende Räume«, Handbuch der
Musik im 20. Jahrhundert, Band 12,
Laaber 1999

Peter Oberlechner (Hrsg./Ed), »Lebensraum
morgen, Zukunftswerkstätte ›Kraftfeld
Längenfeld‹«, Jahrbuch 1983, Wien 1983

René van Peer, »Interviews with sound
artists«, Het Apollohuis, Eindhoven 1993

Philip Morris Kunstförderung (Hrsg./Ed.),
»Grenzgänge 1989–1996«, München 1997

Angela Ziesche, »Das Schwere und das
Leichte, Künstlerinnen des 20. Jahrhunderts«, Köln 1995

Markus Zink (Hrsg./Ed.), »Kreuz und Quer,
Gegenwartskunst für Kirchen«, Institut
für Kirchenbau und kirchliche Kunst der
Gegenwart, Marburg 1998

EIGENE PUBLIKATIONEN

—

PUBLICATIONS BY
THE ARTIST

1975

»Musica dall'Oriente«, Gala International,
Nr. 70, Feb. 1975, S. 19–20

»Music and Dance: new tendencies in
New York«, Flash art, Part I: Nr. 58/59,
Oct. 1975, Part II: Nr. 60/61, Dec. 1975

»Composition as process«, Flash art,
Nr. 60/61, Dec. 1975/Feb. 1976, S. 24

»Experimental America«, Heute Kunst,
Part I, Nr. 12, Nov. 1975, S. 5

1976

»Experimental America«, Heute Kunst,
Part II, Nr. 13, Jan. 1976

1979

»Musik und Installation – ein Bericht aus
New York«, Flash art, No. 88–89,
March 1979, S. 16–19

1981

»La donna muta – un Intervento di
Christina Kubisch«, Scena, Nr. 1,
Feb. 1981, S. 38–40

1990

»Grenzgänge, über klingende Räume
und räumliche Klänge«, positionen.
Beiträge zur neuen Musik, Nr. 5, 1990, S. 8–10

1991

»Auf meinem Schreibtisch«, Musica,
Mai/Juni 1991, S. 206–207

1992

»Für John Cage«, MusikTexte,
Zeitschrift für Neue Musik,
Nr. 46/47, S. 74

1998

»Rauminstallationen in Kirchen«,
Kunst und Kirche 2/98, S. 98–99

»Ohne Scheidegruß«, positionen.
Beiträge zur neuen Musik, Nr. 5, 1998

2000

»Örtliche Klänge, Europäisches
Rauschen«, Orte, Regionen und
Zentren. Europa 2000, Hrsg.
Deutscher Künstlerbund e.V.,
Berlin 2000

1976

»Two and Two« (mit/with
Fabrizio Plessi), Multhipla
Records n. 2, Mailand (LP)

1979

»Tempo liquido« (mit/with
Fabrizio Plessi), Cramps Records,
Serie Diverso n. 10, Mailand (LP)

»Christina Kubisch & Fabrizio
Plessi«, Mag Magazin 6, Modern
Art Galerie, Wien (MC)

1984

»On Air«, Eigenverlag, Mailand (MC)

1986

»Iter Magneticum«,
Galerie Giannozzo, Berlin (MC)

»Out of Standard – Italia 2«
(Compilation), ADN, Mailand (MC)

1987

»Night Flights«, ADN Records, Serie
Paesaggi Sonori Nr. 3, Mailand (LP)

1989

»Echo, The Images of Sound II«
(Compilation), Het Apollohuis,
Eindhoven (CD)

1994

»Sechs Spiegel«, Edition RZ,
Berlin (CD)

1995

»The Sound Works Exchange »
(Compilation), Shinkasen und
Goethe Institut London,
London (CD)

1998

»Revista de Arte Sonora 3«
(Compilation), Universidad de
Castilla-La Mancha,
Cuenca, Spanien (CD)

»Dreaming of a major Third«,
Massachusetts Museum of
Contemporary Art, North Adams
und Edition RZ, Berlin (CD)

1999

»Musik um uns –
Komponistinnen«, (Compilation),
Schroedel Verlag, Hannover (CD)

»Site of Sound – of Architecture
& the Ear«, ed. by Brandon
LaBelle & Steve Roden, Errant
Bodies Press, Los Angeles
(Buch mit CD /
book with CD)

»El Espacio del Sonido – El Tiempo
de la Mirada« Koldo Mitxelena
Kulturunea, San Sebastian
(Katalog mit CD / catalogue with CD)

2000
»Because tomorrow comes #2«,
(Compilation), btc, Köln (CD)

 »Sonic Boom – The Art of Sound«,
Hayward Gallery, London (Katalog
mit Doppel-CD / catalogue with
double CD)

»Twelve Signals«, Namskeio Records,
Lausanne (CD)

*Zahlreiche Radiosendungen
(Portraits, Interviews,
Eigenproduktionen) in Europa,
in Nord- und Südamerika,
Japan, Australien,
Neuseeland u.a.: | Numerous
broadcasts (features, interviews,
productions by the artist) in
Europe, North- and South America,
Japan, Australia,
New Zealand a.o.:*

Radio France, ORF, SFB, WDR,
Deutschlandfunk, SWF, RAI,
Radio Lugano, Radio Naçional de
Espagna, Radio Bremen, DSR, SR

»Vocrolls II« (1988)

Tibetanische Metallschale, Glaskugel, Vocoder

Produziert im Elektronischen Studio der Technischen Universität Berlin. Aufnahme und Tontechnik: Folkmar Hein

»Vocrolls« ist die erste Arbeit, die ich mithilfe eines Computers realisiert habe. Der Phasenvocoder (der Name ist abgeleitet von dem Begriff Voice Coding), der mir im Elektronischen Studio der TU zur Verfügung stand, war zu jener Zeit äußerst selten.

Die Originalaufnahmen einer rollenden Glaskugel in einer tibetanischen Metallschale wurden durch den Vocoder gefiltert und ausserdem verlangsamt. Die Verarbeitungszeiten erscheinen für heutige Verhältnisse extrem lang, da sich mehrere Hochschulbereiche den Rechner teilen mußten. So konnte man meist erst einen Tag später die akustischen Resultate der eingegebenen Programme hören. »Vocrolls« entstand im Laufe mehrerer Wochen in zwei Versionen, von denen hier die längere Fassung aufgezeichnet ist. Ich danke dem Leiter des Studios, Folkmar Hein, für seine Geduld und Mitarbeit bei dieser Komposition.

»Mausware« (1998)

Computermäuse, Mousepads, Mikrophone

»Vocrolls II« (1988)

Tibetan metal bowl, glass sphere, vocoder

Produced in the electronic studio of the Berlin Technical University. Recording and sound technology: Folkmar Hein

»Vocrolls« is the first work I realized with the aid of a computer. The phase vocoder (the name derives from the term voice coding) available to me in the electronic studio of the TU was extremely rare at the time.

The original recordings of a glass sphere rolling in a Tibetan metal bowl were filtered through the vocoder and slowed down. The processing time seems extremely long by present-day standards, since several college departments had to share the computer. Thus, I had to wait a day to hear the acoustic results of the programs employed. Two versions of »Vocrolls« were created in the course of several weeks. This CD includes the longer version. I would like to thank the head of the studio, Folkmar Hein, for his patience and participation in this composition.

»Mouse Ware« (1998)

Computer mice, mousepads, microphones

Produziert im Elektronischen Studio der Technischen Universität Berlin in Verbindung mit der Ausstellung »Post naturam«, Hawerkamphallen Münster und Hessisches Landesmuseum Darmstadt 1998/99. Aufnahme und Tontechnik: Ingo Wolf

»Mausware« ist eine Klangskulptur mit zehn Mäusen verschiedener Art und Größe in Alkohol, die Forschungszwecken dienen, und zehn ihnen über ein Steuerungskabel visuell zugeordneten Computermäusen. Alle Mäuse – echte wie künstliche – befinden sich auf einem runden Tisch von zwei Metern Durchmesser. Unter diesem Tisch, der höher ist als üblich, sind kreisförmig zehn kleine Lautsprecher versteckt installiert. Sie geben die Klänge von Computermäusen wieder, die mit speziellen Schallkörpermikrophonen aufgenommen wurden. Je nach Aufgabe, technischer Erfahrung und persönlichem Temperament erzeugen die Mausbenutzer sehr unterschiedliche akustische Strukturen bei der Aufzeichnung ihrer Mausbewegungen. Die durch Technik erzeugten Klänge erinnern, in verschiedenen Kombinationen überlagert, an das Geraschel und Nagen von Mäusen. Es entsteht eine Situation, in der die Grenze zwischen dem Natürlichen und dem Artifiziellen aufgehoben wird und die persönlichen Erinnerungen an Geräusche aus der Tierwelt hinterfragt werden.

Produced in the Electronic Studio of the Berlin Technical University in connection with the exhibition »Post naturam« in Münster's Hawerkamp Halls and in the Hessisches Landesmuseum Darmstadt, 1998–99. Recording and sound technology: Ingo Wolf

»Mouse Ware« is a sound sculpture with ten mice of various kinds and sizes preserved in alcohol for research purposes and ten computer mice visually correlated with them with a control wire. All the mice – natural as well as artificial – are on a round table two meters in diameter. Under the table, which is higher than usual, ten small loudspeakers have been installed in a hidden circle. They reproduce the sounds of computer mice as recorded with a special resonator microphone. In accordance with the task at hand, technical experience, and personal temperament, users of mice produce very different acoustic structures when the movements of their mice are recorded. The technically-produced sounds, overlain in various combinations, recall the rustling and gnawing of living mice. A situation arises that eliminates the boundary between the natural and the artificial and that leads the viewer to question his own personal memory of the sounds of the animal kingdom.

»Altgeräuscharchiv« (1999)

»Old Sounds Archive« (1999)

Alarmglocken, Schiffsglocken, Türglocken, Totenglocken, Kirchglocken, Fahrradklingeln, Schlittenglöckchen, Bahnschrankensignale, Bergwerksglocken, Schulglocken, Kuhglocken etc.

Alarm bells, ship's bells, door bells, death bells, church bells, bicycle bells, sleigh bells, railway crossing signals, mine bells, school bells, cow bells, etc.

Produziert im White House Studio Berlin und im Sender Freies Berlin im Auftrag des SFB, Abteilung Hörspiel. Leitung: Manfred Mixner. Aufnahme und Tontechnik: Thomas Korr. Mastering: Martin Selig

Produced in the White House Studio Berlin and at Sender Freies Berlin on commission by the SFB's radio play department. Supervisor: Manfred Mixner. Recording and sound technology: Thomas Korr. Mastering: Martin Selig

Das Stück besteht ausschließlich aus Glockenklängen, die im Archiv des SFB gesucht, gefunden und zusammengetragen wurden. Fast alle Klänge trugen den Vermerk: »Altgeräuscharchiv« und waren nicht mehr im aktuellen Klangkatalog aufgelistet.

Glocken dienten ursprünglich kultischen und magischen Handlungen. Erst seit dem späten Mittelalter wurde ihre Funktion (neben der als Kirchenglocke) zunehmend auf die eines profanen Signalinstrumentes beschränkt. Der sakrale Glockenklang, dessen Komplexität und Harmonie von der Zusammensetzung seiner Schwingungen abhängt, wich mehr und mehr durchdringenden Klängen von großer Lautstärke und Präzision.

Die Signale der Glockensprache sind heute weitgehend unbekannt. Kaum jemand weiß, wie eine Armsünderglocke, eine Sturmglocke oder eine Feuerglocke geklungen haben. Selbst Türglocken, Tischglocken oder Zugglocken sind exotische Raritäten geworden.

In »Altgeräuscharchiv« begegnen sich bruchstückhaft Signale einer akustischen Welt, die im Zeitalter elektronischer Signalgebung nur noch »Erinnerungswert« zu haben scheinen. Die Signale stehen nicht mehr im Zusammenhang mit ihrer Funktion, mit der Ankündigung von Unwetter, Gefahr und Tod, sondern überlagern sich wie ein aus den Fugen geratenes Puzzle, das man nicht mehr in der ursprünglichen Form zusammensetzen kann.

The piece consists exclusively of bell tones sought, found, and brought together in the archive of SFB, the Free Berlin Broadcasting Station. Almost all the sounds bore the label »Old Sounds Archive« and were no longer listed in the current sound catalogue.

Bells were first used in cult and magical practices. Beginning in the late Middle Ages, their function (aside from as church bells) began to narrow down to that of a profane signal instrument. The beauty of the sound of a bell, which depends on the complexity and harmony of its vibrations, increasingly made way for penetrating sounds of great volume and precision, whose magical origin is nevertheless always apparent.

Today, the signals of the bell language are not widely known. Who knows what the bell at an execution sounded like, or a storm bell, or a ship's bell? Even door bells, dinner bells, and train bells have become exotic rarities.

»Old Sounds Archive« is the encounter between fragmentary, taped signals of an acoustic world whose value in the age of electronic signaling is merely nostalgic – one might think. The signals no longer stand in the context of their function of signaling storms, danger, and death. They overlap each other in an acoustic world gone to pieces, whose ties to reality are only fragmentarily recognizable.

»Nostalgico« (1999)

für Akkordeon und Tonband

Akkordeon: Gerhard Scherer. Entstanden im Auftrag des Festivals »Gegenwelten« anläßlich der Verleihung des »Heidelberger Künstlerinnenpreises« an Christina Kubisch. Das Tonband wurde produziert im Elektronischen Studio der TU Berlin. Aufnahme und Tontechnik: Onnen Bock. Mastering: Folkmar Hein. Live-Aufnahme: 22. Juni 2000, Sophiensäle Berlin, im Rahmen des Eröffnungskonzertes des Festivals »Inventionen 2000«.

Das Stück ist ein Dialog zwischen Instrument und Geräuschen. Das Bandmaterial besteht aus Türklängen, die an verschiedenen Orten, meist alten Gebäuden, aufgenommen wurden. Das Quietschen, Knarren und Ächzen, aber auch feine leise »Seufzer« von sich öffnenden und schließenden Türen korrespondieren akustisch mit dem Klangspektrum des Akkordeons. Das atmende Geräusch von schwingenden Türflügeln geht über in das Geräusch der Zugluft des Instrumentes, das rollende Knarren alter Scharniere verbindet sich mit den tiefen Bässen des Akkordeons.

Die Türklänge wurden weitgehend unbearbeitet gelassen, das Akkordeon spielt unverstärkt.

Nach einem einleitenden Teil vom Band fädelt sich das Akkordeon unmerklich in das akustische Geschehen ein mit leisen, geräuschhaften Klängen, die denen der Türen ähnlich sind. Allmählich wird bruchstückhaft eine Melodie angedeutet, die an populäre Musik oder Kinderlieder erinnert. Diese Melodie wird fragmentarisch weitergeführt, immer

»Nostalgico« (1999)

for accordion und tape

Accordion: Gerhard Scherer. Created on commission from the festival »Gegenwelten« (»Counter-Worlds«) on the occasion of the awarding of the Heidelberg Women Artists Prize to Christina Kubisch. The tape recording was produced in the electronic studio of the TU Berlin. Recording and sound technology: Onnen Bock. Mastering: Folkmar Hein. Live recording: June 22, 2000, Sophiensäle Berlin, in the framework of the opening concert of the festival »Inventionen 2000«.

The piece is a dialogue between instrument and noises. The taped material consists of the sounds of doors, recorded on various sites, most of them old buildings. The squeaking, creaking, and groaning, as well as the delicate, quiet »moaning« of opening and closing doors corresponds acoustically with the spectrum of sounds from the accordion. The breathing sound of swinging doors fades into the sound of the air traveling in the instrument, and the rolling creaking of old hinges connects with the deep basses of the accordion.

The sounds of the door were mostly left unprocessed, and the accordion plays without amplification.

After an introductory segment from the tape, the accordion unobtrusively enters the acoustic event with quiet, not overtly musical sounds resembling those of the doors. Gradually, the accordion sketches fragments of a melody recalling popular music or children's songs. This melody is continued fragmentarily, repeatedly interrupted like a piece of

wieder unterbrochen wie ein Stück, an das man sich nicht mehr genau erinnern kann. Die Improvisation wird ab und zu mit Türklängen durchwoben, so daß nicht immer klar ist, ob man etwas live oder vom Band hört.

Das Akkordeon klingt langsam aus und vermischt sich mit »atmenden« Geräuschen vom Band. Das Stück endet mit dem Ausschwingen einer Tür, während man leise im Hintergrund Vogelgeräusche hört.

»Nostalgico« ist präzise angelegt und zugeich doch auf andere Weise offen. Das Stück ist eine Collage mit beschränktem Material, das vielfach variiert wird. Zwischen den eine räumliche Situation andeutenden Türklängen versucht sich eine nostalgische Melodie zu behaupten, wie sie oft auch von Straßenmusikern gespielt wird. Beide Klangwelten sind meist mit Erinnerungen verbunden, die aber nur noch bruchstückhaft durchscheinen.

music one can no longer remember precisely. The improvisation is occasionally interwoven with the sounds of doors, so that it is never clear whether what one hears is live or on tape. The accordion gradually fades out and mixes with the »breathing« sounds on the tape. The piece ends with a door swinging wide open, while one hears the sounds of birds in the background.

»Nostalgico« is designed with precision and, in a different way, is open at the same time. The piece is a collage with limited material varied in many ways. A nostalgic melody like those often played by street musicians tries to assert itself between the sounds of the doors, which suggest a spatial situation. Both worlds of sound are usually connected with memories only fragmentarily discernible.

BIOGRAPHIEN
DER AUTOREN

BIOGRAPHIES
OF THE AUTHORS

Carsten Ahrens

geboren 1961. Studien der Kunstgeschichte, Allgemeinen und Vergleichenden Literaturwissenschaft und Theaterwissenschaft an der Freien Universität Berlin, sowie der Angewandten Theaterwissenschaft an der Justus-Liebig-Universität in Gießen. Seit 1986 zunächst als wissenschaftlicher Assistent des Direktors und daraufhin als Kurator der Kestner Gesellschaft Hannover tätig, seit 1994 Stellvertretender Direktor der Kestner Gesellschaft. Zahlreiche Veröffentlichungen zur Kunst wie zum Theater des 20. Jahrhunderts.

Hans Gercke

geboren 1941 in Kehl am Rhein, Studien der Kunstgeschichte und Musikwissenschaft in Heidelberg und Padua, publizistische Tätigkeit, mehrere Jahre Feuilletonredakteur, seit 1979 Direktor des Heidelberger Kunstvereins. Mitglied IKG (Internationales Künstler Gremium) und IKT (International Association of Curators of Contemporary Art). Wichtige Ausstellungen: »Prinzhorn-Sammlung«, »Angebote zur Wahrnehmung«, »Der Baum«, »Blau – Farbe der Ferne« u.a. Zahlreiche Publikationen vorwiegend zur zeitgenössischen Kunst und Architektur (Kataloge, Zeitschriftenartikel, Kirchenführer, Kunstreiseführer), Lehrauftrag für zeitgenössische Kunst an der Pädagogischen Hochschule Heidelberg.

Carsten Ahrens

Born in 1961. Studied Art History, General and Comparative Literature, and Theater at Berlin's Freie Universität and Applied Theater at the Justus Liebig Universität in Gießen. He has worked at the Kestner Gesellschaft in Hanover since 1986. First he was the Director's Assistant, then Curator, and since 1994 Vice Director. He has published numerous articles on art and theater in the twentieth century.

Hans Gercke

born in 1941 in Kehl on the Rhine, studied Art History and Music in Heidelberg and Padua. He worked as a journalist and for several years as the editor of the cultural pages of a newspaper. Since 1979, he has been the Director of the Heidelberger Kunstverein. He is a member of the International Künstler Gremium (International Artists Board) and the IKT (International Association of Curators of Contemporary Art). Major exhibitions: »Prinzhorn Collection«, »Offerings for Perception«, »The Tree«, »Blue – Color of Distance«. Numerous publications, primarily on contemporary art and architecture (catalogues, magazine articles, church guides, art travel guides). Instructor in Contemporary Art at the Heidelberg Pedagogical College.

Antje von Graevenitz

geboren 1940 in Hamburg. Seit 1989 Professor für Kunstgeschichte mit dem Schwerpunkt Kunstgeschichte des 20. Jahrhunderts an der Universität zu Köln, vorher von 1977 – 1989 Hochschuldozentin an der Universität von Amsterdam. 1964 Diplombibliothekarin nach einer Ausbildung in München und in Hamburg. Studium der Kunstgeschichte, Archäologie und Ethnologie in München und in Hamburg. Promotion 1971 an der Universität München. Von 1970 – 1989 Tätigkeit in den Niederlanden als Kunstkritikerin und Redakteurin für Publikationen im In- und Ausland. Ständige publizistische Tätigkeit über eine intertextuelle sowie anthropologische Kunstgeschichte des 20. Jahrhunderts und die zeitgenössische Kunst in den Niederlanden. Lebt in Amsterdam.

Christoph Metzger

geb. 1962 in München. Studium der Musikwissenschaft, Philosophie und Medienwissenschaft. Arbeitet über vier Jahre in den Semesterferien als Gärtner. 1991 Magister Artium in Frankfurt am Main, »Zum Verhältnis von Musikgeschichte und Musikästhetik bei Theodor W. Adorno und Carl Dahlhaus«. Promotion in Berlin 1997 bei Helga de la Motte und Hermann Danuser »Perspektiven zur Rezeption Gustav Mahlers«. Lehr-

Antje von Graevenitz

born in 1940 in Hamburg. Professor of Art History at the University of Cologne since 1989, with an emphasis on 20th-century Art History. Earlier, from 1977 to 1989, College Lecturer at the University of Amsterdam. In 1964, she received her Master of Library Science after studying in Munich and Hamburg. Studied Art History, Archaeology, and Anthropology in Munich and Hamburg. Doctorate in 1971 at the University of Munich. Worked from 1970 to 1989 in the Netherlands as an art critic and editor for foreign and domestic publications. Continuous journalistic work on an intertextual and anthropological Art History of the 20th century and on contemporary art in the Netherlands. Lives in Amsterdam.

Christoph Metzger

born in 1962 in Munich. Studied Music, Philosophy, and Media Science. Worked as a gardener in the semester holidays for four years. Magister Artium in Frankfurt am Main in 1991 with the thesis »The Relationship between Music History and Music Aesthetics in Theodor W. Adorno and Carl Dahlhaus«. Doctorate in Berlin in 1997 under Helga de la Motte and Hermann Danuser with the thesis »Perspectives on the Reception of Gustav Mahler«. Instructor at the Technical

aufträge an der TU Berlin. 1996–2000 Vorstand der Berliner Gesellschaft für Neue Musik, Produktion von Festivals und Veranstaltungen wie: »Musik und Licht«, 1996; »Musik im Dialog«, 1997/98; »Minimalisms«, 1998; »transmediale '99«; »Klangkunstforum Potsdamer Platz«, 1999. Veröffentlichungen, Vorträge und Seminare zur Musik des 19. und 20. Jahrhunderts, zur Filmtheorie und zur Klangkunst. Lebt in Berlin.

University of Berlin. 1996–2000 Executive Board of the Berlin Society for New Music. Production of festivals and events including: »Music and Light«, 1996; »Music in Dialogue«, 1997/98; »Minimalisms«, 1998; »transmediale '99«; »Klangkunstforum (Sound Art Forum) Potsdamer Platz«, 1999. Publications, lectures, and seminars on music of the 19th and 20th centuries, on film theory, and on sound art. Lives in Berlin.

Dieses Buch erscheint anläßlich
der Ausstellung in den Opel-Villen
Rüsselsheim vom 18. Juli bis zum
16. September 2000.

This book is published at the
occasion of the exhibition in the
Opel-Villas Rüsselsheim from
July 18th to September 16th,
2000.

Herausgeber | editor:
*Kulturamt der Stadt
Rüsselsheim*

Leitung | direction:
Kurt Röder

Sekretariat | secretary:
Inka Plechaty

Organisation |
organisation:
Ralf Keil

Mitarbeit | collaboration:
*Karin Jost,
Kirsten Kühlke,
Jürgen König*

Ausstellung | exhibition:
Christina Kubisch

Ausstellungsassistenz|
exhibition assistance:
*Rolf Giegold,
Anke Menck*

© 2000
*Kehrer Verlag Heidelberg,
Christina Kubisch, Autoren | authors*

Redaktion | copy editing:
Christina Kubisch, Dieter Scheyhing

Übersetzungen | translations:
Mitch Cohen

CD-Mastering:
*Ingo Wolf, Elektronisches Studio
der TU Berlin | electronic studio of the
Technical Universitiy of Berlin*

Verlagslektorat | editorial:
Leonhard Emmerling, Uli Meuer

Gestaltung und Herstellung|
design and production:
Kehrer com Heidelberg

Die Deutsche Bibliothek –
CIP-Einheitsaufnahme:
*Christina Kubisch, KlangRaumLichtZeit
[Medienkombination] : Arbeiten von
1980 bis 2000 ; [Ausstellung in den Opel-
Villen Rüsselsheim vom 18. Juli bis zum
16. September 2000] mit Beitr. von Carsten
Ahrens … [Hrsg.: Kulturamt der Stadt
Rüsselsheim. Übers. Mitch Cohen]. –
Heidelberg : Kehrer*

ISBN 3–933 257–38–7
*Buch. .– 2000
CD. .– 2000*
Kehrer Verlag Heidelberg

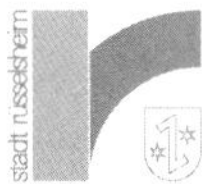